张帆 著

南漂北行

文汇出版社

图书在版编目（CIP）数据

南漂北行 / 张帆著. -- 上海：文汇出版社，2025.4. -- ISBN 978-7-5496-4466-7

I. I267

中国国家版本馆CIP数据核字第2025QE8923号

南漂北行

著　　者 / 张　帆
责任编辑 / 鲍广丽
封面装帧 / 王　峥

出 版 人 / 周伯军

出版发行 / 文汇出版社
　　　　　 上海市威海路755号
　　　　　 （邮政编码200041）
经　　销 / 全国新华书店
排　　版 / 南京展望文化发展有限公司
印刷装订 / 上海新文印刷厂有限公司
版　　次 / 2025年4月第1版
印　　次 / 2025年4月第1次印刷
开　　本 / 640×960　1/16
字　　数 / 275千字
彩　　插 / 4页
印　　张 / 18.25

ISBN 978-7-5496-4466-7
定　　价 / 78.00元

2021年本书作者在沈嘉蔚油画《巴别塔》（局部）前留影

作者摄影作品悉尼海湾选辑（一）

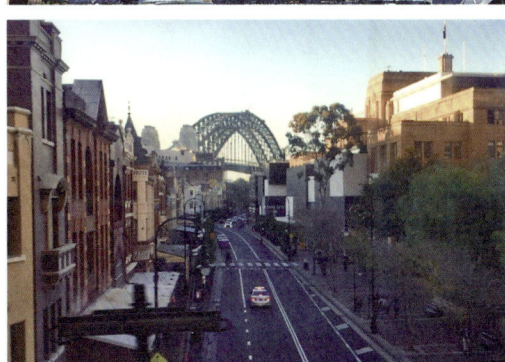

作者摄影作品悉尼海湾选辑（二）

作者摄影作品美色倾城蓝花楹选辑

澳大利亚之魂

澳洲街头少女

莲

女王大厦里的紫发少女

浦江一景

维也纳霍夫堡广场的舞泡女 　　布达佩斯广场一老妪 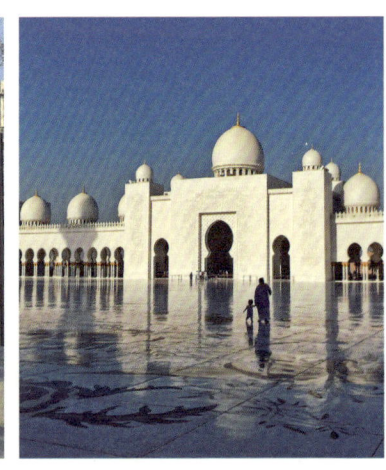　　阿布扎比大清寺一景

布拉格街道一奔跑小狗 　　水养澳洲昙花

埃及沙漠一景

自序

又一次站在悉尼大桥上观景，俯瞰这耳熟能详的悉尼标志性景致，脚下蓝色深邃的大海，时而被汽艇游轮划开一道道白色浪花，悉尼歌剧院在大海的环抱中像朵超大洁白的花朵，荡漾在海面上。海风轻轻袭来，清冽而甘爽。

三十多年前，时光挑落了那张沉重厚实且尘封已久的布幔，国门开启，来到青春狂奔的路口，怀揣梦想。逆着背影婆娑的人流，登上飞机轰的一声去往天涯远乡。穿越茫茫夜幕深锁的太平洋，也曾站在这儿，初见世界如此瑰丽，让人怦然心动。海风中凌乱迷茫、离乡别愁青涩的模样，恍如昨日。"回首向来萧瑟处，归去，也无风雨也无晴。"

早岁哪知世事艰，从今别却江南路。彷徨中有幸在报社当编辑记者，斗室一隅，大千入怀。光阴的长廊脚步声叫嚷，似乎人生舞台宽阔悠长，灯一亮无人的空荡令人唏嘘。荒岛孤旅，笔耕不辍，稍有懈怠或于心不忍，渺难追觅原乡与异域的随风往事，略做归类。如不庸常获你视线停留，幸哉！

这里择选南漂与北行的经历与见闻，也穿插数篇中国内地探访感悟：烟雨平生的打工生涯；首次将原乡异域两大城市历史风貌、气候地理、建筑人文做一比较;"圣大"高等学府里的那股民国清流;令人着迷的邬达克建筑里的难忘回忆;民国高参澳人端纳的华夏情怀;沈嘉蔚画室里那些震撼心灵的历史画作;高密东北乡农民之子莫言故乡行;想起那年穿越珠峰的壮举,夜宿海拔5900米珠峰北坡大本营星辰可及情景,堪称挑战自我极限;游访姑苏洪钧、唐纳故居;刘君笔下武侠大师梁羽生的名士风流;诺贝尔奖文学作品译者的故事;讴歌世界文化遗产蓝山与悉尼歌剧院;听小哥放歌、看女神献舞,现为绝版;穿行埃及大地,探秘金字塔、卡纳克神庙;寻迹苏东坡,在黄州千仞赤壁上触摸曾经的文化辉煌;重游吴越大地母亲故乡之感怀;双城人文风貌艺评小文等。遂成这样一次南漂北行的文化之旅,不仅需要有情怀与逶迤有度的叙说,还应该如被打开尘封的折扇,仍有如疾的风冷冷掠过。

南漂艰辛的长路,似乎是我们这代弄潮人的主旋律。每有机会,总会将这些看似流金岁月里的往事拿来示人,这些海角孤岛上俯拾即是的时光碎片,像极了一条金光闪闪却又无形的项链,它的光耀几乎永不黯淡。

晚风中闪过几帧往事,倒带机般时而迟滞缓慢,时而进退飞驰。这里不是爱恨情仇纽约般的天堂或地狱,这里曾是放逐囚徒的孤岛荒原,现已变为面朝大海春暖花开的美丽港湾。为何而来?如何走过?毫无预设答案。每一个经历过的岁月都是一片沃土,孕育着未来萌芽成长。青葱的身影曾在狂欢的跑马场里飘忽,定格在油烟蒸腾的厨房里,西去的火车南行的大巴载着太多绚丽的梦,饮尽异国的风霜雪雨,偶获安居的欣然。旋即几十次的跨越赤道,在南北相差60纬度间往返,渐渐地是个"空中人","双城记"成了现实,勾勒出前后半生、南北半球的两大世界最美城市。瞬间心中就有了两根弦,一根为故乡拨响,一根为异乡奏鸣,这样的和弦几乎又成了新的生活常态。岁月沉浮,那些人面桃花的相逢与离别,以为司空见惯原本如此,但每当离别袭来,依然难以平复莫名的失落。

那些年,每一次的颠沛流离均是人生旅途中无奈的挣扎与突围。曾令人进退趑趄,有人决绝离去。为那片星空、那片海,有人在一路迤逦中固守,曾经的须臾或不朽,均成永垂纪念。

三十载岁月弹指而逝,心徒壮,仍在行。旅途上总有风,蓦然回首,远光中走来你我还是一身晴朗。

三十年间，见证了：

20世纪90年代前后中国留学生到澳洲，开创了中文媒体与文化艺术的新高潮，堪称澳洲中华文化史上繁花竞放的春天；韶华已逝，后辈茁壮成长，融入主流；互联网强势到来，宣告了一个时代的结束；立足悉尼数十年的中文最强媒体《星岛日报》率先挥手告别；悉尼最受华人欢迎的文化娱乐殿堂"文华社"悄然离去；南半球最大的寺庙"南天寺"建立，以华人为主体有了灵魂慰藉；世界动荡中，悉尼歌剧院迎来了她半个世纪的雍容华诞，她那轻盈飘逸的身影仿如一只展翅白鸽，祈福人间平安；乔治街悠然回归百年前的有轨电车；澳洲著名华裔画家沈嘉蔚倾二十年壮心，终成夙愿，油画巨作《巴别塔》是当今世界最具野心、最具影响力的不朽之作！

北望神州，三十年间中国经济突飞猛进，令世界瞩目。改革开放，成果凸显。

相信每一次文学意义上的写作，均是作者情感上的宣泄，这种漂泊与北归的精神吞咽与求索悟真，多少会咀嚼出一个穿梭于都市红尘的现代人，对过往流宕岁月的怀恋。这种SOLO更多的是一丝自怜与自诩，而坚守的是那份曾经点燃心中光芒的激动与热爱。

张帆

2024年10月于悉尼听雨楼

離鄉闖蕩三十載
攬渦文韻㕛百篇

張帆自敘

每一次拨动心弦，总会听到生命在歌唱。

——本书作者

从此天堂有舞者　　104

玉洁冰清　歌声回荡

　　——费玉清告别演唱会偶感　　107

总编朱大可　　111

邬峭峰二三事　　113

高奏一曲资本逆袭的商界战歌　　117

生命在此拐个弯　　122

能人史旦利·王　　125

三、横看成岭侧成峰

相约圣约翰大学的岁月　　131

历史风云在回眸间激荡

　　——读著名华裔画家沈嘉蔚《自说自画》有感　　143

梦回街角的邬达克建筑　　148

南半球的那道亮色

　　——李宝华及其绘画风格谈　　153

闭门即是深山

　　——读景文兄山水画有感　　163

苏州平江路名人故居拾零　　166

电大四十年祭　　172

三遇《清明上河图》　　184

成都忆旧　　188

一场擦肩而过的美国NBA在华告别赛　　192

四、宁静致远

莫言故乡行　　199

想起那年见珠峰　　208

悉尼画家村　　*214*

美色倾城蓝花楹　　*218*

菊韵开封　大美古都　　*221*

在金字塔的国度里穿行
　　——埃及记游　　*227*

晨曦中的上海城隍庙　　*239*

姑苏小宴　　*242*

吃月饼　聊糟香　　*247*

走过江苏路、愚园路……　　*251*

留在吴越大地的情愫　　*256*

寻迹苏东坡　赤壁抒情怀　　*262*

回国拾趣　　*271*

后记　　*278*

一、一蓑烟雨任平生

一蓑煙雨任平生也無風雨也無晴

自述

往事随风《记者手记》

当记忆的思绪如溪水潺潺流淌，
裸露的石块就是桩桩难忘的往事。

我那本早已泛黄的笔记本，记载着一些久远的往事，从斑驳的纸页与稍显模糊的字里行间依稀还能见到那些人与事。打开这本笔记本，那些往事依然会扑面而来，激荡心灵，泛起阵阵涟漪，久久不能平静。

女排精神励人生

那些国人耳熟能详的巾帼体坛故事，历经几十年依然荡涤心灵。面对似曾相识的场景画面，恍惚间倏地把我拉回到近三十年前的往事中：

1993年，作者（图中胸挂采访证）在悉尼体育中心与中国女排队员合影

20世纪90年代初期，我在悉尼一家中文报社当记者，当得知中国女排要来澳洲做短暂访问时，异常兴奋。

那是一个春风沉醉的夜晚。傍晚时分，我早早赶到悉尼体育中心，去场外媒体报道中心预设的临时办公点，凭记者证领取当晚入场的采访证。匆匆一瞥女排健儿当晚友谊赛前的训练，趁训练间隙还专访了有"天安门城墙"之称的周晓兰。等我进场入座前排座位不久，中古日俄国际女排邀请赛决赛在观众的狂呼呐喊中开始了。

精彩纷呈的女排比赛，环环相扣，吸人眼球，观众那种"海外遇故知"般震耳欲聋的热情差点掀翻体育中心的屋顶，比赛获得圆满成功！中国女排夺冠是毫无悬念的。我虽然没在中国看过国家队女排比赛现场，却有幸在天涯一隅的澳洲领略了这场难以忘怀的比赛，近距离一睹铿锵玫瑰之芳华。

比赛结束的哨声刚刚响起，我就像离弦之箭冲进场内，把握这几分钟的高光时刻，将手中的卡片相机扔给了身后不相识的观众，如愿以偿将这一千载难逢与万众瞩目的女排健儿合影定格在画面中，刊发于本报相关报道中，与读者分享。

1993年4月于澳洲悉尼

谈癌色变访方军

那时与我们同属留澳学生的方军，不幸罹患白血病。我得知这一消息后第一时间就与朋友一起赶到悉尼西区的医院探望了他。面对方军同学身患重病且又家境困难的事实后，我连夜赶写长篇报道与配发方军躺在ICU病床上就医的照片刊于本报。

一石激起千层浪！此报道在华人社区引起巨大反响，一时间纷至沓来的电话涌向报社，有人捐款，有人捐物，人们关心方军的病情，更关注他骨髓移植配对能否顺利进行。

而这时澳中医院紧密配合，联手创造了医疗奇迹。中方将方军胞妹骨髓抽样合格的移植数据告之澳方医院，经澳方确认可以匹配后，方军的胞妹火速获签来到澳洲，成功向方军移植了骨髓。

这样的故事本已够动人，但还引发了一则热心助人的事例。远在澳洲昆州黄金海岸的钱先生一次偶然的机会读到《华联时报》这篇报道后，夜不能寐，第二天就给本报打电话找我，问询报道中方军一系列就医等情况。乐施善心的他表示要为方家兄妹捐5000元澳币。这雪中送炭救人于危难之中的大义之举令人感动！

随后，我与方妹应钱先生的要求带好各自的护照及相关证件，方妹还带上其与方军在澳就医证明资料风尘仆仆去了黄金海岸。钱先生为我们买了来回机票，并热情招待我们，在一切核实后，钱先生当场给方军妹妹开具了一张5000元澳币的现金支票，并赞扬方妹不顾自己刚生养小孩后的虚弱身体，为胞兄捐了约800毫升的骨髓，亲情令人感动！方妹接受了钱老伯的资助感激万分！在场的我深受感动。钱先生是20世纪50年代从上海辗转香港移民来澳的一位鞋店老板，并不富有，但他的爱心跨越时空，将时年不菲的救命之钱款给了方军兄妹治病，令人顿生敬意。

翌日，我在回悉尼的飞机上俯瞰漫长得望不到头的黄金般的细沙海滩，看到蓝色的海水轻涌着沙滩卷起白色浪花，鸥鸟在追逐，一望无际的湛蓝的大海是那么美丽与宽广。我曾多次去过名闻遐迩的黄金海岸，唯独这一次给我的感受最为美好，多年难忘！

一曲仁心乐施的动人故事有了一个圆满的结局，感动了连篇追踪撰写报道的我与广大读者。

从天才诗人到杀人恶魔

时光回到1993年10月8日，新西兰一座远离人群的激流岛上的房屋前，一个满身是血的女人躺在血泊中，她在痛苦地呻吟；而在不远处的一棵大树上，挂着一个男人的尸体。

这两个相继死去的男女，男的叫顾城，女的叫谢烨，他们原是一对夫妻。

原本平静的生活，由于第三者英儿（李英）的介入，骤然感情起风波。

作为顾谢悲剧唯一的当事人，英儿饱受舆论谴责与非议，被指是激流岛事件的"罪魁祸首"。2002年，英儿首次直面媒体回应质疑。她称顾城在新西兰激流岛上杀妻时，如果她在场，也会丧生斧下。事发前顾城和谢烨已经离婚，顾已陷入极端的神经质中，包括对他自己。之后英儿与大自己28岁的诗人刘湛秋结合，定居澳大利亚，并改名麦琪，自此淡出公众视野。

英儿是何许人也？她原名李英，后改名麦琪，比顾城小七岁，学生时代的她，一直都以单纯、可爱的形象示人。

1986年，23岁的李英在昌平诗会结识了诗人顾城和《诗刊》社副主编刘湛秋，少女时代的李英，形容自己每次见到顾城"就像进殿堂朝圣一样，我的精神世界被他的光环所笼罩"。

那一年，顾城30岁，与妻子谢烨已结婚三年。明知顾城是有妇之夫，李英还是不管不顾地爱上了顾城。

1989年1月，顾城辞去奥克兰大学的职务，专心在新西兰他的自由王国激流岛上种菜、养鸡、作画、写诗，过着悠然平静的生活。

辞去工作之后的顾城，一刻也没有忘记李英。远离世人的激流岛，正是他建立"理想王国"的世外桃源。

1990年7月，应顾城与谢烨的热心邀请，李英前往新西兰激流岛。当时李英想着出国总比在国内待着强，于是她挥别刘湛秋，奔赴新西兰。

就这样，激流岛上，上演了三个人的畸恋。李英和顾城，两人都称彼此是知己，两人甚至还当着谢烨的面前，重现那些缠绵悱恻的画面。

在艰苦的环境里，李英渐渐发现，她心目中的"诗歌王子"，其实是一个没有生活自理能力的巨婴。她面对三人日常的生活模式感到厌倦，尤其还要承受脾气暴躁的顾城。曾经崇拜的偶像在她心中已轰然倒塌。终于，在一个顾城和谢烨不在家的日子里，李英和岛内一个教英语的老头私奔了。

李英不辞而别，让顾城非常伤心。顾城本以为，红玫瑰和白玫瑰都爱他，她们相处得真跟姐妹一样，而他是这场游戏的主角。

暗流涌动。爆发的那一天终于到来。如上所述。英子由于不在现场，逃却了那场骇人听闻的残杀。

后来李英因患鼻咽癌居住在澳洲悉尼艾士菲，在澳时深居简出，谢绝一切社交活动，如隐居般生活，曾经梦幻激荡的感情生活终归于零。她于2014年1月8日平静地离世，享年五十岁。她的死讯，鲜为人知。旷世畸恋的三位相继离世，终于画上句号。

有一次，参加某个华人团体徒步10公里活动，我从悉尼著名的邦迪海滩到库奇海滩，一路走去，尽享海天一色的美景，吹着海风，沐着秋阳，谈笑风生，惬意舒适。

中途经过一个东区的陵园，三三两两的行人中，有一位朋友兴致颇高，拉着我们几位去到英子（李英）墓前。秋阳下仿佛时空静止，一切都变得严峻而肃穆。

墓碑上的英文墓志铭翻译成中文即：LIYING 麦琪／中国诗人、作家／刘湛秋的爱妻／一个美丽、快乐的心灵之旅已经结束／一个带着所有的理解和认知飞向来世的自由的灵魂／你是如此地为人所爱。

钢琴王国的骄子——孔祥东

钢琴家孔祥东向我讲述了这样一段往事：那年他去温暖的俄罗斯中部，在一幢绿茵环抱的哥特式琴房里，他坐在世界音乐大师柴可夫斯基的钢琴琴凳上，手指按抚在平凡而又不平凡的黑白键盘上，微闭双目，第一次感受到大师的音乐天才灵感，抑制不住的激情化为飘动的乐曲，琴声浪漫，富有穿透力又似淙淙山泉，溢出小楼，不少俄罗斯公民在原野上驻足而听。这是18岁的孔祥东在音乐天堂与艺术大师第一次神交。

孔祥东1968年生于中国上海，在母亲的熏陶下，五岁就开始接受音乐教育。他幼小的个子端坐在琴凳上，开始步入钢琴——这深奥而又复杂的音乐世界。10岁那年他考进了上海音乐学院附小，那是一间非同寻常的音乐学校，多少音乐名家曾在那里度过难忘的童年。他的第一个钢琴老师是张水清。14岁时，孔祥东进入音乐学院附中学习。

孔祥东，中等身材，听他讲话是种艺术享受。从他嘴里冒出的一连串世界音乐大师的名字与乐曲，你还要慢慢琢磨。他老成，看上去远远超出他25岁的实际年龄，讲话节奏快，像在赶1/8拍。

那天我们在悉尼唐人街新瑞华共进午餐。席间看了他去年在香港举行的为中国"希望工程"筹款的音乐节片断，气势磅礴的冼星海的钢琴协奏曲《黄河》，是他最喜欢的中国钢琴曲目。每次弹奏这个作品，他会瞬间迸发出无限激情，那奔腾不息的黄河就意味着民族强盛。注视荧屏只见孔先生灵巧的手指在有限的黑白键上一会儿翻滚如雷电隆隆之势；一会儿轻挑慢按又如田野春光；一会儿铿锵有力地敲出强烈的主题音符：5 6 5 6 ｜ 3 2 3 2 ｜ 5 6 5 6 ｜ 3 2 3 2｜，这样脍炙人口的旋律。

世界上最大的唱片公司——美国 RCA 唱片公司，签约的第一位亚洲钢琴演奏家正是年轻的中国钢琴家孔祥东。

孔先生告诉我，他今年的演出日程排得满满的，要去 15 个国家，演出 60 场音乐会。今年 11 月，他还得马不停蹄地回故地——上海，参加上海国际电视艺术节的演出。

孔祥东告诉我，在中国现代文学艺术史上，他最崇拜的是巴金与贺绿汀两位老先生，他说他们是中国现代文学艺术史上两座杰出的里程碑。

在黑白键盘上驰骋二十载的孔祥东终于在世界钢琴史上确立了自己的地位。这次他的"澳洲之旅"从 3 月 20 日在黄金海岸即始，然后在 23 日、25 日及 27 日分别在悉尼 InterContinental 酒店、HILL 娱乐中心及世界著名音乐圣殿——悉尼歌剧院举行演出，他还将演奏拉赫马尼诺夫的第二钢琴曲、柴可夫斯基套曲《四季》、曾演出过 55 次之多的柴可夫斯基的第一钢琴曲、贝多芬、舒伯特、肖邦等世界著名音乐家的经典作品。

他说，他的奋斗格言是：成功来自勤奋。他说那段经历令人永世难忘。他每天都在重复着拉赫马尼诺夫、柴可夫斯基、莫扎特、贝多芬等大师的作品。十次、百次、数千次的练习，使他逐渐感悟音乐世界的甘苦。夏练三伏，冬练三九，多少次汗流浃背，多少次又在寒冷的琴房里，冻僵了手指，多少次他想与其他孩子一样能玩个痛快……但天生要干出成就的他就是凭着这股毅力走进了黑与白的音乐世界里。

他的老师，是令音乐界尊敬的范大雷先生，范先生的谆谆教诲对初涉音乐殿堂的少年来说是至关重要的。范先生出身于钢琴世家，父亲范继森更使人景仰，是中国钢琴教育界的老前辈。在他门下曾培育出中国一流及国际上颇有知名度的钢琴家，有傅聪、殷承宗、李名强、顾圣婴等人。

孔祥东在名师的指导下，渐渐成熟了，纷至沓来的好评给了这位崭露头角的青年音乐家极大的鼓舞。这次钢琴赛的创办人丹卡儿称他为全球最活跃的钢琴家之一，也是最成功的钢琴赛得奖人。

至今孔祥东曾赴 27 个国家进行过音乐表演。曾先后于纽约林肯中心、阿姆斯特丹、东京等国际都市音乐厅举行过演奏会；还于 1993 年 1 月，与中国交响乐团前往韩国举行巡回演出。

1988 年，孔祥东去美国费城科蒂斯音乐学院深造，这家学府规定只招 21 岁以下有成就的青年音乐家，学习五年，1993 年 5 月毕业。

孔祥东首次为国际音乐界所发现时为 11 岁。当时他曾在获奥斯卡金像奖的纪录片《乐韵缤纷》中演出。他曾获个人奖项为吉丽巴尔奖（1988）。另外，他还是获 PALOM OSHEA 国际赛大奖（1987）、柴可夫斯基国际大赛大奖（1988）最年轻的得奖者。孔祥东还作为中国 24 年来派往莫斯科的首名钢琴家。

1992 年，他曾来过澳洲，参加三大世界钢琴大赛之一的悉尼大赛。他一个二十岁出头的年轻人，一人得了四个奖项，仅把另外两个奖项留给了澳洲，那是"最佳澳洲钢琴家"和"最佳澳洲室内乐奖"。那时有人这样说，若他是位澳洲公民的话，那么大赛的六个奖项，他也许不会客气全拿了。

1994 年 3 月于澳洲悉尼

偶得《澳大利亚之魂》摄影作品

澳新军团日（ANZAC Day）又称"澳纽军团日"，是纪念第一次世界大战时期、于 1915 年 4 月 25 日在加里波利之战牺牲的澳大利亚和新西兰军团（简称澳新军团）将士的日子。

澳新军团日现在澳大利亚和新西兰均被定为公众假日，以缅怀他们为国牺牲的勇敢精神。澳新军团日是两国最重要的节日之一。

1993 年 4 月 25 日下午，悉尼 Town Hall 人山人海，令人行注目礼的澳洲老兵游行队伍刚刚散去，一位左胸佩戴多枚功勋荣誉奖章的老兵，竟深深吸引了我。我随他同行数十米后，征得他同意，挑了个角度给他拍照。这时，晚霞映照在他的脸庞，咔嚓几下，一位头戴贝雷帽一脸儒雅和蔼、肩膀宽阔、身材伟岸的澳大利亚老兵被摄入镜头。

我为此摄影作品取名《澳大利亚之魂》，并在多份报刊上发表，还参加了1994年5月悉尼海华摄影季举办的"你眼中的澳大利亚"摄影大赛，荣获优胜奖。1994年8月，此照片还远涉中国台湾参展并获得好评。

随后几年每逢4月25日"澳纽军团日"来临，这幅《澳大利亚之魂》就会如约出现在报刊上。

一场盛况空前的海外中国春晚

1994年，当时中国演艺明星最强大的阵容莅临澳洲，这场空前的盛宴堪比央视春晚，首秀在悉尼娱乐中心开演，几乎所有中文媒体都出动采访报道。承办方主要负责人侨领黄庆辉先生致开幕词。参加这场盛大

名嘴马季书法与《百态马季》，张帆摄影

的演出的有马季、那英、刘晓庆、周洁、朱明瑛等中国当红演艺明星。第二场移师墨尔本举行，依然好评如潮。那晚的演出看点很多，马季的相声一如既往引爆全场，那英独唱，刘晓庆、朱明瑛等的歌舞风采迭出，周洁独特的掌上舞后喝彩声不断。

这场高规格、高水准的强大阵容文艺演出，是在澳华人演艺历史上绝无仅有的，华人媒体在这次演出前后频频举办采访、座谈、餐会等活动，当红明星成为中文媒体追逐的热点。而当演出在墨尔本即将降下帷幕时，最让圈内人津津乐道的是知名中文媒体人黄曙光与朱明瑛擦出了爱情火花。

1994年2月于澳洲悉尼

偶遇当年延安文化人刘真女士

一天去报社，见编辑室桌上有前台小玲贴的便笺——Mr. 张：今下午2时左右有位刘姓女士来找你。

报社编辑工作的特点是不坐班，有事前台会记录留言。我琢磨这是哪位刘女士呢。没多久一位年逾花甲、身材高大的操浓重山东口音的女士来找我了。入座后她慢慢简单介绍了自己，我忽起敬意。她就是当代著名作家刘真。刘真，生于1930年，原名刘青莲，她的作品故事生动，语言清新流畅，风格细腻朴实，艺术上颇具特色，代表作品是《长长的流水》。她曾是文学前辈丁玲的学生，是与乡土作家赵树理同时代的作家。来澳探访小辈期间，她不甘寂寞写了文学随笔，特地送来报社一聊。我十分感谢她赐稿本报，她的稿件刊发了几期，颇有独特风格。我曾有意收藏了她的手迹文稿，遗憾的是最后竟找不到了。

与著名华裔画家沈嘉蔚相识

一天，画家沈嘉蔚带了一张入选当年澳洲最著名的阿基鲍油画肖像大赛作品的照片来报社找我。这是我们初次见面，我记得那幅画是《穿和服的姜苦乐博士》，画中之人身穿黑袍，赤着双脚，站在毛茸茸的地毯上，双手交叉在胸前，面带严肃与自信。几天后，这幅画刊发于本报与读者分享。随后不久他告知我他的油画《玛丽·麦格洛普》将获大奖之佳音。那天早上我目睹教皇保罗二世在悉尼动力博物馆为他颁奖的全过程。这次获奖，是画家沈嘉蔚在澳洲绘画艺术上的一次重大突破与转折，他由此声名鹊起。

在悉尼唐人街与著名剧作家李准品茗

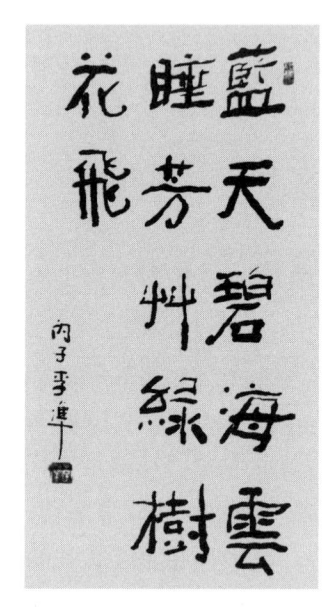

一次，有幸被邀在唐人街美膳酒楼与短暂来澳参访的作家、剧作家李准一同喝茶，聊澳洲中文报刊及文学近况，有机会聆听了这位"黄河之子"对文学的执着与理想，受益颇深。李准老师代表作颇丰，剧作就有《大河奔流》《李双双》《高山下的花环》等。席间李准老师还特意将他的一幅书法作品送我留念，令我受宠若惊。近三十载光阴随风而逝，那幅书法作品依然静静地在我书斋橱中，述说着我们见面时的情景。

在此期间，我还采访报道过文化艺术界知名人士，作家白桦、《美术》杂志主编邵大箴、钢琴王子孔祥东、相声名嘴姜昆、画家傅抱石之子傅二石等。

中国著名作家、剧作家李准赠送给作者的书法作品

Fairfield 的枪声：一个中国女孩的泣泪告白

"砰！砰！……"几声枪响，这是 1994 年 9 月 5 日黑色星期一晚间，悉尼卡市的工党议员约翰·纽曼倒在自家车库外的血泊中。

据报载，当晚黄昏时纽曼在街道旁自家院内的车库前，被人连击四枪，其中两枪击中要害的颈动脉等处，凶手当场坐小车逃离。纽曼随后

被送进医院宣告不治。

一起震惊全球的枪杀案顿时引爆全澳媒体。事后枪杀幕后凶手、同为卡市新州工党积极分子越裔吴景芳被缉拿归案。据称,吴景芳一直觊觎纽曼在地方议会中的职位,嫉妒难忍,遂雇凶杀人。新州最高法院陪审团认定吴景芳有罪。法庭判处吴景芳终身监禁。

这次枪杀事件后,本报即组织人员凭吊,并向纽曼同居女友留澳中国学生 Lucy wang 深表同情。那天我们报社的小车刚离开纽曼住地,一辆簇新的黑色政府公务轿车到达,从车里走出了新州州长鲍伯·卡等,我们抓拍了照片。对纽曼遇害事件进行了专题报道,连刊多期。

纽曼遇害一年后,在痛苦中的 Lucy wang 出书叙述了自己的成长过程、到澳后与纽曼携手并肩之路,寄托了深深的缅怀之情。

为解读 Lucy wang 与纽曼这段并不漫长的爱情旅程,我特意买了她用英文撰写的这本近三百页的书。该书由澳洲"William Heinemann Australia"图书公司出版,名为 *Blood Price*(《血债血偿》)(John Newman Murder,约翰·纽曼谋杀案)。借着字典读得很累,工作忙,每天仅读几页。书中她从自己的青年时代写到来澳后与纽曼的相遇……

在本书卷首序言中她写下:(译文)

亲爱的约翰:

记得我们订婚的时候,我告诉过你,我已经决定了要送你什么来庆祝我们的婚礼。我会写一篇关于我们的故事,在中文报纸上连载,然后把剪报收集到一本装帧精美的书中,在我们的婚礼上送给你,你说喜欢这个想法。在你去世的时候,我已经发表了四篇文章,你让我看了一遍,一遍又一遍地翻译。你总是对下一期感到好奇,笑着警告我不要把你说得太迷人,以免所有女孩都太喜欢你。我们怎么会知道前面会发生什么?我们怎么会知道一颗刺客的子弹很快就会杀了你?在这个过程中,我开始了缓慢而痛苦的死亡。我自己的衰落似乎是不可避免的——因为你是我的生命,如今我醒来,徒劳地听着你每天六个回合的拳击声。我继续做同样的早餐,但我几乎无法吞咽。我们在一起笑得很开心,你和我,但今天我在这里,给你写了一封悲伤的信。对不起,我没有什么好笑或乐观的话要说。我所能确定的是我爱你,我永远都会爱你,我最亲爱的约翰,随信附上我们的下一期《带着我所有的爱》。

lucy悉尼,1995年12月20日

《血债血偿》讲述了Lucy wang在"文革"时期在中国的成长经历,她戏剧性地离开中国,以及与打击犯罪的斗士和政治孤独者约翰·纽曼(John Newman)之间的不幸命运和关系。本书讲述了一个女人在逆境和不公正中的苦难和精神,以及她对传统习俗和东西方偏见的蔑视。Lucy的故事还揭示了人们通常难以理解的现实——中国社会的生活和政治冲突给人类带来的代价。

但当我对本书大致了解,并写下了点滴读书笔记与专访要点文字,准备找Lucy抽时间做一次较长的访谈时,几个电话打下来无果,原在一些公众活动圈能见到她,而此时众里寻她千百度,蓦然回首,她已消失在人海。有人说她已带着无限悲伤惆怅地离开了澳洲。由此我那篇准备多时专访她的长篇报道只能作罢。二十多年过去了,但愿在世界另一处的她已将心灵的痛苦化作尘埃随风飘散,祝她生活如意。

1995年12月于澳洲悉尼

《日本投降书》捐中国

这是我《记者手记》中最难忘闪亮的时刻:2012年间,我在悉尼西区一家经常光顾的旧书店里偶得一本英文版1945年美国档案局影印件的《日本投降书》。当时精神为之一振,仔细翻阅书中内容,顿时觉得这A4纸大小、薄薄的几十页纸,历史价值肯定不菲。心如潮涌,立刻与另外一本画册一起结账,共计才几元澳币,就匆匆离开了旧书店。晚上在家里我又反复翻阅了这本《日本投降书》,书中刊有日军的降文日期与日本军方代表在降书上的签名,中国军方代表接受日方降书的签名与美军方等同盟国代表见证签名。我将此《日本投降书》好好地保存起来,等待它或许能撩去久远的岁月面纱,钩沉历史与世人见面。

2014年初，我回上海时特意带上了这本《日本投降书》，正盘算着怎样为它寻求一个能全面了解它历史价值的伯乐时，"去找上海历史博物馆专家"的想法油然而生。

于是与上海历史博物馆研究员王毅相约。一个晴朗的早晨我带上从万里之外的澳洲淘得的《日本投降书》风尘仆仆地前去会面。五十开外正值壮年的王毅先生仔细翻阅这本《日本投降书》，沉思半晌后给出了肯定的答复：是本十分珍贵的历史资料。他这句话，更增添了我对这本珍贵史料的了解，并更为小心翼翼地珍藏着，同时心中也在计划着让它与世人见面的隆重一刻。

2015年8月15日，正值中国人民抗日战争胜利70周年纪念日。在此日到来之际，我又从万里之外的澳大利亚赶到了上海，并预先约定王毅研究员一起去《新民晚报》，委托晚报将此件历史资料捐给中国中央档案馆。

到了《新民晚报》编辑部，二位记者仔细看了这本《日本投降书》。在记者生涯中我曾百余次采访别人，今天第一次坐在家乡著名媒体《新民晚报》报社内接受记者采访，感觉另有一番滋味。

《新民晚报》在2015年8月15日中国人民抗日战争70周年纪念专题将本人捐献《日本投降书》做报道如下（节选）：

今天是日本宣布无条件投降70周年，出生在上海的澳大利亚华人资深记者张国敏，昨天将其在澳洲旧书店里觅得的一本由美国国家档案馆影印的《日本投降书》送到本报，委托本报社捐赠给中国中央档案馆。据史料专家考证，这本《日本投降书》尽管是原件影印件，但目前也非常稀少，在民间更是难觅踪影。

张国敏告诉本报记者，几年前，他在澳洲的一家旧书店淘书时，发现了这本"面色"已经泛黄的《日本投降书：日本政府向同盟国投降书》，觉得很有收藏价值，就花钱买了下来。投降书封面印有"太平洋战争的终结投降书影印"的英文字样，翻开影印件，可以看到代表中国的时任军事委员会军令部长徐永昌上将在受降国一列的签名，其签名紧随美国代表尼米兹将军之后，在同盟国九位代表中位列第二，可见中国在第二

《新民晚报》刊登作者捐赠新闻

次世界大战中所做出的巨大贡献与牺牲，得到了国际社会的充分认可与尊重。日本在投降书中写道："余等兹接收一九四五年七月二十六日，由美利坚合众国政府中华民国政府及大不列颠政府于波茨坦协定所订定的四个定目。余等兹此宣布所有日本军队以及所有日本辖下地区的武装部队向联盟国无前提屈膝投降……"

史料记载：1945年8月15日，日本宣布投降；1945年9月2日，日本与美国、中国等9个同盟国代表，在"密苏里号"战列舰上签署投降书；1945年10月1日，《日本投降书：日本政府向同盟国投降书》原件，正式被美国国家档案馆接收为馆藏资料。

上海市历史博物馆研究员王毅在对这本影印件进行考证后指出，根据他的研究，该《日本投降书》影印件是数十年前影印的，目前在国内留存甚少，他也是第一次见到。"日本投降书表明，自鸦片战争以来，中国取得的第一场完全意义上的反对外来侵略的正义战争胜利，这极大地提升了民族自信心和凝聚力。"

此消息经《新民晚报》披露后，当天国内搜狐等各大媒体平台进行转载。

  至此一本在澳旧书店偶得的历史资料,辗转万里之途终于公之于世,去了它值得去的地方,可让更多人牢记历史,呼吁世界和平、反对战争!

  每一次沉思回忆,都是心灵上的一次梳理。三十多年过去了,往事随云走,一群意气风发的青年风雨兼程到如今沧桑垂暮。当我们寄情于山水,悠游林下、披月山巅,或携友小酌、诗酒茶花,那束激荡心灵的璀璨烟火还是如此清晰光亮……

  注:该文曾入选2021年澳洲新艺术联合会出版中英双语版《大地留印》图书。

2020 年 11 再稿于悉尼

澳洲狂欢的跑马场与漂泊的我

年前去悉尼 Glebe 逛周末集市，顺便去附近的跑马场转了转。据说，跑马场具体运作已停止。站在空旷的大草坪一角，只见几只小鸟在绿茵上嬉戏追逐。此时夕阳余晖下一幅壮观的赛马场面浮现在眼前：群马争先恐后，骑师扬鞭策马，一边看台上群情激昂，人声鼎沸。这熟悉的场景，把我拉回到三十年前在悉尼跑马场迎来送往的打工时光。

20 世纪 80 年代末，在时代潮流的裹挟下我南漂至澳大利亚，成为陆续抵澳的中国约四万名留学大军中的一员。抵澳兵团从此走上异域斑驳陆离的逐梦之路，似游兵散勇般深入澳洲繁华的都市与广袤的农村，各自开启极具挑战的留学新生活。

那时我在澳洲边读语言边打工，貌似半工半读，实则是想获得较多打工的机会。艰辛往往来自要为自己的生计奔波时，才感身心疲惫。陌生的城市，又仿若熟悉的街景。无助彷徨时，现实往往又会反衬成全你，不是说要从零开始吗？还你一个原创心愿。当在异域的那一天降临时，瞬间觉

澳洲跑马场一景

得身单力薄。像绚烂晚霞隐去后的悉尼天空，天暗得很快，只有中央火车站的钟楼，如一幅剪影似孤绝地直指暗云深处。多少回深夜凌晨之际，在这钟楼下的巴士总站徘徊，等候寒风中灯火可亲的巴士载我回家。那时容不得你还沉浸在故乡大都市的浓浓亲情中，念及往日安之若素的须臾与不朽。立锥之地已是异域，那一切均已翻篇化为乌有，一去不复返了！

那时我先在一家工厂打工，那是跑断腿总算找到的第一份工作，也不管它是什么工作，有工可做即是上上签了，该烧炷头香了。像个饿了肚子的有什么果腹之物尽管拿来，哪还敢挑食？那时有句顺口溜就是"吃不到苦的苦，比吃得到苦的苦更苦！"一连五个递进式"苦"字，困顿昭然若揭。有工作可做即可少几个苦。为筹集下一学期的学费正任劳任怨想做个好工人、劳动标兵。然而一次移民局的"黑民大扫荡"突袭工厂，釜底抽薪般灭了我的美梦，刚燃起的炽热生机，再次遭到重创。

经好友介绍到悉尼 CBD 旁 Glebe 区域名叫 "New South Wales Harness Racing Club Ltd" 的跑马场，这是澳洲人耳熟能详且热衷的博彩形式之一。有所不同的这里是由一匹马拖着一辆小双轮车，由骑手坐在赛车上驾驭马匹迅跑进行比赛。我想不会是叫我做养马的弼马温吧，我哪有悟空之本事？虽手有缚鸡之力，但无养马之术。那马非同一般，如此金贵的马仅靠喂饱草粮喝足水是远远不够的。想来澳洲跑马场的马也不会轮到我来养，据悉当时一匹竞赛用马就相当于一两百万澳元了，养马是要有多项专业技术证书的。

我跟着热心的好友来到跑马场，上了一座连着宽广看台的楼宇，进入一间经理办公室。一张写字台后坐着一位金发高鼻蓝眼珠英俊的意大利中年男子，朋友称他彼特，我也叫他彼特，并寒暄了几句"初次见面""请多关照"之类的客套话。彼特请我们坐在写字台前的折叠椅上，说欢迎加入马场的总厨房工作，并大致说了工作时间、工资等情况。短短的见面约十分钟，我却感到如坐针毡，他吩咐我跟着好友去替换工装，我才如卸重负。一出经理室，我一脸真诚地感谢朋友荐工之恩。就这样我摇身一变成了跑马场的送餐员及厨房帮工。

年少时看苏联电影《列宁在1918》，现在剧情早已忘得差不多了，对瓦西里的那句名言"面包会有的"亦从未深刻领会，而此时在困境中、在他乡静寂的夜晚里、在欢颜苦笑中体会到这句名言十分应景，它让人看到了眼前的那抹曙光，虽不亮堂，点点萤火般，却如影随形，让人觉得诗和远方就在前面，触手可及。

那时我每周两天傍晚五点上班，几乎每次踏进跑马场总能见到那一缕美丽的晚霞，宽广的梯形看台上，有几个观众为观赛早早地择位而坐。我是半职工（part-time），十分关注工作中的细小点滴。譬如按照我们的工作特点，就是大部分工作是将厨房烧好的菜分送到跑马场的各个大小餐厅。这些餐厅星罗棋布在跑马场的各个角落，总计有一二十个，你初来乍到根本就搞不清哪个餐厅叫什么名称、在哪个角落。刚工作时，我就跟在工友后面将送过餐的地点名称记在一张小卡片上。有时厨师烧好菜盛在深浅大小不一的不锈钢盆里，上面盖一张锡纸沿边扣住，便用记号笔龙飞凤舞地写上餐厅名，我和几位工友就将这些菜分送到各处。如搞不清楚餐厅名与地点，就会出纰漏。我有那张小卡片，立马像个快递员按图索骥，送达指定地点。在不送餐时我们就不停地洗刷各种使用过的锅碗瓢盆，并做一些厨房杂事等。

小卡片为工作顺利提供不少方便，一次在掏出小卡片时，不慎被走过来的经理彼特看到了，在众目睽睽下，他要了我的那张小卡片看一眼。我本以为他会立马当众美言我一番什么"工作用心，肯动脑筋"之类的中国式夸奖，想不到的是剧情反转，他向我做个鬼脸后，即撕了那张小卡片，当然他那时的神情还是十分友好的。接着他就当众一一考问我几个餐厅在哪里。还好此时小卡片上的内容基本上已印在我的脑海里，就这样我俩颇有《智取威虎山》中他一句"天王盖地虎"，我一句"宝塔镇河妖"他一句"脸红什么？"我一句"精神焕发！"之诙谐的对答来。搞得我一阵紧张，汗流浃背。就这样问答如流，几乎不见差池。实况演练赢得了几位工友的喝彩！金黄发色下彼特白净的脸上露出一丝难以掩饰的诡异邪笑。

在送餐过程中，我去过跑马场最佳视线的导播室，从这里可以俯视全景式的跑马场，这里也是整个跑马场的中心，全程马赛的实况从这里传送至相关电视台、电台各娱乐场所。我也经常送餐到马厩与骑师驻地，那里严禁外人出入，尤其是比赛当晚，严加封锁，任何人不能与马匹骑师接触，门口有穿黑衣的保安看管，而我们送餐的可通行无阻。在那里我曾近距离看到多匹英俊的赛马，棕黑色为多，白马很少见。马鬃飘然，肤色光亮，静如处子，动如脱兔。一看就是那种趾高气扬天花板的优质马匹，令人赞叹，有的还披着各色战袍标注了号码等待上场。这样的赛马给人一种强烈的威慑感，与你常见的马匹明显不一样，是百里千里挑一的马中佼佼者。在马厩我也见过骑手，有身经百战的老将，是颇受观众喜爱的骑士明星，他们一出场往往会引得一阵喧哗，被观众垂青的场面不输银幕上的好莱坞明星。也有青涩初入职场的年轻骑手，英俊潇洒，他们都是运动场上的健将。从他们略紧身的赛服上可以看出，轻盈的体态不失健硕的肌肉轮廓，充满了青春活力。

跑马场多个大小餐室一般都有社会团体预订，在这里既可欢聚聊工作，同时观赏马赛，小赌怡情，雅趣养性，这是澳洲人喜欢去的地方。一年四季跑马场几乎两天一小赛、三天一大赛，总不停息，赛马早已成为澳洲人生活中必不可少的文化元素。跑马场越到节假日越忙碌，在每年圣诞节期间，跑马场宽大看台下的观众长廊都会摩肩接踵，水泄不通！而每当马赛开始时，发令枪响，这里瞬间又空无一人，百多米长几十米宽的观众聚散长廊大厅，此时被几盏太阳灯照得如同白昼，几台高悬的电视机大分贝地播报着马赛实况，解说者正声嘶力竭地吼叫着！还有几台大风力的落地鼓风机，正将地上的纸屑垃圾吹得忽高忽低，抛落地上，形成一个个小飓风旋涡。角落边一辆卖冰淇淋的小面包车，也无人问津，车顶上闪着无声的红灯。老板经不住马蹄声声的诱惑，临阵脱逃，成了看台上振臂喝彩看赛马的大叔。而此时我正托着不锈钢菜盘走在这诡异怪诞的长廊中，那幅图景令人联想到停摆后的世界。走出长廊声浪袭来，瞥见看台上则是另一种景象，群情激昂，狂欢呐喊冲破云霄，看台上下判若两个世界。有几次大型的节假日马赛临近结束时，我还见到了马场燃放烟花，观众簇拥着骑士在狂欢。当一束束礼花腾空而起时，感同身受这异域风情带来的欢乐。

每逢马赛开始前，我和工友各自穿梭在跑马场的各个角落，等各个餐厅晚餐的菜肴全部安排妥当后，我们就要在厨房洗刷在多个水池里堆积如山的锅碗瓢盆。主要是锅，有的铁锅很笨重，一只手还提不起来。

我们戴上厚塑手套，用热水泡洗洁精，用钢丝球刷洗锅，这是项繁重的手上体力活，经常是塑胶手套破损后，手套里灌满肥皂与污油混合水，长时间后手指虚胖发白。一天上班的最后扫尾清洁工作也颇费体力。

在跑马场工作一段时间后，我经常被彼特派到底楼一中型宴会厅后厨独立工作，有时也有了间隙空余时间。这时只要打开厨房工作间的另一道门，就能通往宽阔的梯形看台，有时会伫立看台一角瞭一眼霓虹般的晚霞，与万众瞩目的跑马场面，马的嘶鸣、骑手的鞭响与观众震耳欲聋的欢呼声交织出这澳洲人独特的文化。

那时我白天在一中文报社当编辑记者，忙碌奔波于采写新闻、看稿、编辑与联络作者，好在报社不用坐班，可以自由支配时间。晚上来跑马场耗体力，体验生活，这样有张有弛，文武兼顾，有利身心健康。有时半夜拖着疲惫的身躯登上凌晨返家的巴士，深夜的巴士一般会载两类人，买醉的与下班的。汽车在忽明忽暗的空旷夜色中游荡，穿过一个喧闹的街区或又一个寂静的街区。全车人几乎都在昏昏欲睡，偶尔从车内后视镜中瞥见司机睁着大眼开车。星光下有时会有酒鬼拦车，截停后摇摇晃晃上了车，身躯像没骨头支撑似的瘫躺在座位上，随即鼾声如雷。一天一天就在这样的状态中度过了，也容不得你有充足的时间去想生活该有的模样。俗话说：到啥山，砍啥柴。一切随波逐流，随遇而安。生活本没有固定态势，也许这与那都是一种生活状态。

转眼在跑马场打工已有三年，也算是老职工了。这期间，在居澳前景不明朗的前提下，也有不少朋友离澳回国了。最早听说的是领略了洋插队艰辛的刘观德回国了，他根据在澳期间的真实体验写下了十余万字的澳洲观感，并用立意高远超脱的《我的财富在澳洲》为书名，刷爆了当时关注出国的弄潮儿，不乏让读者急于求解，一探究竟。在澳的我一时苦于澳洲还无处可购此书。这时曾与我同住的小刘、小宋也携手回国了，他们捱不下去各有各的原因。后来正准备安排采访、同住艾士菲的上海足球队著名门将刘文彬也回国了，估计他是想回国赶刚起蓬头的中国甲A足球联赛。还有我们报社两位前任总编也相继打道回府了。

在这一小波回国潮中，有人在华埠酒家大摆告别宴，席间不免洒泪致慷慨激昂的告别辞，也有歌者赋歌一曲《送战友》。来是英雄，回是勇士，现实是来去都不易，都需极大的勇气与魄力。也有朋友轻轻来，悄悄走的。虽场景不同、排场有异，但别无二致的是壮志豪情，犹如易水寒一去不复返的英雄。这期间一位朋友的告别家宴至今印象深刻。

那天接到曾最早在同一跑马场打工的"大块头"的电话，说是要回国了，据悉他已被他太太抵万金的家书扰得心绪不宁，待不下去了。他说过多次了，大概这次算是真的了，他来电话邀我与朋友去他家临别小聚。

我与托尼那天晚饭前出发去他家，托尼开他那辆破丰田车，嘱我坐在副驾驶座上，帮他数车拐进坎特伯雷路后往西走七个红绿灯就到"大块头"家了。我们就这样一路摇晃吹着悉尼炙热的夏风，顶着西下的夕阳，沿着内西区老旧的坎特伯雷路——数着红绿灯前行，在第七个红绿灯后拐入小路停车。我们找到了一幢沿街的两层红砖老公寓房，此时二楼的"大块头"已趴在窗口招呼我们上去。拾级而上进门就是客厅，大花脸的地毯上突兀地矗立着两台高低和颜色都不同的冰箱，像一道铜墙铁壁般的屏障隔开了客厅的后半截，冰箱后是一张床。而厨房里还有一台冰箱。这三台冰箱供他们七位合租者使用，据说水电煤气费是房东全包的。

把酒言欢的告别晚宴开始了，当晚的菜确实十分亲民，其他菜早就忘了，只记得一个是切片番茄上撒上白糖，另一道菜是"鸡骨酱"。"大块头"还特意像推出明星般地隆重介绍说："请各位尝尝这道特色菜，不会比'光明邨'逊色吧？"言语中充满了自信。确实他这道菜红油赤酱，油光锃亮，又有麻油的清香，可为色香味俱佳。觥筹交错间，"大块头"打开了录音机，一首忧郁王子童安格的《明天你是否依然爱我》弥漫在小楼嘈杂的客厅里：午夜的收音机轻轻传来一首歌，那是你我都已熟悉的旋律……就这首歌扰得在座的各位心绪难平，刹那间谈笑声戛然而止。也不知大家是不胜酒力还是被悲情歌王的一歌穿心，只觉心头压抑得慌。"浊酒一杯家万里，燕然未勒归无计"，而"大块头"一人在灯火阑珊的阳台上猛抽着烟，北望神州，怅然若失，归去心切。

为加深那晚的临别家宴印象，我特地记录了两句打油诗：白糖番茄鸡骨酱，忧郁王子童安格。这次小聚扰得大家郁郁寡欢，很不是滋味。隔天我力邀"大块头"来跑马场一聚，他欣然接受。我给他订了散客宴会厅的两位自助餐。那天经理彼特仅允我请一个小时的假，我在跑马场餐厅为他饯行。据说，那天他与朋友玩得蛮嗨，还赢了一笔小钱可给国内正牙牙学语的女儿买玩具。又隔天"大块头"真的悄悄离澳回国了，就如他轻轻地来澳一样。

又一次面临城外的人想进去、城里的人想出来的局面，我也深悟"围城"之困惑。说云淡风轻吧，却又挥之不去。感觉又是一种临界状态。是去还是留？回国居澳择一而行，任何事情均有不同选择，适合自己的就好，没有对错。何因不归去？淮上有秋山。其实心中有秋山，哪里都是秋山。彷徨抉择中，坦然与淡然的等待也是一种方式。

后来我也结束了跑马场的工作，这期间澳政府颁布了中国留学生整体居澳的政策。此时我们几位曾经在跑马场工作过的，相约在宽敞舒适的跑马场小餐厅，把酒临风观马赛，开启了短暂的属于我们领略跑马观光的美好时光。说真的，虽然在此工作几年，但是还未曾好好欣赏过全场的马赛。那晚我们还下注博彩，虽不见输赢，但有了一个欢畅的夜晚。我们站在看台高处，这里还能眺望不远处的悉尼港湾，大桥与悉尼歌剧院同框，夜幕下静静的海面银光闪烁，星辰大海，一幅隐世浪漫画卷。

后来每逢国内有朋友来澳观光省亲，除带他们游悉尼标志性景点外，也会带他们来跑马场转转。我以为要了解澳洲人的生活，可以从跑马、其他博彩与复活节的农展会等处看看。TAB赛马等博彩娱乐场所星罗棋布于澳洲繁华的都市与乡间小镇，还有名目繁多的各类通宵达旦的Club，尤为壮观的要数一年一度万人空巷的墨尔本杯赛马嘉年华（Melbourne Cup Carnival）了，在澳大利亚被誉为"让举国屏息呼吸的赛事"，更被誉为全世界最缤纷多彩的赛马，具有独一无二的澳洲魅力，除此还有每周六合彩等，这一切早已根深蒂固地成为澳洲人文化生活的重要组成部分，也是澳洲经济发展中的重要支柱产业。马背上羊背上你都基本了解了，那你对澳洲人的生活知识算是及格了。

群马奔腾跑马场，又似人生竞技场。鲜衣怒马去流浪，忽将他乡为吾乡。三十载春秋匆匆飞逝，恍惚中的前尘流浪往事，虽不惊波澜却从未随风飘散……

2021年末于悉尼

穹顶下的圣诞树

光阴似箭，一转眼 2023 年圣诞节正向我们走来。三年大疫已渐远，去年圣诞还记忆犹新，那是澳洲完全开放恢复常态后的圣诞佳节。经历三年惊涛骇浪与踉踉跄跄的生命淬炼后，人们正坦然面对、期待辗转宛然的静好重归人间。

今年圣诞还未到，悉尼城中风采各异的圣诞树已纷纷隆重登场。日前朋友精心制作了一段悉尼各处圣诞树巡礼的小视频，从马丁广场的"巨无霸"到情人港水岸小巧玲珑金光闪烁的各式圣诞树，赏心悦目间的繁星之城，让人目不暇接。视频不仅洋溢着浓浓的圣诞氛围，还配上灵魂歌者恩雅的圣诞歌曲 *Only Time* 做背景音乐，那天籁之声悠远绵长，荡涤心灵。在这疫情战乱此起彼伏的惶然里，如春风拂面，疗愈身心，令人鼓舞与向往。这段视频堪称悉尼都市争奇斗艳的圣诞树巡礼指南，一帧在手，将悉尼圣诞树一网打尽。制作者还热情问询观者哪处圣诞树引你心魄萦绕。我不假思索，直言：尤喜 QVB 穹顶下的圣诞树。

走入悉尼维多利亚女王大厦（简称 QVB），拾级转角楼梯或坐古老升降电梯而上，彩色玻璃图案投射出斑斓的光晕，仰望圆顶苍穹之处，五光十色，赞叹之余，是对此建筑的独特魅力与恒久经典的致敬。穹顶下的圣诞树历来是

圣诞树前的年轻恋人

悉尼城中的翘楚,因它诞生于此,出名门、带光环。人们每次来到这里,即被魅力四射的优雅氛围吸引。一棵硕大的圣诞树立博眼球,高贵典雅,耸立在这维多利亚建筑殿堂级宫廷里,裹挟着高傲的皇家气质,光彩夺目。这树从底层穿越一楼的楼层,粗壮的树体又穿越二楼的天花板到达三楼,顶尖直达穹顶。三楼是此树最精彩的部分,在这里一眼望尽树顶塔尖,硕大的银星闪烁着光芒,银星之上是透明的玻璃穹顶,夜晚穹顶之外是星光璀璨的天空。穹顶四方镶着金边的红墙,金红两色衬托出这棵绿意盎然的圣诞树,雍容华贵,富丽堂皇。树上点缀着晶莹剔透的钻石花瓣与各式小灯或精美饰物,熠熠生辉……

曾在一个春风沉醉的夜晚站在乔治街中段一侧,古老的百年QVB身影前一列有轨电车悠悠驶来,那画面与百年前有太多的相似与巧合,只是现今的电车略显新潮罢了。历史的翻篇有太多的惊人之处,人类的发展几乎都有着周而复始、万物循环之轨迹。

记得多年前刚到悉尼就被城中这幢大厦所吸引,大厦西边广场的那座维多利亚英女王雕塑总以为与伊丽莎白女王是同尊。后查阅了资料,逐渐了解到两位英女王的杰出经历。维多利亚女王(1819—1901)是伊丽莎白女王(1926—2022)爷爷的母亲,可以说与伊丽莎白女王隔了三四代。维多利亚女王大厦是一座被列入世界遗产、19世纪晚期的罗马式复兴建筑,建于1893年至1898年之间。该建筑横跨乔治街、MARKET街、约克街和德鲁伊特街,可称悉尼城中的"庞然大物"。不管过去与现在,QVB均为悉尼都市的名片。这幢建筑有多个大小穹顶,而最耀眼之处就是建筑中部镶嵌着一颗巨大"绿宝石"的圆顶,像久远的青铜器泛着年轮的厚重之色,煞是壮观。

居澳期间,有段时间在悉尼市区工作,因为商场的另一头出口直通火车站,几乎每周要多次走在这样宏伟华丽的商场里,像穿越到了19世纪。曾到过世界多个城市中的名厦,感觉建筑风格和布局大同小异,唯有QVB精美绝伦,美得像一座博物馆,令你流连忘返。在浏览大厦里时尚潮流商品,在感受摩肩接踵的匆匆人流喧哗之同时,也不忘在二楼或三楼穹顶下依着圆周扶栏仰望星空,这几乎成了所有到访者的兴致所在。纵然在疫情肆虐猖狂之时,穹顶下依然游人如织,一派热闹景象,堪称悉尼市区最具人气之地。

而后几乎每年圣诞之际总会来此大厦转转，为感受那棵穿越三个楼层、足有五六层楼高、别具一格的圣诞树给人带来的视觉冲击与节日的氛围，这不知不觉间也成了我过圣诞的惯例。

说起圣诞树，我还真有过制作圣诞树的经历。多年前每当临近圣诞，朋友总会叫上我，在悉尼西北区的一个意大利人专业制作销售圣诞树的公司做帮手，据说该公司占有全悉尼需求圣诞树的较大份额。该公司有个圣诞树陈列馆，里面常年展出各式大小圣诞树，像一个童话般的圣诞树森林，摇曳多姿的彩灯、松果、银铃、墙角的雪花机正喷吐着飘舞的雪花，地上白雪皑皑或有个灰兔正在一边啃胡萝卜，浓密的树下掩映着一辆红色镀金边的华丽雪橇，穿红袍大白须的圣诞老人正坐在其中爽朗大笑，此时耳边回荡着"Jingle bells jingle bells, Jingle all the way"……在展馆后面是大仓库和工作间。我们正爬上或蹲下为一枝枝沉甸甸的树枝开枝散叶（专业用语为"剥树"），然后再挂上各式惹人喜爱的圣诞饰品，张灯结彩后，接通电源，五彩闪烁，一棵圣诞树算是制作完工。一棵一人高的圣诞树没多久就能完工，再大的圣诞树要几人几天才能完成。看似简单的圣诞树制作，实则技巧不少。我们两三位新帮手制作的圣诞树，总缺少生气与韵味，需要心灵手巧的老师傅左右上下略加修整，之后整棵树的精气神风采立现，这就是常年积累的工作经验。

这些圣诞树的零部件（包括大小铁底盘、圆锥铁树主干、铁枝上的松叶、各式饰品等）均来自海外。早几年，这些圣诞树之类的产品均来自中国深圳，随着东南亚小国不断参与国际贸易竞争，近几年此类商品又大多来自泰国等地。

因制作过圣诞树，故对其有亲切感。每到圣诞之际见到街头巷尾矗立的大小不一的圣诞树均有好感。或许这棵或那棵圣诞树正出自我手，有种亲手栽培的小确幸。

许多年过去了，但我总忘不了圣诞树给人们带来的温暖与快乐的情景。

一次，我们在悉尼CBD某商务大厦大堂安装一棵五六米高的大圣诞树时，三三两两围观的人群络绎不绝。当黄昏前我们全部安装完毕，接通电源后，顾盼生姿的圣诞树光彩夺目，此时正值商厦下班高峰，瞬间人们就将这流光溢彩的圣诞树团团围住，拍照欢歌起舞时起彼伏！久久不愿离去……

还有一次为某大公司赶制18棵两米多高的中型圣诞树，该公司要在悉尼南岸海边大别墅邀约200多名员工开大型圣诞趴（party）！那天下班前该公司如约而至取货，我见那一排六棵，共三排圣诞树矗立在大厢式货车里，整齐划一得像一个个出列的勇士。这不仅仅是一车圣诞树，而是将谱写200余人刷爆夜空狂欢的光明使者。

不曾想到这无意中接触的工作，竟传递着温馨与欢乐。能当这样的使者，倍感惊喜。

三年大疫几乎每年戴着口罩如约而至QVB。2020年在此圣诞树下见到一位西人长者，戴着口罩，坐在轮椅上双手合十，在虔诚祈祷，为家人或人类祈福平安。

前年圣诞前来此，刚打开镜头，闯入镜头的是一位有着蓝紫发色的澳洲少女，那一抹蓝紫色与刚谢幕的蓝花楹同款。她仰望星空似有无限遐想，当她回望镜头时，我几乎读出了她忧郁眼神中的一丝不安，抑或是对病毒战乱频发，前程难卜的担忧。

2022年圣诞来此，站在这穹顶下突添一缕哀思，这一年英联邦万众爱戴的英女王伊丽莎白撒手人寰，从此世间那一抹独有的英伦光亮黯然失色。曾经在多个圣诞节聆听过英女王伊丽莎白的圣诞演讲。据悉，自1957年英女王伊丽莎白第一次在电视上发表圣诞演讲之后，每年的圣诞节，女王的演讲都是保留节目。彷徨的人们、无助的人们、迷茫的人们，在女王的圣诞演讲中汲取能量，获得奔向未来的勇气和力量。2022年的圣诞由于伊丽莎白的缺席，该圣诞演讲主讲人换为查尔斯王子，预示着一个时代已悄然离我们远去。

眼前的圣诞树依然壮硕挺拔，人们相拥的笑靥凸显着对疫情的坦然与世界和平之期盼，看那穹顶仿佛正开启一幅新的祥瑞圣境，阳光普照，绿树葱茏，红墙金顶，树丛间的圣诞礼物与银星闪烁同辉，像一群翱翔的白鸽在蓝天下盘绕，鸽哨悠悠……

童话是甜蜜的，永远是人类生存的憧憬。犹如平安夜心如鹿撞的孩童们，他们宁愿相信当晚圣诞老人会带着自己心仪的礼物，历经风霜雪雨破门而入，也不会傻乎乎地听你为之煞费苦心挑选礼物的那套苍白说辞。

年年岁岁花相似，岁岁年年人不同。圣诞树是美好的，但愿人人心中都有一棵圣诞树，它无须奢华精致，能给你如愿以偿的希望与幸福就好！

爱一座城，喜欢一幢建筑，心存一棵圣诞树……

再稿于2023年圣诞前

双城记

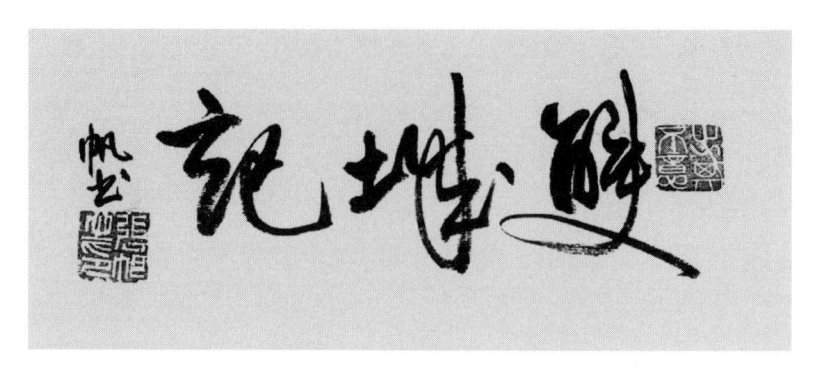

作者书法作品《双城记》

  我心中有两根弦，一根为生我的故乡上海拨响，另一根为异乡悉尼奏鸣。我家楼下有两棵树：一棵是白玉兰，洁白无瑕、香飘万里；一棵是蓝花楹，蓝色深邃、隽永绵长。都是我喜欢的树花。双城记，合成了我人生前后半生的两个世界。

  真不知会在三十而立之后去了另外一个国度、另外一个城市。当时只想世界那么大，踩着随波逐流的出国潮，看看外面的世界，不能安身就打道回府吧。怎知那次身不由己的孤旅，一别故土六七年，跌撞中竟也站稳了脚跟。

  南半球的澳大利亚悉尼是我人生首个看世界的窗口，三十多年前，飞机划过了深邃的蔚蓝，悉尼歌剧院从彩色挂历上变为实景呈现在我面前时，那如出水芙蓉般洁白无瑕、灵动飘逸的亮眼经典之作，确实有点震撼。绕着这美轮美奂的建筑走了一圈，大快朵颐享受着朋友递上的、那时在国内还属稀有食物的汉堡和炸薯条，在轻拂的海风中喝着咖啡把初来乍到的困惑全甩在了脑后。本人海外第一张留影，背景竟是这超高颜值的悉尼歌剧院。漂洋过海见到了如此风姿卓越的世界建筑瑰宝！这是这座陌生城市里唯一似曾相识的场景。随后近半年时间里悉尼歌剧院竟成每天打卡之地，因当时的语言学校仅离它百米之外。

侨居悉尼多年，故乡那根弦始终在我耳边奏响，申城浓之难化的乡愁始终难忘，渐成一位空中客。后来几乎每年跨越赤道，返往这难舍的一边是家、一边是故土的两个城市，每年总有道不完的双城的故事。悉尼与上海相距遥远，一个来回竟约1.8万公里，绕了半圈地球。虽然双城分处南北半球，在文化与生活上的许多异同之处还是令人略感惊讶。

忘不了那时离开故乡时的小插曲，浴缸拔去塞子，放水时水呈漩涡状的方向，观察了几次水均成逆时针方向旋转。记得那时大多数家庭均未有浴缸，还好我住的圣约翰老洋房有浴缸。我记住了这逆时针方向的水流方向。带着求证这个物理学现象到澳后，澳洲几乎每套住房均配有浴缸，得以证实水流漩涡南半球呈顺时针方向、北半球呈逆时针方向的物学现象，深感自然界奥秘无穷。

南半球的悉尼处于南纬33度，城市面积约1.2万平方公里，人口仅500多万。北半球的上海处于北纬31度，城市面积6000余平方公里，人口2000多万。两城南北纬度近似，悉尼的气候受太平洋暖湿气流影响而冬暖夏凉，略优于上海。两城面积、人口差异巨大。悉尼属东十时区，上海是东八时区，两地时差两小时。每年10月首个周日始至翌年4月的首个周日止，悉尼均会实行多年不变的夏令时，此半年中会与东八区相差三个小时，也就是早三个小时。

悉尼位于澳大利亚东南部沿海，两百年前这里还是一片荒原。上海位于中国东海之滨，历史悠久，在春秋时期就封邑称"申"。

在澳洲有人称悉尼是中国的上海，可想悉尼在澳洲的重要地位。

每每走在悉尼CBD乔治街头，总感觉像走在故乡上海的南京路上，身处那种熙熙攘攘、繁华街道的同样场景。在悉尼中心城区东西向的乔治街，西接帕拉玛塔交通要道的百老汇街，东临悉尼港湾，总长约10里，在上海市区也有条东西向的南京路，西接延安西路交通要道，东临黄浦江。

如将这双城著名的两条街做一比较，在代表各自城市风貌的同时，也有不少相似度。

可将乔治街最西端的巴士总站比作沪上南京西路静安寺（当然静安

寺商圈更热闹），商圈同样繁华的地铁、汽车交通便利，四通八达。再往东到悉尼的高本街，左侧是著名的唐人街，酒肆茶楼林立，银行商家聚集。这里与沪上的南京路、石门路的热闹景象相似。

维多利亚女王大厦，坐落于悉尼市中心最繁华的乔治大街上，旁边是悉尼市政厅和圣·安德鲁教堂。著名时装设计大师皮尔·卡丹赞美它是"世界上最美丽的购物中心"。19世纪90年代，悉尼市政厅开始筹建这座以当时在位的英国女王名字命名的大厦，建筑最初的用途是作为市场以及办公室，于1898年完工。建筑本身是圆顶的罗马风格结构，是悉尼城市最大的骄傲。这里又与沪上中心区域南京东路永安公司商圈相似。说到上海永安公司，这里有段澳中商界渊源史话：1916年，寓居澳洲的华商、香港永安集团的郭乐、郭泉兄弟在澳洲发迹后，怀揣巨资回国伺机发展，租赁上海地皮大王哈同的地产，在南京路、浙江路口建造永安公司大楼。1918年8月竣工，比悉尼的英女皇大厦整整晚了二十年，是受悉尼女皇大厦影响，承袭了英伦风貌的建筑。永安公司大楼为钢筋混凝土框架结构，欧洲古典折中主义风格，底层沿南京路有三座爱奥尼双柱式拱形大门，还建有屋顶花园。20世纪30年代，上海永安公司全由郭泉长子郭琳爽掌管，由此声名鹊起，蜚声中外，成为远东第一时尚名厦。

悉尼的英女皇大厦与上海永安公司都是双城中两条最繁华街道上著名的商圈骄子，同时拥有英伦风格建筑与最时尚的先锋元素，虽历经百年风霜雪雨，依然是双城尖端经典商圈中的点睛之作，傲视群雄、屹立不倒，引领世界时尚潮流趋势。

悉尼乔治街再向东行，直至海边，雄伟壮观的悉尼海港大桥飞架南北，白色风帆状的悉尼歌剧院在蓝色大海中荡漾，沿途还有著名的希尔顿酒店、丽晶酒店、柏悦酒店等。沪上南京路由西往东直至外滩，一路上有享有盛名的国际饭店、和平饭店，行至外滩，有着"万国建筑博览会"之称的经典建筑群一字排开，已成魔都乃至中国之最。登上临江观光平台，还有映入眼帘的全球最佳景色之一的陆家嘴景观，东方明珠，高耸入云的金茂大厦、环球中心与上海中心的"三巨头"摩天大楼。浦江两岸百年前后异峰突起的优美景色，交相辉映，堪称世界经典。

要说双城文化艺术设施各有特色。悉尼歌剧院媲美上海大剧院。悉尼歌剧院设计者的灵感来自一个切开的橙子,经巧妙组合排列成如今的优美形状。上海大剧院建筑更像一把横卧成大弧形的琴,上有一排排琴弦,可弹奏出美妙的旋律。城市园林,乔治街南侧有不设围墙的海德公园与沿海边的皇家植物园,徒步一圈约大半天。在此绿茵怀抱中还有一个古意盎然的总督府城堡与花园,常年向游客开放,远胜南京路的上海人民公园。悉尼中心区域临唐人街还有一个小桥流水、亭阁楼台、飞檐翘角的中式风格公园,取名"谊园",园林雅致怡静,有上海"醉白池"的神韵,白墙汉瓦青砖,竹林小桥疏影,无不浸染着中国古典园林遗风。园外即是悉尼颇具声名的景点"情人港"(达令港)。悉尼还有众多大小不一、形式各具的博物馆、画廊,数量上占优势,而沪上高端的博物馆、美术馆、艺术宫等大而全,雄踞都市。

那时逛悉尼唐人街两家著名文化艺术商店,一家取名"艺风",与卷发戴眼镜的文化人苏老板攀谈几句,问心仪的港台杂志书刊到了没有?离去时多会带份期刊或报纸。此店身居唐人街闹市,虽为弹丸小店,但像艘东方舢板小船行驶在浩瀚的西方文化海洋里,我总错把它比作都市南京路上大名鼎鼎的文化名店"朵云轩",也许它不及"朵云轩"一毛,但在异域悉尼的中国文化中,它首屈一指,是朵异域华夏文化奇葩。还有家叫"宝康",我也比之"荣宝斋",虽然相去甚远,只是点到为止。这里没有也不可能有沪上福州路文化特色街,更没有像文庙书市的文化壮景,有几家传承中国文化的小店已经不错了。前几年,这两家文化艺术商店在时代巨浪的冲击下,已不知去向,留给我们的则是逝去的岁月中那些追逐过的时光碎片。在西方文化的夹缝中,华文报纸也随着华人增多应运而生。那时不少于三四十家华文媒体,其中有中文电视台、电台等,为居于此处的华人了解澳洲提供了更多资讯,中国文化的热闹景象,堪称一绝。

在饮食文化中,远涉重洋的中国美食要先于文化登陆海外。人说有中国人的地方必有烤鸭、咕噜肉与炒饭,鸡与鸭从古到今历来是西方与东方饮食文化各自的代表作与分水岭。多年前,游逛在世界最美的悉尼唐人街上,熟识的故土情扑面而来。斩半个"得记"粤式烤鸭,啃着它骨子里的入味纯香,伴着澳洲鲜啤,颇为享受。多年后老牌"得记"也经不住时代风雨的洗礼,黯然神伤,悄然离去。但我还记得那烤鸭的味道,这滋味绝不输沪上南京路高大上的"燕云楼"的京城烤鸭。

那时吃唐人街"式式餐厅"的排骨饭,说起来就口齿生津。虽说仅是苍蝇小店,出品还是可圈可点。要了份排骨饭后,就能从玻璃隔间中看到厨师在一块椭圆形铁板上平铺煮熟的米饭,一块巴掌大腌制过的猪大排放在米饭上,再放一把切丝的洋葱,淋上特制的酱料,用锡纸包裹整个铁板,放进烤箱烤15分钟左右,一盘鲜香扑鼻的排骨饭就呈现在面前,食欲大开,风卷残云。如此美食与沪上南京路五芳斋的"排骨年糕"有的一拼。还有粤式的"金堡餐厅"等都是粤式小吃的最佳去处。当然这里也有高大上的"金唐、富丽宫"等,以前还有"美膳""满汉"等。这些知名酒楼几乎清一色为粤菜。

这里大小不一的中餐馆中,有些怀旧承袭故土知名酒家的店名,有"锦江饭店""绿杨邨""城隍庙小吃",还有直接取名"新上海""夜上海"的。近年来,也有沪上名品"小杨生煎"登陆悉尼,初来乍到的还真想入店一探究竟,见识一下这"飞来峰"的厨艺。懵懂时,你真会错把他乡当故土。

当然,故土上海的美味佳肴不胜枚举,瞬间让你垂涎三尺、燃爆味蕾的有:醉鸡、油爆虾、糖醋排骨、响油鳝糊、红烧肚裆、水晶虾仁、油焖笋、香干马兰头、腌笃鲜等,哪一款不是你餐桌上时常念叨的亮眼经典之作!

悉尼与上海的市中心区域还各有一个钟楼,且相似度极高。悉尼市中心的钟楼是火车总站的标志,人们在远处就能见到那挺拔的钟楼身影,并能从四个方向看到时钟,聆听准点钟声。钟楼下是人来人往的火车总站大厅,最繁忙时这里有过26个站台,同时可发送成千上万名旅客去澳洲各地。

上海市中心的钟楼曾是民国时期跑马厅的主楼标志,更具现代摩登风貌。钟楼随跑马厅消逝后,曾为上海图书馆,后又为上海美术馆,现为上海历史博物馆。

双城中的百年钟楼均有其各自的用途。既是城市历史保护建筑,又是百年城市沧桑岁月与发展的见证。随着现代化城市建筑的发展,这两大昔日身姿挺拔的钟楼,将逐渐淹没于林立的高楼之中。

悉尼与上海的城市交通有异同。刚到悉尼时,悉尼城市地图是厚厚的一本书,足有数百页,沉甸甸的。而不能比拟的是看惯了一整张对开的上海市区地图。悉尼的地铁已有百年历史,呈东西向为多,主要运行于地面,仅市中心区域进入地下,故悉尼人均称火车或城铁,一般不叫地铁。沪上地铁多年前始发于沪杭铁路的上海市区段的改建,后称3号线。目前上海的地铁发展总里程已进入世界之最行列。悉尼城区没有高架路,而上海已建有不少高架路。近年悉尼市区的公共交通实行了一次回复百年前果断举措,摒弃了数十条进入市中心区域的公共巴士线,改为轻轨运行,人称"一朝回到百年前"! 历史的发展很大程度上都是在周而复始,仅是周期的长短罢了。

在悉尼成百上千个火车站里,唯一一个是设在悉尼大桥上叫"弥尔森"（milsons point）的站,站在这儿望着仅百米间巨大钢铁架构的悉尼大桥,犹如一具巨兽的龙骨,岿然屹立于两岸之间,巨兽的四条腿就如这坚如磐石般的四个桥头堡,汽车、行人与隆隆之声的钢铁巨龙均在这巨兽趴卧的龙骨中穿行,从这居高临下的龙骨空隙中还能瞥见蔚蓝色海边的悉尼歌剧院。而沪上也有英国人建造的这样一座百年钢铁龙骨架于外滩的浦江两岸,外白渡桥的桥龄要长于悉尼大桥,而规模仅能算是悉尼大桥的袖珍版罢了。

双城均有共性与个性,都有几绝：从悉尼市中心驱车约20分钟就可在"双世纪公园"觅见一片与世隔绝、得天独厚、保存完好的原始森林,这里树木葱茏、遮天蔽日,堪称用极短距离将原始森林与现代城市相连的一绝。至今悉尼市中心区域圣·詹姆斯地下火车站还完好地保存了百年前的原汁原味,还有本人居住的离悉尼市中心十多分钟车程的小镇,老邮局、咖啡馆等三四幢均为百年前的建筑。悉尼在保护局部原生态、老车站、老建筑方面可圈可点。还有行政上的"大悉尼小市长"之说,悉尼市长仅是悉尼市中心区域的市长,而不是悉尼大版图上的总管。上海之绝来自各历史时期有着较为明显的历史遗迹,明清时期、清末民初、民国与现代层层分明。站在明清时期建造的上海城隍庙九曲桥眺望隔岸直插云霄的摩天大楼,可谓古典与现代同框。穿梭在沪上众多的最市民化的沪上人家"石库门"建筑弄堂里,你又仿佛回到了民国时期,印象中会有一位敲竹筒挑担的老伯出现,吆喝着"卖糖粥、卖甜酒酿",还有年轻女子着土布手挎竹篮叫卖"栀子花、白兰花"!温婉与雅致,可亲可近,意味悠然。一江春水流淌着太多的沪上故事……

美好悠久的城市都有具有传奇色彩的故事。那天在沪去话剧中心观赏世界悬疑惊悚大师阿加莎·克里斯蒂的传世巨著、十年庆四百场纪念经典话剧《无人生还》,有了次重游故地的际遇。黄昏前漫步在沪上小资情调颇高的路段,复兴西路遮天蔽日的法国梧桐绿了又黄了,踩着沙沙作响的树叶,走过华山路拐角,这里曾是沪上改革开放后第一家融入侨资诞生的东南亚风味特色餐厅"沙嗲屋"。前面一段园林围墙内,是以清末重臣李鸿章小妾得名的丁香花园。里面的一草一木早已熟稔,20世纪80年代中期曾每天在这园里打卡午餐,历时多年,闲暇时会在园中待上一两个小时。目睹绿色琉璃瓦龙墙与湖中八角亭顶端凤凰相望的"游龙探凤",眼前挥之不去的是这位冷血铁面徽籍军机大臣寻欢作乐的画面。马路对面就是我曾工作过的地方,那时从这里远涉重洋去了澳大利亚。现在这里早已是沪上知名度颇高的总统公寓,掷地有声的房价十余万元一平方米。隔邻几步即是著有著名小说《青春之歌》的作家杨沫胞妹、著名电影表演艺术家白杨的府邸小白楼,对面武康路转角一幢紧连丁香花园的洋楼曾是译文出版社,对面是市电影放映公司与"永乐宫"(影院),刚建成后几乎每周在此观看众多影迷追捧的内部影片,隔邻即是现在有超高人气的上海话剧团演出厅。不远处是文学巨匠巴金的故居及沪上著名的罗密欧与朱丽叶阳台……一晃白驹过隙都已有三十多年光景了。这秋意渐浓之时的申城,还能嗅到这季节末飘出院墙的最后一缕金桂之香,这海派都市一角的多处场景岂不是一个城市浓缩的标签,岂不是有一种独具特色的味道?

而此时正是悉尼春意盎然的春天,乔治街西侧尽头的百年悉尼大学,那一抹蓝花楹亮色正摇曳枝头绽放,沉甸甸的蓝色花朵似蓝天、像大海,随风荡漾,点缀着这所曾诞生过多位澳洲总理的世界知名高等学府,相映成趣,伴着莘莘学子的悠远书声,特别应景。这又是一种迥然不同的味道与风韵。

至今我还知道悉尼有个别称叫"雪梨",脆脆的香甜,十分诱人,苦思冥想也没搜到它有单字的称呼。而上海有称"魔都"的,还有单字称"申"和"沪"的。在英语中悉尼(Sdyney)与上海(Shanghai)均为"S"开首。两城均在新世纪开首十年之际,举办了世界瞩目的2000年悉尼奥运会和2010年中国上海世界博览会,影响力遍布全球。记得当年上海世博会宣传口号:城市让生活更美好。悉尼与上海都是世界一流的美丽城市。

上海的复旦、交大,人才辈出,是上海人的骄傲,悉尼有著名的百年名校悉尼大学,曾诞生过多位澳洲总理与诺贝尔奖得主,还有悉尼NSW大学等,都是世界知名学府。

行文至此,倘若要我从双城各择一位代表该城文化风貌、意识率真、个性贴切的人物,我会不假思索地力荐民国才女张爱玲,也许她符合上海这座城市一些海派文化的个性特征。张爱玲与她海上览胜那些作品中的场景与人物与此城同质,具有代表性。或许张爱玲的那个上海早已远去。而若要在悉尼找一位具有悉尼同等特质的文化代表人,搜肠刮肚,终无所获,只能告缺,毕竟文化异同,对此不甚了解作罢。

每座城市总有这城市的气息与味道。它不仅是清晨街头豆浆油条的宜人、黄昏夜幕后酒吧的嘈杂与啤酒花的飘香、城里月光下恋人胶着的浪漫与温馨、江海边飞溅起的朵朵浪花……它是每个时代、每个历史瞬间时光碎片凝固混合成的一道辄,那种从骨子里渗透出来的仅属于这城市特有的味道,只有深谙此城的人能嗅到她那种气息。城市养育了人,而有趣的灵魂又滋润着城市,久而久之,城市就有了那种独特的气息与味道。

回溯历史,700年前的上海,只是扬子江口堆积而成的沙洲,一个小小的渔村,这村镇只有七八条街巷,居民不及百户。村民以捕鱼为业,水面群鸭浮游其间。今日的上海已成为繁华的国际大都市,不仅有苏杭千年吴越文化的浸润,还有当代一流城市的奢华。面对滚滚长江千百年沉淀下来的这片土地的沧桑巨变,不得不感慨造化的神奇,她已颇具海派文化的前卫风骚与魅力!而悉尼在不到250年的时间内,也发展成世界上最大、最国际化的城市之一,人口超500万,独特地融合了土著、英国、亚洲及欧洲的多元文化。在并不算漫长的历史中，悉尼经历了饥荒、叛乱、淘金热、贸易繁荣、大萧条、两次世界大战等重大事件，呈现更多的是华丽、壮美、热情、宽容与浪漫！

悉尼与上海均是我居住了几十年的城市，都是我生命中的宜居城市，都留下了我的足迹。或许街角的一幢小楼、某家小吃店、某个地铁站、海滩江岸的长堤，抑或一段文字、一曲旋律等，都会触碰记忆的痕迹……一边牵着昨天，一边连着未来。每当来到或离开某个城市，都会让我有种莫名的激动或失落；每当在悉尼面朝大海时，就会想到故土的春暖花开；每当故土瑞雪纷飞，围炉融融年饭时，就会想到悉尼海风吹拂、孙辈绕膝的天伦夏日。

相信很多人都有一段"双城记"故事，同时拨响这两根心弦，余音袅袅，或短暂、或悠长，或苦涩、或浪漫，都不失为人生旅途难忘的际遇与珍贵的回忆。青山一道同云雨，明月何曾是两乡。人生有这双城陪伴足矣！岁月如梭，此心安处是吾乡。

2021年7月于悉尼听雨楼

荒岛孤旅环澳游

南半球的澳大利亚是一个大岛，又因远离世界大陆板块，有孤傲与保护良好的优越的自然环境，而闻名于世。岛上物产丰富，地大物博，荒野千里，人迹罕至，各首府城市现代与传统完满结合。

1993年，澳航在2月淡季之前，推出环澳畅飞五大城市（包括起飞城市）的特惠机票，仅2月内有效，票价199澳币。朋友问我是否有兴趣。我迟疑一会儿，告诉他可以。但当2月来临，我们准备出发时，朋友说有事变卦了，但依契约精神，补贴我同金额机票价助我成行。就这样我万里走单骑，踏上充满新奇而又令人羡慕的环澳之途。

居澳还未站稳脚跟，萌生环澳游是有点异想天开，至少是颇为超前。那时大批到澳留学生均在埋头苦干赚钱，弥补出国留学的巨大费用，而我们却在此花费不小的开支去环澳游，确实有点背道而驰。当时仅想假如不能留在澳洲，还不趁这机会环澳游一次，免得离澳时仓促，枉费来了一次澳洲，收获仅是一些皮毛。出于这个念想，感觉这次环澳游还是正确及时的。

"不识庐山真面目，只缘身在此山中。"那时候几乎所有留澳学生，如同在太空窥探地球般看朦胧的澳洲，那层神秘的面纱还未撩开。异国他乡的生活对初来乍到的我同样严峻。脑海里时常闪过一个或许会"短暂居澳"的想法，假如澳洲待不下去，匆匆来去，澳洲那么大，不去看看美丽的澳洲不是更亏了吗？那时还有一个保险的方案，就是能保住白天在报社灵魂尽情游荡，晚上在餐馆肉体油烟熏陶，就是万全之策，管他明天去留怎样！

"苍茫茫的天涯路是你的漂泊，寻寻觅觅长相守是我的脚步。"嘴上哼着小曲，其实心里七上八下还在为生存而担忧。登上了首飞西澳首府珀斯（Perth）的飞机，近五个小时的往西飞行，终于见到了美丽的珀斯。

珀斯紧邻印度洋，被天鹅河（Swan River）的S形河湾一分为二，市中心有超大型公园——国王公园（Kings Park），城市周边被19个色泽浅淡、沙质细腻的海滩环绕。这座西澳大利亚首府充满活力，自然景观美不胜收，夜幕降临后也热闹非凡。

在珀斯，生活离不开海滩——沿着海岸，有19片美丽的海滩等着你去探索，与海豚一起游泳潜水，感受印度洋的落日场景，或者纵情享受一场即兴的海边野餐或用餐体验。还想更活跃一些？那就冲浪、风帆冲浪、垂钓，或者浮潜。作为澳大利亚阳光最灿烂的城市，可以说这里每天都是适合去海边的天气。

融合了都市的清爽和原始自然之美的珀斯无疑是一座极具澳大利亚风情的城市。梦幻般的西澳海边景色令人神往，由于西澳大利亚法律特殊，严禁在海边修建建筑，以及西澳大利亚人口稀少，这些海滩都保留着上帝造物时的模样，未曾改变。南半球最长的巴索顿栈桥，深入印度洋1800米。奥古斯塔 Cape Leeuwin（勒温角）是南太平洋和印度洋的交汇处，全球唯一。在这里，你可以看到一百多年前的英式建筑群，还可以走进像美国大片《沉默的羔羊》中的老监狱，若有兴趣可以掏钱体验坐回牢。

再飞澳洲最南端的塔斯马尼亚首府霍巴特。塔斯马尼亚在澳洲维多利亚南部，是一个小岛。最早期的时候是英国关押犯人的地方，因为处于天涯海角，犯人无处可逃。如今已经成为澳洲的一个州，名胜古迹不少。

塔斯马尼亚州陆地面积约6.8万平方公里，在澳大利亚六个州中占地面积最小。塔斯马尼亚为澳大利亚自然生态保护最完善的地方，有地球上唯一的卵生哺乳动物——鸭嘴兽，号称"天然之州""苹果之岛""假日之州"，也被称为"澳大利亚版的新西兰"。塔斯马尼亚与澳大利亚本土最南方的维多利亚州首府墨尔本，隔着巴斯海峡相望，距离南极洲只有2500公里，被称为"世界的尽头"，霍巴特又是这个岛最南端的城市，再向南就是南极了，很多国家的南极科考队都将其作为中转站。

那时塔州首府机场，出了停机坪就是泥地，寂寥的旷野今非昔比。那里是"世界的尽头"，大自然主宰着一切。巴斯海峡的海水是深深的蓝色，海水下的海生物非常出名，塔州龙虾等都名闻世界。在广袤的澳大利亚夜晚，只有Casino（赌场）、众多Club（俱乐部）的灯光永远不会熄灭，闪闪烁烁，星罗棋布，五光十色，不会让你找不到，它们是你寂寥时的心灵驿站，充满诱惑与梦幻。塔州凛冽的海风如刀子般侵入肌肤，如你十分幸运夜晚站在高处，隔着茫茫大海就是南极，仰望天空，可以观赏梦幻中的南极光与流星雨。

离开塔斯玛尼亚又飞南澳城市阿德莱德。

阿德莱德有英国圣公会大教堂和罗马天主教大教堂等古迹，还设有阿德莱德大学和自然历史博物馆。自1960年起每两年在此举行一次阿德莱德国际文艺节。

阿德莱德以其良好的治安秩序、完善的基础建设、先进的医疗水平、文化与环境及教育条件，连续多年位列全球最宜居城市榜单前十位。在经济学人智库发布的"2016年全球最宜居城市榜单"中，阿德莱德位列第五。

阿德莱德的自然景观与20世纪80年代中期的电影《未来世界》中的一些中世纪景观颇有相似之处。阿德莱德是个恍如时光倒流的中世纪城市，如果有今天的悉尼城际现代火车在那里穿梭，会感到格格不入，破坏了原有的古典景观。还有个最大的特点是人口密度极低，到处不见人影，显得空旷宁静。这是一座安静的城市，当你行走在阿德莱德的街头，心里会很安宁，绿化面积颇大的街上没有任何嘈杂之声。

阿德莱德厚重的历史与人文景观交相辉映，有一个著名大学点缀城市更显学术风韵。从南澳又去了早就想去看看的澳洲中部的大岩石。大岩石称乌鲁鲁或艾丽斯岩石，它位于澳大利亚大陆的正中央，孤零零地奇迹般地凸起在那荒凉无垠的大漠之中，好似一座令人顶礼膜拜、超越时空与自然的丰碑。当地原住民称之为神石，是上帝赐予的无价之瑰宝。

环澳的最后一站降落在维州的墨尔本。

墨尔本的城市之美，不仅在于那些人们耳熟能详的地标景点，更在于城市的一砖一瓦。带上好心情，漫步城市的大街小巷，你会发现处处都是奇妙有趣的店铺，所见所感都是满溢的新鲜。不经意间，你便会融入周遭，成为这城市之美的一部分。

摊开墨尔本市区地图，方方正正的道路就像一个寻宝游戏——的确，这里充满了隐藏在巷道和拱廊深处的城市瑰宝。那些富有魅力的独立设计店铺、那些奇思妙想的主题专卖店、那些不为人知的美味咖啡馆都期待着被更多人发现。

墨尔本有条神奇的河——雅拉河（Yarra River），风光旖旎，位于澳大利亚维多利亚州首府墨尔本的南部，墨城基本上是沿着雅拉河而兴建的。雅拉河的沿河岸本来有数十条铁路通过，但现时由于路线重整，原来的铁路路轨所占用的空间，被市政府用来兴建市民公园。

岁月无痕，四季复始，雅拉河总能泛起一阵微微的波浪，把两岸的缤纷景色轻轻拉长揉碎，散入静流的河水里，景致迷蒙曼妙，韵味空灵缥缈，使这平凡无奇的河流，变成了四季独具的风景线。

这次抵达墨尔本正如约赶上首届中国留学生中文笔会举办，并受原撰稿的中文杂志《焦点》老板之邀共进晚餐。小宴设在墨市一隅，是中国篮坛名宿宋晓波与张大维主理的饭店。事隔近三十年，晚宴吃什么早已忘得一干二净，饭店大堂墙上宋晓波在1984年洛杉矶奥运会中国驻地升旗的大幅彩照还有印象，与宋晓波、张大维等共话篮坛与奥运趣事的融融之情犹在眼前。

环澳之旅实际上仅游览了一大半澳洲，而我感到这次出游颜值颇高，性价比更高，坐等这样的良机再度出现，却久久不闻佳音。多年累积的首都堪培拉、昆州的黄金海岸之旅，全澳七大洲，足迹已遍及六大洲了，"万宝全书缺只角"的就是北领地没有到达，但那条从南澳阿德莱德至北领地达尔文纵贯澳洲中部的铁路线，作为一种时尚将舒适和冒险集于一身的旅行体验，始终让我魂牵梦绕。这条纵向贯穿整个澳洲大陆有着百年历史的老牌甘号火车，可带你去领略一个文字无法尽述的澳大利亚。这个孤傲星球之旅早就在心中埋下了伏笔，纵贯3000公里，须耗50多个小时（比中国境内从西宁至拉萨的青藏铁路路途长，耗时多），斗转星移，等待再次豪情激荡去实现。

后来我又多次去了堪培拉与布里斯班，几乎完成了环澳之旅。我经常将环澳游记载的文字或长或短刊于报端，与读者分享。

如果诗与远方拓展了生命的宽度，给人生更多的色彩，那记者的行旅就是从业者的必修课，远行必定是次"腹有诗书气自华"的过程。美丽的澳大利亚，渐渐撩起独特的自然面容，令人赞叹！

1993年6月初稿，2017年再稿

灵魂与肉体互补

我总会把白天在报社工作称作有趣的灵魂在游荡,像有股无形的养料滋润着活跃的灵魂,瞬间也会溅起思绪的火花。而晚上在餐馆上班灵魂瞬间变得无趣,忙碌的肉体穿梭在烟火蒸腾的厨房里。看似一样样俗不可耐的食材,经过几道工序,刹那间在红火的油锅烹制中,一道道色香味俱全的人间美食,带着"啧啧"的艳羡声走上餐桌。耳濡目染之下,这种巧妇式魔变的戏法渐渐让我暗生情愫。

世界美食数不胜数,而脍炙人口、独树一帜的非中国美食莫属。泱泱数千年美食文化源远流长,博大精深,在这厚重的美食文化历史长河里,取一勺琼浆玉露,足以让我们舌尖的美味隽永绵长,念念不忘。在赞叹人间怎会有如此回肠百转之美味的同时,我也走上了在澳的学厨之路。

我在悉尼 Ryde Tafe 学院学中餐厨艺时的授课、毕业指导老师与考试评委之一的正是侨领兼唐人街著名酒楼主理何键刚先生。那时刚来澳洲没多久,初尝何键刚老师主理属下餐馆之一的唐人街"得记"烤鸭,算是领略了澳洲中餐烧腊的美味。在澳洲,烤鸭简直就是一道华人美食的亮丽风景线,只要有华人居住的区域,总会有一两家烤鸭店。身处以鸡为主的西方美食文化中,中国烤鸭色香味美,绝对能与鸡比个高下。

何老师为学生描绘的学厨愿景犹在耳:"只要炒饭、咕噜肉一技傍身,走遍澳洲都不怕!"现实确实如此,不管过去与现在都是颠覆不破的真理。澳洲广袤的穷乡僻壤等待你去开发简易的中餐。有何老师等真知灼见的话语壮胆,我们几乎看到前程有了些许曙光,颇有点所向披靡之勇。相信在澳最易找的工作要数餐馆了,总之学门手艺傍身饿不着。从 Tafe 毕业后怀揣着厨师结业"蓝 Pass",记得刚去一规模不小的酒家见工,老板扔了只大青蟹放在砧板上,"斩个螃蟹看看"!顿时两三个酒家跑堂的悉尼大学兼职的学生仔围在料理桌前。我心无旁骛将螃蟹翻个身,白肚朝上,举刀对准蟹肚中心斩下,数秒钟后螃蟹不再张牙舞爪,我拔出菜刀，侧着蟹身卸下半边，用刀剔去腮物，将蟹肚连脚斩成三块，另一边同样，蟹钳单边两块，用刀背拍裂，再斩去蟹脚尖，一只大青蟹首身分离卸成十一块（视蟹大小也可分九块），冲洗干净后撒上生粉，锁住水分，仅用两三分钟，干净利落，与课堂上演示不差分毫。我也不等老板发话，上炮台炉点火，两勺油烧热，倒入斩好的螃蟹，"嗞嗞"炸响，瞬间青黑色的螃蟹变成了绛红色。两三分钟后漏勺撩起螃蟹，锅里放少许底油爆香葱姜，放入螃蟹，喷酒，再放少许糖与鸡精，约半勺高汤，盖盖焖煮两三分钟，打开锅盖略颠锅，再用少许水淀粉勾薄芡装盆。一盆喷香扑鼻、色泽艳丽的"姜葱螃蟹"盛装出演。"明天来上班！"就这样我与餐馆结了几年的缘。

刚开始上班学打鸡蛋，30只一盘2.5dozen（打，计量单位）的鸡蛋要打四盘10dozen，共计120只鸡蛋，垃圾筒里的蛋壳已有半筒。再给鸡蛋加入一汤匙食用红水，接着用搅蛋棒快速搅拌，几分钟后蛋液均匀，黄金色的蛋液有食用红水点缀上色更亮眼。再将隔夜两三个五公斤电饭煲中的剩饭一一盛入淘米箩中，用水将米饭略作冲洗，沥干后与打好的蛋液一并放在炮台主厨炉头旁，算是炒饭前期的准备工作完毕。炒饭基本上是半勺蛋液一勺饭，在炒饭上我也逐渐悟出门道，炒饭的灵魂是锅气。炒饭中的颠锅、翻锅也很关键，这又与物理受热均匀相关。在那段不确定的居澳日子里，我还努力在中西美食探源上下功夫，曾撰写的《炒饭初探》一文中也较详细地叙述了干湿两种炒饭的特点，"扬州炒饭"是"干式"炒饭的代表，"福建炒饭"是"湿式"炒饭的代表，两种炒饭各具特色。在《试析鸡与鸭在中西美食文化中的重要地位》一文中，我叙述了从速成养鸡到以鸡为主要快速食品的利弊，同时也对中国式鸭加以适当褒奖。我罗列了一大堆食用鸭的好处，从依水养鸭到鸭蹼、鸭腿、鸭膀、鸭血、鸭脖、鸭头、鸭下巴到鸭舌等，丝丝入扣地说明了鸭全身均能烹制成美味。这些厨艺专文，较好地将自己的学厨兴趣提高到一个新的阶段。我认为任何有灵魂色彩浇灌过的事物，都会慢慢变得有趣起来。这样从实践到认识往返数次的渐变过程，感觉有点接近厨艺上正统的学院派。

那时我颇受食界文化代表人物的影响，对陆文夫（中篇小说《美食家》)、蔡澜(《海隅散记》)、李安(电影《饮食男女》)甚为推崇。而他们三位正好代表了中国内地和港台的美食文化,由此可见华夏美食文化的百花齐放。三位之中的大导演李安更是十分了得,据说由他导演的电影《饮食男女》中呈现的几十道家常又经典的佳肴,他全会一一搞定。由此获悉,大导演李安默默无闻待在家里的六年,练就的烹饪技术已十分娴熟到位。

  实际上,在澳洲蓝领与白领没什么区别,有时蓝领反而更接地气,更能找到适合自己的工作,只要有一技之长赚钱不输白领。

  澳洲餐馆的打工生涯,也构成了我在澳期间一段难忘的经历。有时不妨设想一下,如不出国,我肯定不会在中国千千万万间餐馆的厨房中去找工作,一没兴趣,二根本不懂。人生有很多事都无法确定,正应验了那句俗话:"到什么山上打什么柴。"

1994年4月于悉尼

垂涎欲滴的葡萄（小说）

如约而至的澳洲夏天，是一个令人神往的青春舞动的季节，除了艳丽的海天一色和白云悠悠，还有纷至沓来的万千宠爱的飘香瓜果。

一个百无聊赖的夏日午后，花甲开外的罗杰闲坐在家后院绿树掩映下，右边沿栏栅处有一排澳洲不多见的竹子树，郁郁葱葱，和风吹拂，竹叶沙沙作响，颇有"独坐幽篁里，弹琴复长啸"之趣味。虽不抚琴吟唱，但品茗赏景，含饴弄孙，自得其乐。眼前花园草坪另一角一棚架上几株葡萄树下，孙儿俩正摸高想摘下几串刚结果的绿色小葡萄，几经努力，十岁略高的大孙如愿以偿摘得一小串绿葡萄。两人喜形于色地坐在葡萄树下，欢笑着分享这甜蜜的果实。

这平常的一幕在罗杰眼中泛起涟漪，如蒙太奇幻境般，突兀地切入那年遥远的画面……

三十年前摘葡萄与葡萄紧密相伴两月余的情景像一股潺潺流淌的小溪，在思绪中涌起。

离悉尼市区约五六个小时的车程，有块 S 高地，那里终年吹拂着温润的暖风，那里有几百亩浩浩荡荡的葡萄树群，每到夏季空气中弥漫着葡萄诱人的香味时，田间多了摘葡萄人忙碌的身影。

20 世纪 90 年代初期，迈出国门的罗杰南漂到澳，在寻工碰壁百般无奈之下，毅然萌生了去农场摘葡萄的心愿，这是孤注一掷的无奈之举。去了农场不去读书，违反了签证规定，就会注销原有签证成黑民。但他又别无选择，填饱肚子最重要。那天他从当地日报的豆腐干分类广告中，得知农场有人来悉尼招工，迫不及待约了同住的小李一起去听招工概况。

悉尼华埠的一个大酒楼里，由农场来招工的大刘坐在大圆桌边被几位寻工者围着问这问那。罗杰也在其列。品着香茗，吃了茶点，两三小时的招工会就结束了，大刘描绘的葡萄园美景，犹如桃花源般，不仅在那里包吃（适当收费）包住，人工费高，葡萄还尽管吃。把正画饼充饥的罗杰撩得心旌荡漾，恨不得马上成行。茶点后大家交头接耳，互留电话并相约成行，亟待两天后集队出发。

罗杰的英文名"Roger"开始使用，并被大刘写在了招工花名册上。如果是去农场摘苹果、挖土豆等，罗杰肯定没兴趣，还不如在市区晃着，总有寻到工的时候。而一听摘葡萄，他体内的多巴胺一下就快溢出来了。多可爱的葡萄呀！能亲手摘下一串串晶莹剔透的淡绿或紫色神仙般的圣果，多高兴！曾经的大西北敦煌之旅，"葡萄美酒夜光杯"是他心存的最美好的记忆。

那时他就读的科技大学就在大都市北郊，每逢暑假前后或周末从学校返家时，均会在中途马陆下车，在路边的凉棚里挑选几串誉满江南的巨峰葡萄带回市区的家里。整个夏秋季巨峰葡萄似乎从未在他眼中失去身影，那葡萄的香甜多汁美味，不亚于杨贵妃一骑绝尘的"妃子笑"（荔枝名）。如今能每天与葡萄亲密接触，想到此，他就满颊生津，垂涎欲滴。他沉浸在美好的愿景中，感觉命运之神正眷顾他，为他打开了一扇幸运之窗，殊不知现实的骨感嶙峋。

两天后的一个早晨，在这青春洋溢的季节，罗杰与同行八九位年龄相仿的男青年上了"带路党"大刘的面包车，一路上大刘热情回答新工友们的各种问题，让大家免生各种工作或生活中的担忧。还声称近日还有不少工友相继要去农场工作，这样的季节工两三个月除去吃用开销，赚个一两万澳元不在话下。有大刘这般真情告白，坐在车后一角的罗杰心甘如饴，充满希望。

一路走走停停，风尘仆仆，赶到农场时已近黄昏。印象中他走进了矗立在荒野中的一座旧城堡，底楼有多个房间，他与五个工友合住一个大睡房，房内有卫生间。这澳洲夏季乡野洋插队的第一夜让罗杰无法入眠，蛙鸣虫叫几乎闹了一宿，而最主要的是罗杰这个曾经的科大自动化技术高才生，要在澳洲身体力行全手工摘葡萄，更担心明天摘葡萄的"首秀"，一切想象中的情景。同一天空下，命运怎会如此悬殊？此生多寒凉，此生越重洋，瞬间鼻中一阵酸楚。

第二天清晨，他起床从行李中翻出旧衣裤穿上，并在袖口裤管处用细绳扎紧，以防田间小虫侵扰，还在脸上抹上防晒霜，脖颈上涂了风油精，系紧领口的风纪扣，脚穿一双"狼牌"球鞋，拿出了草帽。穿戴齐整坐在床沿边，等待令下出发。他的装扮如四肢张开站在田间，颇有几分驱雀鸟"稻草人"的木偶呆样。

一会儿天亮了，大刘敲门探头告诉大家先去厨房吃早餐，然后出发去田间摘葡萄。吃早餐时大刘知会各位，从即日起每位每天餐费10元（包三顿饭），一周五天，餐费可从工资中扣除。另周末膳食自行解决。他还澄清自己并无食言，包吃仅提供厨房里的土豆与洋葱。每周周五半天工作，该天中午收工集队去镇上自行购物或办事，周六休息，周日照常上班，也就是每周工作五天半。

大家面面相觑，一时无奈。吃完早餐大家跟着大刘步行十几分钟来到田间，那天在悉尼华埠招工时各位光鲜的外表，此时荡然无存，被各式肥瘦工装和遮阳帽替代，那副群象颇有衣衫不整正开赴前线的"抓壮丁"况味。

大刘在一大片葡萄树的垄前，戴着手套示范了一手拿植物剪刀，一手托住比身高略矮的一串淡绿饱满圆润的葡萄，从葡萄梗部剪断，这就是摘剪葡萄的全过程了。大刘还从田头一大堆颜色不一、叠起的塑料小桶（如办公用废纸篓）中取了一个，接着就一一剪了五六串葡萄放满一桶，并告知各位，以量计算，摘满一桶两元澳币，公平计量，多劳多得。

大家看到大刘如此简单明了的操作，早已心知肚明，亟待有良好表现。罗杰感到如此easy，满生欢喜，也不用太花体力，几分钟内即有一个小金币，仿若唾手可得。眼前瞬间晃过一堆堆惹人喜爱的小金币，他喜笑颜开。

大家不苟言笑，在各自选定的一垄葡萄树下认真工作，蓝天晴空下仅有剪刀的咔嚓声在田间回响。罗杰在葡萄棚下时而蹲下时而站立，硕大的身躯变得灵巧。太阳出来了，炽热的阳光使田间快速升温，罗杰顾不上满头大汗，用袖管擦拭额头的汗水。田头有大壶的大麦茶供应，他也懒得去解渴，怕一个来回会丢掉一两个小金币。他专心致志扑在摘葡萄上，因为时间就是金钱。渴了摘几颗大葡萄放在嘴里，爆浆般的甜汁令他精神百倍。他小解也在田间解决，反正这方圆几百米内无异性，这葡萄树林影影绰绰又像个青纱帐。

近中午时分，工头大刘的太太玛格丽特开辆小货车停在田头，呼喊大家息工吃饭，连呼三四遍，掩映在葡萄树中的人影才走了出来。刘太还陪各位清点各自垄中装满葡萄的桶数，并记录在小本子上，还附工友本人签收。整整一上午近五个小时，除去稍事休息，罗杰摘葡萄的成绩是37桶，合计为74澳元。对如此战果罗杰非常满意，平均时薪近20澳元，要知道在那时是高工资了。

刘太本姓马，直取英文名玛格丽特，一下就觉得好有美感，至少甩"马秀琴"三条马路。"玛格丽特"不仅读起来抑扬顿挫，还颇有画面感，能让人联想到悉尼CBD摩登商务楼里多个白富美女魔头的玛格丽特。而这田头的玛格丽特虽矮略胖，但勤快率直，特有女汉子风范，高兴时在田间唱上几句《在希望的田野上》，颇有歌手张也的亮嗓脆声。她负责这个小团体平时的伙食及一些相关的统计工作。她将每人摘下的葡萄汇入纸板箱中，放到小货车里垄上，动作利索，一溜烟而去，田头留下一大堆彩色空塑料桶。工友们坐在田头吃着鸡腿番茄炒蛋盒饭，一阵喧哗，述说着各自的工作感受。一阵微风吹过，几位饭后竟躺倒在泥地上，仰望蓝天，用草帽遮住汗渍斑斑的大花脸，有的已发出了鼾声。朦胧间一阵响哨，工友们揉着眼睛又钻入葡萄垄中工作了。

夏日的澳洲光照充足，葡萄长势喜人，每颗果实都饱满圆润，寓意生命的自身宛如这夏日熟透的葡萄，流淌着浓郁诱人的青春气息。罗杰至少吃了几大串这样美味的葡萄。傍晚时分玛格丽特又来计算各人摘葡萄的成绩。经统计罗杰当天摘葡萄成绩列九人中第三，下午仅摘了29桶，全天共计66桶，计132元。那时一般在工厂上班的周薪仅为250到300元澳币，当然劳动强度室内外工作不同。要知道那时的澳币与人民币之比是1∶6.8左右，万元户在大都市还属凤毛麟角。

一群"残兵败将"沐浴着夕阳的余晖，拖着疲惫的身躯走向住宿地。在厨房吃了分食制的晚餐后各自回房洗漱睡觉。这时工头大刘陪一个大高个卷发肤色微红的澳洲男士进屋，搞得大家措手不及，赤膊穿短裤的匆忙中穿上外套。大刘介绍说这是农场主老板彼特，今天来看望大家。颇有原住民外貌特征的彼特做了简短的见面讲话，主要是欢迎各位在这一夏季来农场工作，并祝各位在繁忙的工作生活中一切顺利。大家致以掌声。

此时体力较好的在洗当天汗渍斑斑的工作服，其他人倒头就睡。五人一间的睡房散发着一股浓浓的酸臭味，并伴着鼾声如雷。罗杰早已瘫倒在床，四肢酸疼无力，像扛了一天沉重的大包，全身散了架，元气大耗后体力崩塌。

翌日重复昨日工作如常。几天日复一日单调的工作像魔咒一样罩在罗杰头上，他渐渐流露出悄怆幽邃，吃葡萄也感到味同嚼蜡，甚至厌恶。每当这样的情绪波动时，他总会以那晚熄灯后两位工友的谈话来激励自己。当一位工友苦叹怎能坚持两三个月的工作时，另一位工友深受同感并开了一剂灵丹妙药：你要知道我们现在一天的工作收入相当于国内起码两个月的工资，坚持一周就相当于国内一年。你坚持十周，在国内躺平七八年不在话下。当时这样的比对确实坚挺与令人信服。数周就变成国内难以想象的万元户，坚持十周就坚持十周呗！此时罗杰的全身像被一阵高压电击般兴奋与激动，信心倍增，睡意全无，他不再感到劳动的艰辛与痛苦，像攀登上了一座山丘，会当凌绝顶，风景尽收眼底，那种成功后的喜悦与荣耀填满他的胸臆，使他不能自抑。

繁重的工作，午后田间烈日炎炎，树上的鸣蝉在聒噪，小虫在眼前耳旁飞舞，空气中弥漫着甜而腻的味道，又闷又热，像个庞大的蒸笼。远处天际边乌云泛起，夹着偶尔响起的闷雷，不见下雨。高温下工作常令人坚持不住，只想在树荫下躺着美美地睡一觉，罗杰盼望周末的到来。

总算迎来了到农场后首个周末，中午收工时分回住处的步履轻盈了许多，有人还哼着小曲。吃了午饭漱洗后，一群衣着光鲜的青春小伙鱼贯般登上大刘的面包车向近十公里外的小镇驶去。

到了镇上大家分头活动，有去银行取钱的、去理发的、去超市买草帽雨衣的、去诊所看病配药的、去书报店买六合彩的等等，大家约定晚饭合伙在镇上唯一一家"好味"中餐馆聚餐。

当日酒足饭饱之后每人抱着几袋采购物品返回住处，大半天镇上逍遥自在的快乐时光，早已将工作的劳累忘得一干二净。晚上熄灯后两位工友还在聊着下午逛了小镇妓院的风流韵事。小个工友谈与小凤仙的美事，大个工友说到国外了，该开洋荤了，找了个乡野味十足的金发碧眼苔丝共诉衷肠。他们津津乐道有声有色的香艳故事，像插上了翅膀直往罗杰的耳朵里钻，扰了他一夜的清梦，朦胧间小凤仙、苔丝轮番登场向他献媚挑逗，火辣的风情撩得他把持不住。他感到做人不能太亏了自己。

在农场最无聊的日子要算雨天了，那连下三四天的雨，真让罗杰哭笑不得。想起20世纪70年代中后期，曾经在国内大都市海岛农场的雨天，大伙闭门读报看书，那时盼着下雨天，整月下雨也无妨，反正大锅饭，在这里逢雨天就等于丢钱。站在屋檐下眼望瓢泼大雨越过远方的山峦，烟雨茫茫，将葡萄地浇成一片水汪。第三天午后雨刚停，罗杰与工友们便急不可待地奔赴葡萄栅，半筒雨靴深一脚浅一脚地陷在泥地里，脚下泥泞不堪，站立不稳，摘一桶葡萄比平时更累更慢。虽然采摘工作极不顺利，但多少也有点收入，不至于三天白板。也有多个雨天，在小雨中坚持工作，等晚间收工时，一个个早成了"落汤鸡"，裤腿里、鞋里尽是泥水，一双鞋面目全非，已成笨重的"面拖大黄鱼"。

随后的几个周末去镇上采购或游荡，罗杰感觉有股莫名的兴奋会追随那个小个工友，去那门口亮红灯的"Rose"，他执意要见识一下人称"台柱子"小凤仙的万般风情。

在澳洲广袤的农村小镇，麻雀虽小，五脏俱全。大凡都配备银行、超市、有老虎机的club、酒吧与妓院，还有礼拜祷告的教堂等，这是基本的生活标配。尤其是娱乐身心的释放，对从事繁重体力劳动的人来说尤为重要，像酒精能缓解人的紧张与劳累一样。

农场鲜美多汁的葡萄在罗杰面前渐渐失去了往日的魅力，从膜拜到舍弃，还发展到逐渐厌恶的心理，圣果般的葡萄已不是他心中曾经的唯一，那种逐渐强烈地从追随到反叛，始于安适生活常态，毁于工作重压之下，短短几周葡萄完美的形象已跌落于地，再难修复。

转眼在农场摘葡萄已近尾声，那年圣诞前罗杰结束了农场历时70多天的辛劳，在那个刚熟悉又要离开的小镇火车站，登上了由途经此地去悉尼的乡间火车。一群风尘仆仆被晒出健康古铜肤色的青年，在火车上拉开嗓门谈着各自此行的收获，而最有说服力的不乏是金钱的回报。罗杰心中瞬间闪过串串从喜爱到讨厌的葡萄，还有小凤仙娇小艳丽的身影与葡萄般清澈的眼睛，那段奇异怪诞刚萌芽而又夭折的恋情；"好味"中餐馆里"菠萝咕噜肉""麻婆豆腐"等美味留颊；教堂整齐划一白袍绣金领唱诗班《哈利路亚》的歌声与悠扬的管风琴；还有老虎机叮咚的声响与小镇淳朴的风貌，虽然没有达成如期愿望，但还是怀揣着近 7000 澳币与远山的农场、古老的小镇和工友道别，带着惶恐的心情回到喧嚣的城市。

  世间沧桑，花落草长。多少往事，终将成为现代生活的影子。葡萄还是三十年前的葡萄，或经几十载农科技术的改良，变得更加优质甜美高产，但罗杰心中曾经不朽的葡萄，仅经历那短短难忘的一役，已支离破碎，变得不屑甚至狰狞，被他逐出生活日常。

2020 年 11 月于悉尼克劳伊顿

情逝（小说）

唐人街一如既往吹拂着故乡熟悉的味道，尤其是烧腊店里刚出炉的烤鸭，那阵香味直撩得人齿颊生津，垂涎欲滴，往往不能自已。有华人的地方，寒来暑往，那是一道永不落幕的风景。

一个晴朗的中午，李叔走过唐人街烤鸭店，转弯坐在一家新开的兰州拉面店里。店堂局促，仅十余个座位。一位五十出头薄施脂粉的女士，递上一张印制精美的面点菜单，与她对视的瞬间，李叔感到有些面熟。

一大碗撒着翠绿香菜、覆盖着一大堆牛肉的拉面来了。牛肉厚实，面足汤宽，顿觉仪式感满满。嗯啦一阵，没吃出期望中的酣畅淋漓，倒成了满脸铮亮的油腻大叔。虽然美味，但这面少了两道必配食材，酸萝卜片与剁碎的大蒜叶。尤其是没了这灵魂的青蒜碎，注定成不了正宗的兰州拉面。这碗奢华版的兰州拉面南渡大洋不成橘，却为枳。

归去的路上那妇人略显僵硬的微笑扰得李叔思绪奔涌，终于忆起她与他那段洋洋洒洒富有传奇色彩的爱的流星雨。

那位丈夫的剪影在李叔脑海里模糊呈现。中学时代在"共青"中学，"文革"后的就学气氛虽不怎样，而他却出类拔萃。头大好读书，获得"大头"绰号，赢得众多少女青睐。他对这绰号，明里不喜欢，暗地里也认可。毕竟"大头"是他学习优秀的代名词。那里还出了个电影《小花》的演员，是他的校友与师妹。远在天边的他曾几次跨洋参加校庆，均没碰到那朵开不败的"小花"。他在兄弟中排行老四，成为兄弟中唯一毕业于都市著名学府的佼佼者。本想安于现状留校执教，出国追梦冀盼更大的天地，循规蹈矩的他做出了人生第一个壮怀激烈的举措，飞赴澳洲留学，成了弄潮儿。

那时被称为荒岛的大澳村时兴在家看录像。夜幕降临土狗不叫，"寂寞开无主"时，追剧真是一种不坏的文艺享受，既高雅又不失时尚，那时录像店如雨后春笋般遍地开花。李叔是去一家录像店还一大袋作家叶辛的电视连续剧《孽债》的录像带时偶遇他的。那天李叔还清晰记得他中等身材略胖，脚步略拖沓。一头蓬松的卷发，似音乐家贝多芬，颇有艺术气质。他谈对电视剧《孽债》颇有见地的观后感，竟大致与李叔不谋而合。

后来他们间有了进一步的交往。得知他与她的结合还是朋友传来的，先似信非信，略表惊讶，后为他的大胆举措折服。

简单的相亲拼图一般我们耳熟能详，八九不离十，而富于离奇与创意，把那些传统世俗与偏见击得粉碎，他绝对是个勇者。我们暂称他为"小T"，他女友为"小楠"。有人相信任何从天而降的姻缘都是由老天一手暗牵红线的，不早不晚恰在此时，不远不近就在此地。在朋友的撮合下他认识了来自南国羊城的小楠的姐姐。交往数月后偶遇她妹妹小楠，瞬间小T就对秀外慧中的小楠大为欣赏，被爱神丘比特之箭射中之人，一般均不能自拔。他情迷神离心倾小楠，数周后非常到位地切割与小楠姐的交往。关了一扇门，又开了一扇窗，鬼使神差开启了与小楠朝暮相处的恋情。而此时的小楠刚与前男友分手，脸上还挂着几分阴霾，挺着三四个月不易察觉微凸的肚子深居简出。由于父亲的竭力反对，小楠决绝地与前男友拜拜，暗自瞒着远在天边、八竿子打不着的父亲要保胎。此时对不期而遇的小T出场，自然是自带几分惊讶与彷徨，但更多了几分欣赏。

自从见到小楠后，老天在小T心里种下的一株爱情树开始萌芽，每天挥之不去的是与小楠相遇时的情景。一周后，瘦小的树苗长高，但已不失为一株渴望浇灌的小树。小T加大火力，把这种情感提升到无比炽热、势不可挡的地步！那时小楠临海与人合租居住，小T也不便每天上门打扰，雷打不动的每天不是一通电话，就是一条滚烫标准浑厚男中音普通话留言：告诉我今天海是什么颜色？夜夜陪着你的海心情又如何？灰色是不想说，蓝色是忧郁，而漂泊的你狂浪的心停在哪里？……

一个保胎中的孕妇的芳心与胎儿的小心脏同时加速跳动，在充满情意绵绵的磁性嗓音的撩拨下，她阵阵燥热。但她还是十分惊异，难道他果真不知道我肚中还有与他人的孩子？要与我携手共赴爱河？这可能吗？是糊涂还是装傻？她挑明了告诉小T自己的现状；而那边的小T早有冲破樊篱之决心，信誓旦旦，执意表白：肚中之物在所不辞，却更能说明他对爱情的忠贞不渝。

小楠无比激动，心中有头小麋鹿狂跳不已，不知是拒绝还是接受？略显悲摧的前戏才刚刚谢幕，紧锣密鼓的另一出爱情大戏催她上场，容不得她涂脂抹粉、换装打扮，戏就要开演，她没有一点准备。爱情像太阳，所向披靡，无可阻挡，绝无仅有的传奇爱恋像一架加足油的火箭推进器，合二为一，不，合三为一（还有肚中的胎儿），全速射向天空进入预定的爱的轨道。他们同住一起，伴着小楠逐渐凸显的肚子度起蜜月来。

被海风吹过的悉尼夏夜，温润妩媚，他俩十指紧扣走过景色宜人的情人港，穿过光怪陆离的女皇大厦，在悉尼塔旋转的高空餐厅摇曳的烛光中，品尝西式黄油焗龙虾的美味，在含情脉脉清脆悦耳的高脚杯轻碰声中，"奔富红酒"有了玫瑰琼浆玉露之色。居高临下，夜幕低垂，两个身影印在窗外熠熠星光的天穹里，犹如一个微醺的梦。深夜热情相拥走在乔治街上，夜风吹开盖在路边流浪老人身上的报纸，吹散霓虹灯上的浮尘。眯着蒙眬双眼的老人接过小T递上的一张崭新的10元塑纸币，连声说：Thank You！ Good night！悉尼夜色旖旎，灯影迷乱。

这种打着右跳灯快速变道超车、切入热恋状态的爱情葵花宝典，小T踌躇满志，志在必得，越过山丘，收获了爱情。无可置疑这一切他做得十分perfect！伴着这预料中的小确幸，漫长的半年时光里，小T身体力行像个陀螺忙里忙外等待妻子与他人的小孩降临。这一切他做得也十分到位，这样的执着与坚毅，一般人早已望而却步。小楠从未想过在孕期还会收获如此动人心魄的爱情与一位细致入微的看护人，一个腆着肚子的孕妇笑靥如花似蜜，引来朋友们羡煞的目光。

小T如一位惊人朴实的苦情戏扮演者，不管三七二十一，将小楠拖入了二人世界的爱情泥沼。深陷泥沼的欢快中，二人忘乎所以，过起了新生活，任何世俗偏见，在他们眼里都见鬼去吧！

小孩呱呱坠地后，小T又充当伺候月子的保姆，虽为他人爸，预料之中的小T毫无怨言，而是心甘情愿，堪称经典爱情的守护神。这则令人啧啧称赞的传奇爱情故事，惊爆了常人的眼球，像朵不息的浪花在坊间轻轻荡漾。

三年后的世纪之末，李叔坐在悉尼西去的火车上，约40分钟后来到一个远郊的火车站，在附近一个尘土飞扬的旧停车场上见到了热情的小T。虽然几年未见，沧桑与疲惫爬上了他的脸庞，但他的精神状态尚好，老朋友相见大家都异常兴奋。坐在他的丰田旧车里一路狂奔去了他着意打造的爱巢。这是一幢穷乡僻壤里再平常不过的一字形平房，厨房、饭厅、客厅、两间卧室一字排开。李叔也见到了女主人小楠，这时她怀里抱着和前男友的爱情产物，还有一个最近诞生的儿子在襁褓中。面对四周稍显凌乱的困境，李叔不知该说什么，词不达意的客套也略显苍白。那句"生命诚可贵，爱情价更高"在他脑海里打转，佩服他们的爱情如此伟大，祝福他们！

但他们终究没能熬过宇宙守恒定律的"爱情七年之痒"，荒漠中爱的城堡轰然倒塌，曾经令人称颂的爱潮水般倾倒一地，覆水难收。最终小T远走高飞，一脸沮丧辞妻别子踏上了回国的旅程。李叔也不敢想象母爱大于天的小楠一人如何扛起这千斤重的家庭压力？

小T做出如此的诀别不知何因？人间的爱，又有谁能说个明白？哪些心情在岁月中已经难辨谁对谁错？这里已是荒草丛生，爱被风吹走散落在天涯。

又过了几年，李叔回国时有幸被邀去都市一个重点中学与小T一叙。小T几乎走出那片曾经惊世骇俗的姻缘阴霾，已是该校十年教育计划首聘的外籍教员。在该校一幢精致的红砖外教公寓里，独居设备齐全，是高档的一房一厅。在这高档的斗室里叙述多年各自的工作情况，李叔难以启齿打听小T后婚姻时代如何。似乎轰轰烈烈的情感生活将小T归于沉寂寡淡。在那晨钟暮鼓的小楼里，他过起了独居生活。楼下有学校专用食堂，提供一日三餐可口的饭菜。百米内有学校塑胶跑道和配备篮球网架的标准操场。令人吃惊的是他笔耕不辍，几年间竟深藏不露陆续出版了多本精装著作。他如数家珍般捧出向李叔一一道来，像株傲霜凌雪的梅，无意苦争春，零落成泥碾作尘，只有香如故。

李叔想，小T这辈子不再相信爱情了，触碰太深，伤到心坎。其实不然，走眼的往往又是看客。

多年后的一个夏末，李叔又一次被小T邀约去他市北的新家做客。

新居禅香缭绕，梵音轻诵。女主人信佛能干明事理，怀抱一只可爱的大眼小狗。李叔在他家小区的餐厅里吃午餐。午餐后小 T 陪李叔环小区溜达，在斜阳下的金色池塘边的长亭闲聊，李叔望着池中那缓缓泛起的涟漪问已有几缕白色卷发的小 T，是否还怀念那份遥远的爱？他望着池中几尾嬉闹的小鱼，镇定地自喃道："随风而逝吧！"

李叔无意中触碰了小 T 感情深处的痛，而他似乎很平静。那二十多年前襁褓中的 baby 与另一位老大，早已长成一双英武好哥俩，他们可记得父亲的模样？他们是否能读懂昔与今的父亲？谁能知那二十多年里缺少父爱的个中滋味？英武青年会不会追寻父辈的足迹？读到父亲的故事、见到像风中一张旧报纸的父亲是泪目还是愤懑？还有那位朝朝暮暮、含辛茹苦哺育他们成长的辛劳母亲！这一连串问号或早已在他心里打过转，或许如今已难以面对。这是那辈人留下的足迹，那辈人留下的爱情诗，再经几场风雨，就要抹去所有痕迹。沧海人生，它埋葬了多少人的心酸往事！

有多少爱可以重来？又有多少泪令人回淌？有些人不再见了，有些梦已淡忘了。

（如有雷同纯属巧合。）

2018 年元月于悉尼听雨楼
2024 年 7 月再稿于悉尼

歌声飞越全世界
——贺悉尼歌剧院五十华诞

每一个如约而至的蓝色清晨里,她都着一袭洁白无瑕的霓裳,沐浴在多彩的朝霞中,闪着耀眼的光芒,碧波荡漾,鸥鸟翻飞,一派海天盛宴的壮美图景。

自诞生起,她就惊艳了世界,游者过客,千里迢迢,翘首而望,引以为傲。仅一人尽毕生精力打造她,终老也未见她如梦般的身影而抱憾一生。他就是亲手设计有着惊世美貌的悉尼歌剧院的设计者、丹麦建筑师约恩·乌松(Jørn Utzon)。

一幢(组)建筑本不具性别,但人们总把她归于沉鱼落雁、闭月羞花之容貌,出水芙蓉、风姿绰约之佳人,或终有了美颜女子之特性。

飘逸灵动的悉尼歌剧院,让每位见到她的人都赞叹有加。她那独特新奇的造型,是20世纪人类建筑的巅峰之作。

2023年正逢悉尼歌剧院五十华诞,值此欢庆之际,我不禁回忆起与这个世界著名建筑相知相遇的点滴往事。

最早知道澳洲悉尼歌剧院是在一本"舶来品"的挂历上。那是在20世纪80年代初期,家中墙上挂着一本挂历,其中有一幅月历图片就是悉尼歌剧院。美轮美奂的悉尼歌剧院如人间仙境般吸引人的眼球。面对如此神奇精彩的建筑,美言之余,油然而生的更是向往。如不是那一眼的满怀期待,我人生游历世界的第一站,还不知在哪里。

20世纪80年代末,灰树叶飘转在池塘,看飞机轰的一声去远乡。当我好奇地推开了世界的大门,在爬高的飞机上俯瞰脚下的故乡都市,一片灰蒙,高楼屈指可数。飞了"八千里路云和月",在遥遥天之涯,有幸站在悉尼歌剧院前向她致敬!

20世纪90年代初,本人所读的语言学校就在麦觉理大道尽头,每天能在百余米外见到她洁白清晰的身影,面对这一组大小贝壳薄胎的建筑造型，揣摩着设计建筑师约恩·乌松怎会有如此大胆神奇构想：是切开的橙？棱角更分明夸张突显；是海中的风帆？鼓起的白帆犹如一钩弯月；侧看更似三层重叠的巨浪惊涛拍岸，卷起千堆雪，回潮又骤起两朵浪花。我没见过神奇的宇宙飞船，而感到悉尼歌剧院或有它的模样，似乎是银河系某星球分割成多个不等分而巧妙组合赐予了人间。总之，设计者神来之笔，天意相助。天才往往就在刹那间天赋异禀冲天，灵光乍现，一蹴而就！可以说悉尼歌剧院改变了澳大利亚的城市面貌和命运。这就是一幢建筑带来的巨大收获，也为约恩·乌松赢得了世界著名的普利兹克奖。

伊丽莎白二世女王于1973年为悉尼歌剧院揭幕，她认识到这里不仅诞生了一座标志性建筑，还展现了一个国家的新面貌，开创了表演艺术新时代。女王评论道："悉尼歌剧院吸引了全世界的想象力，尽管我知道它的建设并非完全没有问题，人类精神有时必须乘风破浪，创造一些既不实用也不平凡的东西。"伊丽莎白二世去世前曾四次参观这座美丽的建筑，最近一次是在2006年。

2007年，联合国教科文组织世界遗产委员会的专家评价将其描述为"不仅在20世纪，而且是在人类历史上人类创造力无可争议的杰作之一"，它为无数历史时刻提供了背景。这样的评价真的很了不得。

如今悉尼歌剧院是全澳游客到访量最大的旅游景点，也是世界上最繁忙的表演艺术中心之一。

侨居悉尼多年，悉尼歌剧院给我留下了难忘的印象。

刚来澳洲没几年就在可望而不可即的悉尼歌剧院，正襟危坐观看了一出《中华魂》。这是一出由来澳学生集体编导演的大型文艺荟萃，节目不仅揭示了中国学生怀揣梦想在异国他乡开拓新生活的艰辛，同时也体现了他们融入多元文化大家庭的美好意愿。在苦与乐中度过一个难忘的夜晚，祈盼前程安居立业。这第一次在悉尼歌剧院观演，颇有印象。

还有一次黄昏时分在歌剧院前广场上，我偶遇三五个身手不凡的外国少年，随着他们颇有难度的动作，容不得你有摄影前的准备考虑，提起手机与相机马上抓拍，这就是所谓的"稍纵即逝"，拍摄后看到影像画面一阵惊喜。

后来也有几次登临悉尼歌剧院观演，入夜的悉尼歌剧院宛如一座水晶宫般璀璨，星光点点，轻拂的海风时而夹着曼妙的音乐荡漾在耳旁。观演时极强的仪式感与专注性会高度统一，在华丽的琼萨瑟兰剧场，一曲威尔第的"祝酒歌"，让人度过一个激情四射的夜晚！

　　每年的火树银花跨年烟花狂欢，与近年来悉尼冬季极具创意的灯光秀，均为澳洲赢得了全球观众的青睐，悉尼歌剧院也多次与富有中国特色的彩俑、生肖与艺雕等元素组合，叹为一道有异样光彩的风景线！

　　多少回在悉尼港湾坐船帆外游，悉尼歌剧院宛如一艘巨轮，与船帆相向而行，久久才会拉开距离，缓缓离去。

　　每次与悉尼歌剧院相遇，均会情不自禁举起相机或手机拍摄，拍摄不少与悉尼歌剧院、大桥海湾相关的照片，突出纯真纪实。在此刊录几张以纪念悉尼歌剧院的五十华诞！

　　悉尼歌剧院，是每位到过悉尼的游客首选的著名景点，也是澳洲最负盛名的国家名片。在人类历史的长河中，一座名闻世界的建筑，五十周年仅是她的短暂时光。在我迷蒙的眼睛里长存，是初见她在蓝色的清晨，白色灵动的身影飘逸在蔚蓝的大海上。走过半个世纪风雨沧桑，悉尼歌剧院依然站在世界著名建筑顶端行列，依旧风光无限，时时聚焦着世人的目光！

　　"人类精神有时必须乘风破浪。"愿她永葆亮丽风姿，Forever Young！

悠悠蓝山情

每到澳洲秋冬之际，大地清冽寒意料峭，总让我想起悉尼郊外广袤蓝山那一抹斑斓的秋色，一地金黄的落叶俯拾即是。那浓浓的秋景，层林尽染，厚重而又朴实，这是大自然最美的秋实馈赠。

居澳多年，有朋自远方来，总会推荐本地游山玩水的最佳去处，当然游山必选蓝山，玩水首推邦迪。哪知誉满天下的澳洲好山好水，被深谙幽趣之士加上后缀，澳洲当代桃花源成了"好山好水好寂寞"的代名词，颇觉有创意。任何景致诠释了观景人的心境，或悠远咫尺，或欢快寂寥，那些渐入佳境的场景总有那缕淡淡的落寞，更令人难忘！顺手拈来的经典画面"采菊东篱下，悠然见南山"是陶渊明孤零零的背影；"对影成三人"是李白的月下独酌……寂寥宛若一丝恬淡忧郁之美，无处不在，挥之不去。当然纵有千般寂寞，万般无奈，争享澳洲这世界级的好

悉尼蓝山风景

山好水、纯净的好空气为快，是荣幸与无憾。

蓝山壮阔辽远，巍峨奇丽，百看不厌。

去蓝山多次，蓝山的丰姿美景总感看不够、赏不尽，是都市人疗愈的一方净土。风花雪月的大山更吸引了世界各地的背包探险客，那里是他们的天堂，他们徒步游走于辽阔大山的角角落落，少则几天，多则几周，安营扎寨投入大山的怀抱，与谷壑山巅为邻，与湖泊小溪为伴，赋予无限的遐想与激情，阅尽晨昏下大山的百变雄姿、争奇斗艳五光十色的花草与小动物。

记得初来乍到澳洲首次相约蓝山，是在一个飘着蓝色薄雾的清晨。没问蓝山英名出处，信马由缰跟着朋友亦步亦趋，并不是沿着崎岖的山路登攀，也不是走石阶土路，好像那次连上山的路都没找到，仅徜徉于颇为平坦的大山周围的旷野上。在幽静的山庄农舍间，抬头总能见到非同凡响，三个并肩娟秀的山峰，宛如中文象形文字"山"字。在国内游于桂林喀斯特地貌上如此山峰易见，想不到在国外游山，还能见到如此山峰，颇觉意外。后来才知道离悉尼百余公里蓝山的出处，是大名鼎鼎的世界自然遗产。高山仰止，从此刮目相看。

2000年蓝山入选世界自然遗产时，评委会给予澳洲蓝山的评价是：大蓝山山脉地区占地103万公顷，由砂岩高原、悬崖和峡谷构成，大部分被温带桉树林覆盖。这一遗产地有八个保护区，展示了澳洲大陆在冈瓦纳（Gondwana）分离后桉树种群进化的适应性和多样性。

蓝山，因整个山色近似蓝色，故名。呈现满山蓝色的原因，主要是桉树（当地称由加利树）的叶子，时时散发出浓郁的芬芳，在阳光的折射下，这种芬芳的挥发性蒸气使蓝山笼罩在蓝色的氤氲中，不仅山坡上有一层隐隐的蓝色烟雾，就连天空中也蒸腾着蓝色的瑞霭。

不近山水不足以为人生，山是高度，水是宽度。再入蓝山与国际游客同登山间索道，乘坐高空缆车，蓝山的缆车和其他缆车的不同之处在于，它建立在两百多米的高空中，索道钢缆基本是一条平行的直线，将一辆宽敞的缆车吊在半空，车厢底部镶嵌了玻璃，将缆车与游人融入群山的环抱之中。须臾高悬的缆车停在半空中，动力机械关闭，群山万籁俱寂，空气在凝固。俯瞰山谷升腾起一股股淡淡的雾气，环视壮阔的山峦，层林叠翠，欲与天公试比高，大地葱茏，微风吹拂，美不胜收，给匆匆的蓝山过客，留下难忘的记忆。

又一次如约而至陪漂洋过海的友人游蓝山，坐旅游大巴至此。午饭后天公不作美，淅淅沥沥下起了小雨。撑着雨伞花大把时间排队坐等空中与斜崖缆车。后来总算在隔着峡谷眺望三姐妹峰的大观光台侧，找到了进山口，从步道往下走，逐渐进入大山深处。那天因时间关系没走多远就往回归队了。雨过天晴坐在返程的大巴上，依着斜阳倒也有意外的收获。听着导游讲起另一版本令人唏嘘不已的蓝山神奇传说。

很久以前，蓝山地区有个头领族长，他有三个貌美如花的女儿，过着与世无争、丰衣足食的温馨生活。但是从外乡来了个恶霸，他欺压百姓，强暴民女，干尽坏事，头领与恶霸间的矛盾日益突出。除暴安良箭在弦上，在出征前头领先用魔杖将三个女儿变成三块石头，满怀斗志去与恶霸决斗。骁勇善战的头领最终为民除害，消灭了恶霸赢得了胜利。平静、安逸的生活又回到现实。但在返途中头领不幸将那根魔杖掉入深不可测的峡谷中，几经找寻，一无所获。没有了魔杖，三块石头再也变不回三个美丽的少女。历经数百上千年的时光，就这样三块石头渐渐长成三座并肩的山峰，人们称之为秀美的"三姐妹峰"，这就是今天蓝山三座山峰的由来。

凄美动听的"三姐妹峰"的故事讲完，大家唏嘘一场，不知是为三姐妹惋惜呢，还是被离奇的故事感动。我看着车窗外远处的蓝山山脉，极力想象着那三个美丽的少女面容，车过峡谷时，还低头俯视脚下峡谷探寻那根早已遗失的魔杖，心想也许灵光乍现，让我发现了那根神奇的魔杖。然而灵光没有再现，探寻是徒劳的，那三座山峰变回三位美少女的愿望破灭。那根挠人心头的魔杖不知有多少人找过？终因未果。这也许是从古到今世上最悲摧的一例魔术师失手事故，后流传为传世的凄美故事，最终荣膺世界自然遗产。

眼前，仿佛"三姐妹峰"变回了三位美艳如花、楚楚动人的少女正亭亭玉立，向我微笑……

再游蓝山，坐火车加蓝山景区的观光巴士是游览蓝山不错的选择。上午9点前，踏上西去的乡间火车，约两小时到达蓝山脚下的小站卡通巴（Katoomba），出站即有当地旅行社，买当天多次换乘景点的观光巴士票，起点由此开始。多年前此票价约40元一张，旅行社附送蓝山景点游览图及简介，观光巴士沿着导览图上的数十个景点循环行驶，游者想下车按铃即停，游完该景点可在路旁站点等候下一班巴士继续游览，每个站点有运行巴士到站时刻表，一般十多分钟下一班巴士即来。时间宽裕半天能游玩多个景点，该巴士最后停靠在另一个美丽小镇罗拉（Leura）。黄昏时光如选择回城，步行几分钟即至小镇火车站，约两小时就能回到悉尼。

有一次，游完蓝山在罗拉小镇游兴正浓，没考虑回城。先找住处，喝杯下午茶，尔后游荡在小镇街头。简单用过晚餐后归巢。夜宿蓝山脚下，在颇有维多利亚年代感的古建筑旅舍里，旅舍公共客厅壁炉里舔屏的火苗渐渐旺盛，噼啪！噼啪！在木柴燃烧的爆裂声中，室内温暖如春。坐在老古董硬皮高背单人沙发上，对面墙角上方电视里正播放着飞机头猫王20世纪50年代的演出录像，还有布鲁士的音乐弥漫着客厅。在泛黄的吊灯光亮下打开窗帘，外面漆黑一片，时而北风呼啸，只差剪几朵雪花贴在窗玻璃上应景了。须臾裹着厚厚的冬衣走入旅舍后院，灰蒙蒙的天际下，感觉能见到蓝山高大的轮廓，站在院中凋零的秃树下，敞开衣襟哼着应景之曲："我吹着你吹过的风，这算不算相互拥有？我淋着你淋过的雨，是不是我们时而相见？……"唉！还真有雨雾夹着雪子打在脸上，忽又想起故都的诗句"燕山雪花大如席"，可这里的蓝山雪花小如豆。这夜筑梦蓝山山麓，意味悠然……

翌日晴好，早餐是瑞士卷与一个涂上牛油果酱的英式十字小面包，还有煎蛋与纯奶咖啡。餐后在秋阳中游走于一家又一家风格迥异独特的私家花园，有英伦的玫瑰花园，里面坐着一位满脸花白胡须的外国护园老叟，他身旁躺着一条白色温顺的哈士奇大狗，满园的玫瑰飘香，蜂飞蝶舞，小茶几上的蓝牙音箱里正播放着英国老牌歌星埃尔顿·约翰声情并茂的《再见，英格兰的玫瑰》，好一幅慵懒闲情的画面。再走过几家，又有别样的法式普罗旺斯的薰衣草；南美热烈风情红似火的鸡冠花与北非的仙人掌群，意犹未尽时将午餐延宕。匆匆吃过午饭稍事休息后，乘上归程的火车，绵延悠长的列车轰鸣声与旷野的景色交融，犹如午餐后的那杯卡布奇诺般让人回味。在火车上心无旁骛打开相机与手机，整理满载而归的蓝山图片并加入简单文字概括。转眼间,又汇入城市的灯火阑珊和熙攘的人群里,投下凌乱的身影。短暂的离群索居,却带给人另一番怡然之情。

记得有一次在蓝山,恰逢节假日,乘坐缆车的游人如织,排着蜿蜒的长队。我们则选择徒步穿梭在茂密的林间小道,时而两个转弯下台阶来到仅几平方米大小的观光小平台,大峡谷一片朦胧呈现在眼前,深不可测。抬头三姐妹峰若隐若现,那种雾里看山的感觉,既令人向往而又颇感遗憾。山间小路有些潮湿但不泥泞。蓝山风情的特别之处就是综合了多种文化,诠释了悠然洒脱的闲情,这也许就是悉尼特有的生活气质。正当饥肠辘辘,想找山姆大叔或麦当劳果腹时才获知,蓝山地区政府早就明文规定,不允国际级的大型快餐业进入,以保护本地区富有特色的风味美食多样性发展,这无疑是当地的一项重要举措,深得民众与小商业的支持。另则,止步国际级大型快餐业,也在不同程度起到了保护环境之功效。也许当地认为这些大型快餐与蓝山的生态风貌不相匹配。在此不由得令人想起另一个世界遗产——中国故宫引驻"星巴克"而一石激起千重浪。故宫——一个中国传统文化的符号,星巴克——一个外国消费文化的符号,尽管这样两个符号的级别远远不对等,但在这样的对决中和由此链接并蔓延起来的争论,构成了非常有意思也有意义的一种文化现象。

故宫里那道"星巴克风景"是"俗"是"雅",仁者见仁,智者见智。以余之见,故宫更适合卖糖葫芦,不管从人文历史或地域风貌,糖葫芦都与故宫更吻合。

当然蓝山的知名度远不如故宫。与故宫比,蓝山更像山野里的小姑娘,纯朴率真,无须过多奢华的打扮,随意生长,是城市人亲近大自然远足的好去处。她默默地守住传统文化质朴的初衷。

中国的名山太多太美,五岳足以风华绝代,盖世无双。中国传统文化对山的诠释有独到之处,仅录一二,"从前有座山,山上有座庙。庙里有个老和尚"……也可从唐代刘禹锡的《陋室铭》"山不在高,有仙则名",还有俗语"靠山吃山"等,窥见一斑,而这里的山,既没有庙,也没有仙风道骨的僧人,没有泰山的南天门,没有峨眉的金顶,更没有武当的净乐宫……有的只是原汁原味纯朴天然的本色山体。这里杜绝任意开发，不建旷野高端酒店、别墅等楼堂馆所，游客进山也不用买门票，更没有烧香拜佛的，蓝色烟雾整日缭绕。当然文化不同，华丽有壮美的风姿卓越，本色有青涩的清纯朴实，都独领风骚，秀甲天下，均为横看成岭侧成峰，声名远扬。

守住青山就是金山银山，绿水长流，传世颂扬，万水千山总是情。

2016 年初稿，2022 年 4 月再稿于悉尼

二、众里寻他千百度

鄉裡兒郎千百輩,夢魂猶自唱秧歌,燈下蘭珊雪。

自嘆

追寻澳洲历史人物端纳遗迹

端纳（Donald William Henry，1875—1946），是20世纪早期中国政坛上最为活跃的西方人。1875年，出生于澳大利亚新南威尔士州。1898年，成为新闻记者。1903年，赴远东采访，先在中国香港接受《德臣报》聘请担任副主编，并结识革命党人胡汉民、宋耀如等人。1911年，端纳以《纽约先驱报》驻中国记者的身份抵达上海。

孙中山回国后，端纳担任孙中山的政治顾问，参与起草中华民国第一个政治纲领《共和政府宣言》。

端纳曾经首先获得袁世凯签订的《二十一条》协议内容，并在《泰晤士报》发表，引起中外轰动。

西安事变爆发后，端纳作为调停人，在西安参加谈判，数次往返于南京与西安，对和平解决西安事变有一定的贡献。

端纳始终希望中国发展民主政治，1940年因为和蒋介石意见不合，辞职离开中国，环游太平洋。

1941年，太平洋战争爆发，宋美龄急电端纳希望他回中国助战。端纳在回中国途中，经过被日军占领的菲律宾时被关入集中营。

1945年2月，应蒋介石的要求，美国远东地区司令麦克阿瑟组织了一次"洛斯巴尼斯"行动，用空降兵占领了集中营解救端纳，用美军直升机将端纳送往珍珠港海军基地医院疗养。但此时端纳的身体状况

西安事变中，端纳陪宋美龄再赴西安

已经十分不好，1946年病逝于上海宏恩（华东）医院。后葬于上海宋园公墓。

癸卯兔年春节刚过，在王兄的呼朋引领下，晓钧与我，三人都有同样的兴趣，一拍即合，说走就走，组成了一个"端纳遗迹寻访团"。带着还未消退的新春节日的余欢，我们踏上了去端纳故乡的旅途。

端纳故乡在离悉尼约150公里的著名小镇利斯戈（Lithgow）。我们登上西去的乡际火车，一路上情不自禁地谈论此行，话题。

火车过了黑镇仿佛加快了速度，宛如了解我们此时的急切心情。到了卡通伯（Katoomba），有不少来自世界各地徒步蓝山的背包客下了火车，车厢顿时变得更为空旷。据悉，这趟列车已成"国际专列"，每天承载着各国游客在蓝山景区下车，游走于大山深处。

火车沿着蓝山山脉继续行驶，窗外夏日的晴空下，山岭叠翠的风景确实优美，但这些美景远不如我们心中那道斑斓四射的端纳景致更令人着迷。诗与远方也许永远敌不过对一个有趣灵魂的向往，我们坚信前方的利斯戈会实现我们此行的心愿，会向我们打开这谜一般的宝盒，为追寻端纳遗迹而画上圆满的句号。

经过两个多小时的火车路途，我们抵达终点站利斯戈。

随着一小股人群出站，我们顿时置身于夏日炎炎憩静优美的小镇主街上。

过了主街是个街区小广场，旁边有个咖啡馆，我们驻足凉棚下的座位，先稍做休息。喝了咖啡，吃了培根芝士面包卷等午餐，然后就在广场上溜达起来。

一尊雕塑首先映入眼帘，本以为会是端纳的塑像在迎接我们。走近一看，却是一位当地勇夺奥运田径金牌运动员的雕塑。

看似祥和宁静、波澜不惊的小镇更是一方人杰地灵之处。

午饭后我们先沿着主街向东一路走去，沿途有几家餐馆与商店。我们进入一家颇为高雅的礼品店，那家店里卖几十年前"可口可乐"瘦腰身的玻璃瓶，那该算是收藏级的物品了。

店主是一位五六十岁的男士，我们准备好的两大问题和盘托出：

一、是否知道百年前生于此的一位叫威廉·端纳的澳洲人？二、这里是否有关于端纳生平的故居或纪念馆？

店主知悉我们远道而来，颇认真地看了我们递给他手机上的端纳图片与人物姓名，他略有所思，摇头做了答复。

我们继续沿途走去，问询了一位路人与古老建筑里的邮局人员，均以"不清楚"回复。

大海捞针般的寻访看来毫无进展，最后我们又在一座百年名校对面的一间书店驻足，怀着无比期待的心情，问询了一位留山羊胡须的花甲男士。开书店游刃于万卷书海，独居名镇一隅，若坐拥百城，定知天下事。他思索一下，将我们提供的人物姓名输入台上的笔记本电脑。我们感觉此问询会有希望。想不到一会儿他也两手一摊给予答复。

万般无奈之下，我们载着蓝山山脉的夕阳余晖踏上了归途。颇具仪式感的端纳故乡行一无所获，打破了我们来之前的所有认知。仅获安慰的是领略了端纳故乡的风采，感受到在这悠然山水间，曾经滋养过一个年少稚嫩灵魂的成长。此行也为我们了解多角度非凡的端纳人生辅以延伸。但随之而来的是诸多疑问？

我倚靠在长途火车座的高靠背上，拉下遮阳帽檐，双目微闭，看似闭目养神，实则思绪万千。像风像雨又像雾的端纳身影一次次在我面前浮现，恍惚间这身影在车窗上、在这狂奔的澳洲原野上闪现……

端纳，在20世纪初的很长一段时间里，以"中国的端纳"闻名于世，1875年6月22日生于澳大利亚新南威尔士州的利斯戈小镇。其祖先为苏格兰人。他从小跟做建筑包工头的父亲当助手，因为少年时腰部受伤，端纳未能子承父业。父亲是建筑商，也是利斯戈第一任市长。

端纳中学毕业后，离开利斯戈，去墨尔本和悉尼报社打工。他虽然学历不高，但凭着自己的勤奋和天资，在报馆从校对做起，升任编辑和记者。

1902年他离别发妻，独自前往中国香港，在《中国邮报》（*China Mail*）当记者，8年后升任经理，同时兼任《纽约捷报》（*New York Herald*）驻港通讯员、《远东杂志》（*Far Eastern Review*）总编，和英国《曼彻斯特卫报》（*Manchester Guardian*）的记者。其间正逢"日俄战争"，他写了大量关于战争的报道,由此声名鹊起,成为英美两国驻港的著名记者。

1903年,带着一丝好奇,28岁的端纳踏上中国的土地,与这个东方大国结缘。一个英俊少年从旷野乡村走向多棱世界,走向他生命中最重要的东方古国,从此他再也无暇眷顾家乡淳朴清新的山风,一别终老,最后长眠于深爱的东方大地上海宋园公墓。

对端纳的疑问我简要归纳为以下三点:

一、声望卓著的端纳为何身后少有人知

端纳在中国人或澳洲人的印象中是模糊的,尽管有不少人知道他曾经是蒋宋家族的政治顾问,在西安事变中扮演过重要角色……但除此之外,端纳的事迹、身份还都几乎是谜。甚至他的国籍也因年代久远而几近湮没:美国人,德国人,英国人?很少有人能毫不犹豫地道出他是澳大利亚人。

迄今为止,出于种种原因,中外历史学家很少有人对他进行过深入探讨。

一个令人吃惊的事实是,端纳自19世纪末到将近20世纪中叶的40多年间,一直活跃在中国政坛上。

从清末起,他先后担任中国各类政府要人的政治顾问:从两广都督府、孙中山、袁世凯到张学良、蒋介石。端纳数十年如一日,在近代中国政治的旋涡中遨游搏击。

20世纪80年代末,我刚到澳洲,仅知道澳洲有个叫莫理循的中国通,曾活跃在中国清末民国时期。多年以后才知道澳洲还有一位更厉害的中国通——端纳,对当时的中国产生过较大影响。

历史记录表明,这两位澳大利亚记者在20世纪上半叶深入参与了中国政治。

第一位即乔治·厄内斯特·莫理循(1862—1920),他是伦敦《泰晤士报》驻北京记者,曾在1912年至1916年期间担任过中华民国大总统袁世凯(1859—1916)的政治顾问。

第二位澳大利亚记者便是端纳,他于1903年任香港《德臣报》编辑,在20世纪30年代至40年代期间,担任过张学良(1901—2001),以及蒋介石(1887—1975)和宋美龄(1897—2003)的政治顾问。

这两位澳大利亚人都经历了近代中国历史上诸多的戏剧性事件，并在其中扮演了关键角色。然而，在"北京的莫理循"成为澳大利亚-中国研究焦点的同时，有关端纳的研究却是凤毛麟角，造成这种情况的部分原因在于缺乏资讯。

无论对中国还是对澳大利亚，端纳都是重要的。从某种角度观察，端纳的故事就是斑驳陆离的近代中国的故事。

但我不清楚，这样一位声望卓著的人物，为何他的遗迹在澳洲几乎烟消云散、销声匿迹呢？这是令人深感诧异的。

在悉尼内西区的艾士菲（Ashfield）的主街上，能见到历史人物梅光达先生的雕塑头像，在澳洲能见到不少介绍莫理循的生平与绘画作品。而我们从端纳故乡归来，除了那些青山绿水与曾是端纳吹过的田野和煦的山风外，端纳遗迹荡然无存。是端纳的声望不够格吗？不是，是端纳的传奇人生不够精彩伟大吗？更不是。

端纳奇特的人生本是一个具有强大吸引力的传记素材，然而，这样一个在中国近代史上发出光彩的人物，却长期遭到史学界和文坛的双重漠视。在西方，除20世纪40年代出版的一部由美国记者厄尔·阿伯特·赛尔仓促写就的采访记之外，有关端纳的信息只散见于少量杂志和报纸。在中国，端纳的形象只是作为有关人物的陪衬，像道具一样出现过，零碎而模糊。端纳为什么同时被摈除出中外历史学家的视野？尤其是澳大利亚和中国，为什么双方对端纳几乎都是缄默无言呢？

更奇怪的是端纳自己，作为一个写作出身的饱经近代中国政坛风霜、富有激情的新闻记者，依常理，会有几本书存之于世，为什么端纳没有给后人留下只言片语呢？至少澳大利亚的历史学家应当是引以为惭愧的。端纳可以说是在亚洲政治史上占一席之地的极少数的澳大利亚人之一。在澳大利亚史学界，有关端纳的研究几乎为零。在权威的人物辞典中，出现的有关端纳的几百个字的简介，竟是这位叱咤风云的新闻记者最好的待遇。难道因为端纳自二十多岁去了中国，一去不回头而最终遭到母国的冷漠吗？

二、为何他成为民国政府第一号洋人高参

如果将端纳的人生分三个阶段，那他生命中的青壮年阶段最具光彩。

宋美龄曾经以"绝非偶然"评价端纳："清末民初，在华受聘的外国顾问不在少数，但大多数是在本国具有相当地位和声望的人。而像端纳这样的人，在其国内不过是当工人的一介平民，只身来到中国，居然能成为岑春煊、孙中山、袁世凯、蔡锷、张作霖等人的朋友或顾问，绝非偶然。"

1908年，端纳结识了胡汉民、宋耀如等中国早期的革命人士。在一个春风沉醉的夜晚，他走进了宋耀如家，由此认识了宋耀如的第三个女儿宋美龄，当时她年仅11岁。宋美龄与端纳很投缘，她亲切地称呼端纳为"端纳叔叔"，对这个洋记者非常尊重。聪慧可爱小女孩口中甜甜的"Uncle"，令端纳颇为舒心。此时端纳33岁。正是因为在那个温柔的良夜，走入宋家与宋美龄相识，让他日后进入政治界的高层更具优势。

也正是这次与宋美龄的意外相见，促成了端纳从此步入民国政府第一洋人高参的要职。

从查看史料获知，虽然端纳与宋美龄年龄相差22岁，端纳风度翩翩，身材伟岸，高挺的鼻梁上架着一副眼镜，英国绅士后裔的潇洒风范，令宋美龄耳目一新。在与之相处下，渐渐地称呼也从端纳叔叔变为兄长，再后来直呼为"端。"宋与端纳的亲密关系，也可从称呼上一见端倪。

端纳别妻离子，在中国长期孑然一身。有些书（如《金陵春梦》）曾捕风捉影地渲染他和宋美龄的绯闻。其实，端纳的"罗曼蒂克"出现在他的晚年。他的一位中国好友的女儿——年轻貌美的安西，曾受雇于他，成为他的秘书，随他一起遨游太平洋，协助他撰写回忆录，由此带来这个澳大利亚老人一段晚晴的浪漫史，在其生命中闪耀着霓虹般的光彩。然而，这光彩又是短暂的。当安西最终和那个年轻英俊的美国银行家手拉手地漫步在菲律宾海滩时，端纳的心碎了。

端纳与中国的因缘起于对中国民主主义者的同情。19世纪末，当孙中山等人在海外活动推翻清政府时，端纳就赞赏这些中国革命的先行者，并在香港与他们结识。他以一个西方记者和观察家的身份站在中国革命者一边，替他们出谋划策与西方较量斡旋。洋顾问是中国近代史中一个有意思的现象。帝国主义的炮舰打开国门伊始，对西方知之甚少的中国政治人物，还不懂得如何与列强们斡旋。于是，"以洋制洋"就成为时尚。爱新觉罗·溥仪的外籍老师英国人庄士敦实际就是他的洋顾问。在此后崛起的"洋务运动"中,李鸿章起用过不少洋专家。北洋政府中的部长、副部长亦由洋人担任。莫理循就是袁世凯麾下显赫一时的高级参议。

有趣的是,上述洋人都是由各个政权遴选花巨款雇用而来,唯有端纳却是毛遂自荐,他是不拿钱或少拿薪俸的。用他的话说:"我不忍心给这个贫穷的国家再增加什么负担。"他出任政府的经济情报研究所所长时,官方给他的月薪两万大洋全被他用于研究所内的各项开支上,以至于成为部长们的笑柄,说端纳是"天字第一号傻瓜"。

端纳在得到民国政府聘请前,蒋氏夫妇对他已经有了一定的了解,蒋介石很尊重端纳的意见和看法。端纳深得蒋介石夫妇的信任,平日吃穿住行都与他们一起,出入蒋介石的官邸如入无人之境,可谓是"一人之下万人之上"。在端纳60周岁生日时,宋美龄亲自为他安排家宴,高度评价了这位外国友人。

端纳认为,西方对中国最大的罪恶之一就是向中国输入鸦片,从而摧残了中国人的精神和体力。由于鸦片牵涉大批官商,纵使是大权在握的蒋介石也一时无法下定决心采取行动。是端纳以"长此下去,国将不国"来刺激蒋介石,使蒋终于采用严刑峻法,下达了对鸦片贩卖者格杀勿论的法令。而蒋夫人宋美龄当年在国际舞台上发表的那些优美的能使人一洒同情之泪的辞令和动人心魄的演说,也大多出于端纳的手笔。

端纳是一个淡泊名利、温文尔雅的人,他说:"我视名利如浮云。"端纳自从成为蒋介石的高级幕僚后,推行了一套改革计划和措施,如禁绝鸦片、开设中央银行、严惩贪腐等,这些内容的规划,形式上是蒋介石在全国发布,实际由端纳起草完成。

这样一位胸怀坦荡的洋高参赢得民国政府重用理所当然。端纳不仅在治国理念上颇有针对性,而且在国际事务与国内派别纠纷的调停上也极具才能。

端纳虽对中国一往情深,但却顽固地保持着自己的西方生活方式。对中国菜他从不问津,只吃西餐。袁世凯登基前,为笼络人心,曾大宴宾客。席上有200多道精美绝伦的中国菜,引起中外宾客的惊叹。面对中外的老饕，端纳目不斜视，只享用自己的牛排和面包。在中国他始终雇着一个西厨伴随他。他从不学中文，顽固地几十年如一日地用英语和中国人打交道。端纳的坦率、固执和真诚是出名的。在当时那些为中国服务的西方人中，只有他敢直言冲撞政府领导人。所以，中国的政治人物对他既敬又怕，这也注定了端纳日后悲剧性的结局。

越是深入了解中国，端纳越是感受到政府高层的贪腐与不公。

他出走的直接契机，源于一次与宋美龄的严重口角。当时，端纳对宋家垄断中国经济的特权进行了声色俱厉的指控，宋反击说："你尽可以批评中国，尽可以批评中国政府，但对宋家的有些人你是不可以批评的。"此话噎得端纳半天喘不过气，导致他最终和中国的诀别，他义无反顾地走了。当时他已65岁，满头白发。他来中国时25岁，他已在中国这片黄土地上盘桓了40年之久！

三、老年命运多舛，墓冢经年成谜

1940年抗日战争期间，端纳是在暮色中乘最后一班飞机赴中国香港的。他俯瞰着脚下的神州大地，欲哭无泪。事实上，端纳晚期不断在腐败的国民党官场中受排斥和打击。他的以民主思想改造中国的想法被证明是行不通的。从某种意义上说，端纳在中国的经历，实际上折射出半个世纪近代中国的悲剧，其中蕴含着一个被证实的道理——资产阶级民主主义者（如孙中山），拥有强权的军阀（如袁世凯、张学良）或是军政一体，集权谋于一身的蒋宋王朝，都不能将中国从西方列强的铁蹄下拯救出来。

端纳谈吐幽默，雷厉风行，常常妙语连珠，亦会带有一连串的"Dam"一类的粗话，有时弄得人很尴尬。他疾恶如仇，不贪钱财，不近女色，重义轻利。他又是个工作狂，能通宵达旦地运转。他爱好收集古典唱片和驾艇出游。他给自己在香港的一艘游艇命名为"美华号"，以示对中国的爱心。他多次对友人说："如果哪一天中国人把我踢出国门，我就驾着'美华号'去太平洋遨游，直到死！"最后他真的这样做了。

端纳真的失踪了。他之所以出走，是因为在中国工作了近30年，深感身心疲惫，感到国民党内部的腐败已经无力回天，加之羁押在贵州的张学良给他来了一封信，提及"西安事变"之事。信中说："你与子文曾以人格担保我的生命安全，如今我却失去自由，比牺牲我的生命还要悲惨，希望你与子文尽量设法，冀盼恢复我的人身自由。"端纳深知，蒋介石在这个问题上，绝无半点通融的余地，想来想去，只好一走了之，就此离开中国政治的旋涡。

端纳离开中国后，即驾艇环游太平洋，以实现自己早年的梦想。1941年太平洋战争爆发后，蒋、宋急电端纳速回中国助战。端纳心一软，就降下桅帆，踏上了北上中国的历程。战火使他的归程极为艰难。他在菲律宾登陆时，当地已为日军占领，所有欧洲人都被关押在集中营里。尽管端纳隐姓埋名，但还是被人认出。当时日本人正以重金通缉这个"帮中国人反击东洋的西方魔鬼"。然而，集中营的难友却无一人出卖他。

在集中营里，端纳对一同被关的美国著名律师达兰说："我手提包里的文件，足以使我被绞死。"达兰真诚地说："我会保护你的，我尊敬你。"此后达兰一直照顾着端纳。两年之后，危险果然来了，因为日本人已经得到端纳在此地集中营的消息。

一天晚上，一辆军用卡车载着一队日本宪兵出现在集中营里。他们对达兰等人喝问：集中营里是否有威廉·亨利·端纳其人？我们得到可靠情报，这个恶魔就躲在这里！

日本宪兵们拿着花名册，指着"威廉·端纳，爱丁堡人"这一行字，咆哮着："是否就是此人？快说！"

达兰沉静地回答："你们找错了，这个威廉·端纳是个70多岁的老人，他是英国人，不是澳大利亚人。"

"不管是谁，把他带到这里来。"日本宪兵打断他的话，命令达兰。

十分钟后，端纳跟着达兰来到日本宪兵面前。两年的集中营生活，已经大大地改变了端纳的容貌，他满头白发，腰背佝偻，步履艰难，完全是一个风烛残年的老者。

日本宪兵紧紧盯着他的脸孔问："你就是威廉·亨利·端纳？那个在中国的端纳？"

"不，我是英国爱丁堡大学的教授威廉·端纳。我呼吁你们讲究人道，改善伙食，增派医生……"端纳就像一个喋喋不休的老学究。

宪兵们盘问再三，始终不得要领，悻悻地走了。看着他们走远，端纳才长长地出了一口气。他非常感谢达兰巧妙地掩护了他。

1945年2月，应蒋介石的特殊要求，美国远东地区盟军司令麦克阿瑟将军组织了一次"洛斯巴诺斯"行动。

数十架飞机投下的空降兵一瞬间占领了端纳居住的"洛斯巴诺斯"集中营。士兵们打开铁门，高呼："自由万岁！"端纳旋即被美国空军的飞机直送珍珠港海军基地医院疗养。

蒋介石听到营救成功的消息，亲笔签署了一份欢迎端纳重返中国的电报，发到珍珠港。宋美龄派出中国航空委员会的专机，配备好医护人员和药品，直飞珍珠港接回了端纳并安排在上海宏恩（华东）医院治疗。其间，蒋介石多次去看望，并且表示了深深的歉意。

端纳的晚年是凄凉的。他垂垂老矣，多年的颠沛流离使他病入膏肓。昔日的风采和朗朗的笑音已消逝殆尽。他常躺在病榻上大口大口地咯血。他知道自己生命的日子不多了。他时常朗诵尼采的名诗《太阳落了》：

生命的日子啊，我的太阳落了，呼吸从无名的唇中吹过，伟大的清凉来了。

他间或能收到蒋、宋的慰问信。他越加殷切地思念中国。在他弥留之际，宋美龄还立其床侧为其诵读《圣经》。这幅临终关怀的图景，再次令这位 Uncle 深受感动。

1946年11月9日，端纳在上海宏恩（华东）医院溘然长逝。

那座建筑是匈牙利人邬达克设计建造的。宏恩医院现改名为华东医院，在现今的南京西路与延安西路交汇处，西面即是"美丽园"，对面即是"文艺会堂"。我熟悉那座建筑，曾有多个不眠之夜在那里陪伴过垂垂老矣的亲人。

大楼病房南向是一大片绿草如茵的西式大草坪，墙外是幽静的华山路，又与上戏校园邻近。

端纳临终前，希望自己能长眠在中国的土地上。宋美龄在上海宋家墓地拨出一角，安葬了这个在中国活跃了近半个世纪的澳大利亚人。奇怪的是，端纳在40多年内竟一次都未回过故乡澳大利亚。端纳的妻子安长期居于中国香港，自 1920 年起就同端纳分离。端纳去世前，妻子和女儿曾前去照料他。安说，端纳哪里是和我结婚，他是和中国结婚了。

端纳生前确实想写一部有关中国的书，1945 年，在夏威夷接受一位美国记者的采访时，他曾谈道："我的这本书应当这样开始：这是一部有关中国的书，这是一部告诉世人中国人是一个多么杰出的民族的书……"

事实上，端纳在 1941 年遨游太平洋时已经开始动笔。后来，他冒着掉脑袋的危险，携着这本书稿在菲律宾日本集中营中生活了四年。其后，这些手稿竟不知散佚何处。端纳曾对许多人谈到他写书的重重顾虑——他了解太多中国的隐私，写出来会伤害许多人，甚至是朋友。他曾婉拒出版商的热情邀请。

端纳唯一留下的较长文章刊于 1941 年 11 月出版的 *Asian Magazine*，题名为《我的回忆》。然而这家本来就发行量有限的杂志社，在战争中被日军炸毁，出版物荡然无存。这不能不说是个巨大的遗憾。

一位洋人的中国政治冒险之路画上了句号，这些惊心动魄而又令人肃然起敬的故事，令我深深慨叹！他为中国的未来毫无保留地献出了自己的一生，精神可嘉。他的离去正值国共大会战前夜，接下来的三大战役，炮火连天，横尸遍野，蒋家王朝遭遇灭顶之灾，如端纳健在，面对如此不堪败象，又会令人如何置评？

一代枭雄逐鹿华夏，征战大江南北的历史早已尘埃落定，经过战火的洗礼后，江山壮丽，风光无限。

2015 年清明前夕，在沪陪友人为凭吊逝世 10 周年的著名画家陈逸飞，前去上海西区的宋园（现为宋庆龄陵园）。正好顺便瞻仰葬于此园的端纳的墓地。

记得昔日的宋园位于市区边缘一僻静之处，这里放青的柳条与桐荫伴肩，吹着郊野园林无羁的清风，墓地陵园，总能让人回忆起岁月里的那些碎片。

现今通了地铁，周边居民楼也不少，商业网点林立，虽不喧哗，但远不如以前宁静。出车站没多远就能见到绿树环抱、肃穆庄严的宋园。

春风送暖，花香鸟语。静谧黄昏前的夕阳，缕缕金色光晕投射在先人安卧的草坪上，为墓园徒添了一道神秘色彩。我们祭扫完画家墓后，在园内外国人墓区没找到端纳墓。正想去园管理处问询，此时落日西下，闭园即临，悻悻离去。不日后返澳，一耽搁又是多年，但未忘端纳。

近日从端纳故乡返，同行者也因在沪找端纳墓未果，由此让我们对端纳之墓心生疑虑。

后又听说端纳墓冢迁移之传闻。2012年，澳洲通过相关部门与中方沟通并得到认可，已将端纳墓冢从上海宋园迁至澳洲维多利亚大学内的名人墓园。实际情况到底如何？有待了解。

闪亮的流星划过，总有人会记取。每个独立而有趣的灵魂，都有处可栖。追寻端纳的遗迹没有止步，我与朋友们还会在中澳两地继续努力！

2023年2月于澳洲悉尼

补笔：2023年10月回到上海，怀揣着上海作协的介绍信再次亲临市郊的宋庆龄陵园。该园的秦女士接待了我，还带我来到陵园中的外国人墓区，并告诉我这墓区中没有端纳墓。因为整个陵园在1984年扩建前，不少名人墓均被毁或失却，这其中就包括端纳墓。

2023年10月于沪

分获大奖的全家福照片与自画像诞生记

近年来,多次去悉尼邦定纳造访著名华裔画家沈嘉蔚,乐于在他的画室里品茗聊天,每次去都是一次赏心悦目的艺术之旅。在观赏画家一幅幅颇具冲击力的历史写实作品的同时,看一张别具一格、夺人眼球的全家福照片,确实让人称奇!看得出不管是在画家的旧居还是新宅,这幅被画家推崇备至的全家福照片均挂在进门处的显眼位置,宛如每年一届如约而至的全澳颇负盛名的阿基鲍尔肖像画大展一样,佳作均摆放在最醒目的位置,以示被摄者的喜爱及拍摄者超高的艺术造诣。

一天下午,摄影家格列格来到画家村沈家旧府做客时已近黄昏,与

全家福照片,[澳]格列格·维特摄

画家寒暄一番后即在画室与院子等处观赏，最后灵感闪现决定在画室稍做布置开始工作。他召集了已简单换装的画家、画家太太与女儿，全家福照片出镜者从左至右依次是画家太太（坐着）、女儿（居中站着）、画家着皮夹克、牛仔裤（站着，双手半插在牛仔裤左右裤袋里，鸭舌帽下暗露微笑，略显洒脱与俏皮），三人三个方位各自独立。背景是画家的一幅自画像，在他的自画像里，他却是穿着中国传统服饰长衫，还梳着一条长长的辫子，穿越百年历史正聚精会神采用西方的油画艺术，绘制一幅时尚萨金特风格的丹麦王妃玛丽的全身像。全家福中画家的那条被视如爱子的比利也占一席，摄影师十分巧妙地安排爱犬比利在照片居中前方主要位置，而成为整个画面的点睛之处。比利斜躺在地，微微扬头召唤的眼神与画家的女儿正喁喁私语，成为整个画面中最鲜活生动亮眼的焦点。纯白色的比利在整个犹如调色板的暗黄基调中引人注目，起到了画龙点睛之妙用。当摄影家格列格把一切调控到最佳状态时，瞬间咔嚓一声，毫不置疑，一幅浑然天成的大片、一张经典的全家福诞生了！

这张有着古典油画般色调的照片在第二年入围澳大利亚全国肖像摄影奖并广受好评。澳洲唯一一份全国性大报《澳大利亚人》于2011年3月29日的艺术版面上刊发了对这次评奖的专题评论。艺评人克里斯托弗·阿伦写道："格列格·韦特的一幅照片非常杰出，那是沈嘉蔚和他的妻子、女儿以及爱犬比利一家子。这张照片仿佛在与画家调色板上的泥土色调相媲美，并将人物置于画室里正在画的自画像之前。"

这张照片现永久陈列在澳大利亚国家肖像馆，与画家沈嘉蔚所画的那幅王妃肖像比邻。

著名摄影家构图灵感在于深思熟虑后的熟能生巧，快速提炼化繁为简。全家福中三人姿态各不相同，着装也各具个性风格，如将图片中三人切割成单人画面，也可独立成一幅完美的个人肖像，而整体搭配还是同一种基调，略带点复古风格。背景的那幅画家自画像也起到重要作用，似乎烘托了整个画面的复古元素，而正是这略带复古气息与画家的历史写实画风十分吻合，才能拍出如此相得益彰的经典画面。爱犬比利与自画像在画面中均有非凡的艺术效果，为全家福增色不少。

一张神来之笔、水到渠成的照片，背后浸染着摄影家太多的执着与

2024 年罗切福特画廊，摄影家格列格·维特在沈嘉蔚画于 2005 年入围阿基鲍尔奖的他的肖像前留影

不弃,与其说是离群索居的寂寥,还不如说是千万次的坚守。只有具备这样成百上千次的磨炼,才能一朝独具慧眼。一张照片、一幅画、一本书、一段旋律成为经典都不是一蹴而就的。

正当我寻找资料,继续撰写这张全家福照片中背景那幅画家自画像介绍文章时,收到了画家沈嘉蔚老师的来函。他详细介绍了全家福照片与自画像诞生的故事,揭示了摄影家与画家独特的艺术天赋、娴熟的技巧与想象力,尤其是专业历史画家扎实广博的历史内涵。现将来函录于此,以飨读者,并谢谢嘉蔚兄。

帆兄:

你好!

是指那张全家福吗?我有一篇文章写到过,先摘引如下:

《在澳大利亚的自画像:戏仿约翰·汤姆森》是我最重要的作品之一,于2010年完成,作为该年在澳大利亚的海瑟尔赫斯特美术馆隆重举办的《沈嘉蔚艺术生涯五十年》回顾展的压轴展品。2011年,这件作品入围阿基鲍尔肖像奖。在这一年与2012年初,这件作品在澳大利亚各地美术馆巡展。

我曾创作过多幅各具特色的自画像,其中有几件已进入公私收藏。包括阿瑟·罗宾森艺术收藏、梁洁华艺术基金会以及昆士兰大学美术馆等著名机构。但与其他自画像不同的是,《在澳大利亚的自画像:戏仿约翰·汤姆森》记录了我在澳洲二十多年生活的艺术成就,是一部浓缩的澳大利亚文化史和华人史。它不仅展示了画家主要的艺术成就,而且有意思的是,就在创作期间,它本身已经进入画家的生活之中,又成为我在澳大利亚的故事的延伸部分。当这件作品尚在画室里时,它已经两度成为澳大利亚英文大报的图片新闻。

2010年7月21日的《悉尼晨锋报》(在澳大利亚相当于美国的《纽约时报》)在头版刊出我的大幅照片。报道我应邀为澳大利亚国会大厦绘制前任澳大利亚总理霍华德正式肖像的文化新闻。在这张照片中,我身后是接近于完成的《在澳大利亚的自画像:戏仿约翰·汤姆森》。

与此同时,澳大利亚著名摄影家格列格·维特到我家里做客时来了

沈嘉蔚油画《在澳大利亚的自画像》

灵感，他把我们一家子都拉到这幅自画像前拍了一张照片。这张有着古典油画般色调的照片在第二年入围澳大利亚全国肖像摄影奖并受到好评。澳洲唯一一份全国性大报《澳大利亚人》于2011年3月29日的艺术版面上刊发了对这次评奖的专题评论。版面安排富有深意：格列格的这幅沈家合影占据巨大的版面，在它下方小小的一幅才是获奖作品，全文配图仅此两幅。艺评人克里斯托弗·阿伦写道："格列格·维特的一幅小型肖像照非常杰出，那是沈嘉蔚和他的妻子王兰、女儿曦妮以及爱犬比利一家子。这张照片仿佛在与画家调色板上的泥土色调相媲美，并将人物置于画室里正在画的自画像之前。"

"画家身着牛仔裤与皮夹克，面对着维特的相机。而在他的自画像里，他却是穿着中国传统服饰，正在绘制一幅萨金特风格的丹麦王妃玛丽的全身像。"

这张照片现在永久陈列在澳大利亚国家肖像馆，与我画的王妃肖像比邻。

为什么我在这幅自画像里要把自己画成一个殖民地时代，留着长辫的华人画家，就像约翰·汤姆森的著名照片《香港画家》的主人公一样呢？细解此因之前，必须先介绍汤姆森的照片。

约翰·汤姆森（1837—1921）是英国著名早期摄影家。他于1872年出版的《中国与中国人民》展示了他于那几年在清代中国旅行时拍摄的风土人情。这些照片至今仍在中国流传，被公认为记录中国19世纪风情的经典。其中一张题为《香港画家》的照片，自20世纪80年代初第一次见到，便给我留下了深刻的印象。照片里这位相当于我的曾祖父一代的同行，正在简陋的画室里绘制西洋风格的行画。墙上挂着他完成的作品，身后的小桌上摆着他的水烟壶。画面气氛安宁。画家正在一丝不苟地绘制一幅小型肖像。

但只有在我第一次见到这幅经典照片的15年之后，才意识到可以取而代之，将自己画成一个19世纪的殖民地华人画家。当时我刚刚在澳大利亚站稳脚跟，获得了一个大奖。但我没有急于动笔。时光又过了15年，我的生涯里有了更多的故事，于是一切水到渠成。

在这整整三十年里，作为一个专业历史画家，我的创作和研究，和三位活跃于19世纪后半叶的杰出澳大利亚人发生了密切的关联。这三位人士在世的大部分时光,尚在澳大利亚获得自治以前。19世纪,澳大利亚为大英帝国的殖民地。我花费大量时间阅读相关的历史文件和图片资料,以至于有时感觉自己的前生便是活在那个年代。最终我拿起画笔,把自己画成了拖着细长辫子的19世纪华人。我属鼠,而那条辫子如此长和细,以至于我更喜欢戏称它为鼠尾,而非英文中的"猪尾"。

现在要讲讲那三位杰出澳大利亚人的故事以及他们与我在澳大利亚艺术生涯的关联。

细看《在澳大利亚的自画像:戏仿约翰·汤姆森》一画的左上角,可以看到一位华人绅士。他的姓名是梅光达,英文里把"达"变成了他后代的家族姓氏。梅光达生于1850年。九岁时随伯父来澳淘金,不久由辛普森家庭收养并接受了良好的教育,成人后成为富有的商人和共济会员。他在悉尼经营茶室和茶叶生意,娶了一位英裔夫人。他在家里开派对,背诵彭斯的诗歌,跳苏格兰高地舞,用社会主义的方式对待自己的白人雇员。由于帮助清政府解决外交难题,他被中国朝廷授予四品顶戴。而澳大利亚的白人则将他视为自己人,他在主流社会里享有仅次于总督的名声。而当时的澳大利亚正是排华潮席卷的年代,因此他的成功不可思议。悉尼市中心于1898年落成的维多利亚女王大厦里,梅光达开设的"精英大厅"成为悉尼的社交中心,而他本人则成为这座大厦的灵魂人物。

我于1995年便根据所读到的英文历史记载,为华文报纸撰写了长文来介绍这位澳华先驱人物。1998年,我完成了三联画巨作《世纪转换时》,由100多位澳大利亚精英人士肖像构成,而光达处于全画的核心位置。我还创作了其他这一题材的作品,包括一幅也是清朝装束的自画像,画于1999年,标题是《刹那间回到1900年》,背景便是光达茶室所在的悉尼国王街。

事实上,《在澳大利亚的自画像:戏仿约翰·汤姆森》的英文标题便是《自画像:光达的同时代人》。

光达在他事业顶峰的53岁那年遭遇飞来横祸,他在维多利亚大厦的办公室里遭小偷袭击被铁棍击头,从此一病不起。在他生命的最后几个月里的1903年初,他接到一封电报,得知著名的记者莫理循马上要来澳大利亚探亲，而他在悉尼登陆后第一个想见的人，便是光达。

光达扶病在维多利亚大厦的精英大厅邀请了许多华人朋友招待莫理循，聊了通宵。中国在两年前发生了"庚子事变"，义和团与八国联军的战乱，莫理循是亲历者，甚至一度误传他已经被杀。莫理循带来了第一手的详尽信息，远在天涯海角的华人们如饥似渴地倾听着。

莫理循回到北京后，发起联名信，向清廷推荐光达，认为他最宜出任中国驻澳大使一职。清廷果然下诏做出如此任命，可惜此时光达已经死于伤病。这里，第二位杰出人士已然登场，他就是莫理循。

莫理循比光达年轻12岁。他本是医科大学生，却生性好探险。1894年他从上海坐船到重庆后改为步行，经宜宾，穿越贵州和云南，直至缅甸。1895年出版了他的游记《一个澳大利亚人在中国》，为伦敦《泰晤士报》注意，乃聘他为驻北京记者。他于1898年上任，在北京一待二十年，身历了戊戌变法、庚子战乱、清末新政、辛亥革命、袁氏称帝，直至巴黎和约。他死于1920年，中国政府将他长期居住的王府井大街加了个英文路牌，就叫莫理循大街。当时他是中国政府的政治顾问。他的知名度使他一直享有一个姓名前的定冠词，便是"中国的"莫理循。

莫理循是澳大利亚苏格兰裔人，生于吉隆，毕业于墨尔本大学。

"袁世凯的顾问"这一负面名声，使莫理循在20世纪后半叶的中国完全被遗忘。中国在1986年出版了莫理循的通讯集。我在该年读到此书后，便视之为近代中国史研究中的无价之宝。来到澳大利亚后，我结识了这部通讯集的编注者，当时全球唯一的莫理循研究者骆惠敏教授，并认识了已经九十高龄的莫理循的二儿子阿拉斯戴尔。我也得知莫理循全部书信日记连同上千张照片均保存在悉尼的米歇尔图书馆里。从此，我便以写作和口头方式以及画作来促动中国对莫理循档案的研究。这种努力在2000年以后成效卓著，在福建教育出版社编辑林冠珍的积极努力下，迄今已出版了一系列相关学术著作、传记和图册。其中一部三册合一的清末老照片集，书名为《莫理循眼里的近代中国》，便是由我亲自编撰的。为此我成功地向澳大利亚外交部澳华理事会为出版社申请到资助。这部图集在中国国内受到学术界与读书界一致称赞。2007年中央电视台播出李燕编导的五集文献片《中国的莫理循》，2009年由窦坤编辑出版的图片集《1910，莫理循中国西北行》背后都有我的支持和参与。我在1995年创作的《中国的莫理循与我》自画像入围次年阿基鲍尔奖后，由莫理循的侄孙比尔·佛列斯特买下后赠给阿瑟·罗宾森律师行。我后来发现创作此画所依据的照片，即1894年莫理循在云南和中国苦力的合影，与梅光达在相同年代里在悉尼与他的白人雇员的合影，堪称完美的一对。无论在构图形式上，人物种族的对照，乃至着装的互换，都奇妙地对称。这导致我在2006年完成了双联画作《1894年》。这件作品入围2007年舍尔曼奖。此前一年，我已荣获此奖。

《在澳大利亚的自画像：戏仿约翰·汤姆森》里，画面右侧中部便是这一对照片的图像。

现在再来看《在澳大利亚的自画像：戏仿约翰·汤姆森》正中上方占据最大面积的一幅画。它叫《澳大利亚的玛丽·麦格洛普》，我创作于1994年，并在1995年1月荣获"玛丽·麦格洛普"艺术奖第一名，从而获得专程来澳的罗马教皇约翰·保罗二世接见并被授予一枚纪念金牌。这一个巨大成功是我澳洲生涯的转折点，使我立即从街头画家的地位跃升为媒体关注的人物。两万五千元奖金也使我摆脱了经济困境。

玛丽·麦格洛普是澳大利亚第一位罗马天主教修女。这位苏格兰人后裔也是一名优秀的中学教师。她成为修女后创建了圣约瑟夫修女团。当时澳大利亚人中的天主教徒比较贫穷，玛丽一生奔波各地为他们创办学校。我将她比作中国的武训。她比光达年长八岁，生于1842年，死于1909年。她生平坎坷，曾受教会误解而受到不公正待遇。但她最终受到全澳大利亚社会的尊重。1994年，罗马教会宣布玛丽·麦格洛普为准圣徒（15年后玛丽受封为正式圣徒）。澳大利亚天主教会此前无人被封圣，因此这个消息对澳大利亚人而言意义重大，举国欢庆。罗马教皇约翰·保罗二世为此于1995年1月19日专程来澳做38小时访问，主持封圣的盛大仪式。为此澳大利亚政府、教会与社会各界联合设置了一个一次性艺术奖来激励艺术家创作颂扬玛丽题材的作品用以筹办一个美术展览，呼应教皇来访。

我在1994年9月花了三周时间去阅读英文资料并形成构思，又用另外三周完成了这件作品。我当时认为作为维多利亚时代的故事，最好用维多利亚时代油画风格来表现，从而"补画"一幅本应由汤姆·罗伯茨（与玛丽同时代的澳洲最杰出的人物画家）绘制的画作。这种构思拉开了与其他40多幅入围作品的距离，一举得奖。

我的获奖被主流媒体广泛报道，甚至有朋友从纽约寄报纸来，上面登载了法新社的相关报道。中文媒体则强调我是"第一位由罗马教皇颁奖的华人画家"。事实上当时我确实尚未入澳大利亚籍，仍是中国公民。在与约翰·保罗二世在我的得奖作品前会面时，罗马教皇首先开口问我："Chinese（中国人）？"

我在澳大利亚艺术生涯的两个亮点各与一位名叫玛丽的澳大利亚女士相关。除了修女玛丽之外，还有一位当今的丹麦王妃玛丽。《在澳大利亚的自画像：戏仿约翰·汤姆森》里，画家正在绘制的，正是王妃玛丽的肖像。

当今世界最美丽的灰姑娘故事就发生在澳大利亚悉尼——我居住的城市。2000年奥运会时，一个酒吧里一位叫玛丽的姑娘与邻桌的丹麦运动员聊上了。当他们发现彼此已陷入情网时，玛丽才知道那个小伙子名叫佛烈德里克，是丹麦的王太子。四年后，全澳洲人从电视里观看了他们的婚礼。又过了一年，2005年2月，新婚夫妇正式访澳。澳大利亚国家肖像馆馆长安德鲁塞耶斯决定不放过这个机会，他建议丹麦王室挑选一位澳洲画家为玛丽画一幅肖像留在她的祖国。他提交了一组画家的资料，不久得到了回复：王室选中了沈嘉蔚。这条消息成为澳洲各大报纸的头版新闻。3月1日上午，王妃盛装为画家当了三个小时的模特，我与我的夫人兼助手王兰拍了十几个胶卷，又用一半时间为王妃画了一幅色粉头像写生。当我们和肖像馆馆长步出王妃下榻的香格里拉饭店时，街对面上百名媒体记者爆发出掌声。报道强调画家穿了牛仔裤与衬衫去见王妃，而非如馆长一般身着正式礼服。

时隔六年，已经当上四个孩子父母的王室夫妇再度访澳，其时王妃肖像早已成为肖像馆最受欢迎的藏品。我同时接到总理办公室的电话，邀请我全家出席堪培拉国会大厦欢迎丹麦贵宾的午宴，还有来自国家肖像馆的电话，邀请我在王室夫妇前来欣赏自己肖像时作陪。2011年11月22日，画家与他的模特儿王妃相会在作品前，王子笑得合不拢嘴。我赠给玛丽自己回顾展的画册，里面不仅有王妃肖像，也有那幅正在绘制王妃肖像的《在澳大利亚的自画像：戏仿约翰·汤姆森》。

在我这幅非同寻常的自画像中，右边上方有一幅身着硬领礼服的男子头像，这是在同自己多年的批评家朋友开的一个玩笑。强·麦克当诺是《悉尼晨锋报》艺术专栏批评家，我们十多年的专业缘分始于他对我在1995年获奖作品《澳大利亚的玛丽·麦格洛普》的负面批评。强认为那幅画太过维多利亚式的伤感，但很快他就发现我并非学院派老古董。那幅模仿维多利亚风格的画只是一种伪装。1997年，我的《七幅自画像》获得强的高度评价。那件作品只差一点得了阿基鲍尔奖。自那以来，强一再表达出他对我的艺术的充分理解，并在2010年为我的回顾展画册撰写文章时，对我的艺术追求做了全面评介。

我在这幅自画像里保留了汤姆森照片里的水烟壶。在我的童年记忆里，祖母曾用这样的壶吸水烟，甚至还为我表演如何点烟。30多岁就去世的祖父也用这样的水烟壶，这是祖母说的。祖父多才多艺，他的创造力隔代遗传给了我。但是大跃进年代时政府将民间铜器全部征集走了，从此人们不再抽水烟。

在自画像的下部，我为自己最珍爱的子女保留了充足的空间。女儿穿着19世纪的衣裙，她的肖像在画桌下面，画面右下方。"儿子"比利躺在身后的地上。十多年前我与妻子、女儿带了幼小的金毛寻回犬比利去兽医站登记，特意在"比利"后面加上了"沈"姓。回到家里比利缠着八岁的女儿玩，女儿累了，对比利说："姐姐不跟你玩了。"而画中的比利，已经是12岁的老"人"了。

在自画像的画桌上，躲在画家正在绘制的王妃肖像背后的另一幅画，也就是1999年画的《刹那间回到1900年》。上面的画家隔了老远，盯着观众，仿佛在说："慢慢看，这里装了太多的光阴。"

以下是几则报道：

澳大利亚著名华裔画家沈嘉蔚和他的夫人王兰、女儿曦妮、爱犬比利的一幅摄影肖像被首都堪培拉的国家肖像美术馆收藏并展出，引起澳洲艺术界和华人的关注。沈嘉蔚本人创作的四幅肖像也于不同时期在国家肖像美术馆展出，显示了他杰出的艺术才华。

华裔画家沈嘉蔚和家人的一幅摄影肖像在堪培拉国家肖像美术馆展出，站在旁边的是美术史专家萨拉·英格尔多。

沈嘉蔚和家人的这幅摄影肖像的作者是澳大利亚摄影家格列格·维特。作品以油画般的浓厚色彩再现了沈嘉蔚的画室，画家本人的大师风度、夫人的娴静坐姿和女儿的亭亭玉立，构成了一幅十分生动的画面。背景中还有一幅沈嘉蔚画的他身着宫廷长袍为丹麦王妃玛丽画肖像的自画像。

现在又有了新发展。照片里的女士萨拉，今年为国家肖像馆策划了一个展览叫 The Popular Pet Show，这张照片会同时与我画的油画《曦妮和比利》（我女儿与狗）参展。她为展览写了一段介绍性文字：

SHEN JIAWEI

When Shen Jiawei arrived in Australia in 1989, he had practically nothing. Sixteen years later, he had two portraits he'd painted standing side by side in his studio. One was of the former Mary Donaldson, Australian-born Princess Mary of Denmark. The other was of Xini, Chinese-born princess of his own harmonious domain in Bundeena, New South Wales.

Shen Jiawei was born in China. During the Cultural Revolution he laboured in the Great Northern Wilderness, but even as he worked there, he gained recognition as an artist. Some of the paintings he made gained national renown, and are now recognized internationally as icons of the times. Lan Wang was the beautiful daughter of a founder of the Beijing Institute of Aeronautics. At sixteen she was sent north for farm work in Heilongjiang, near the Russian border. There for seven years, she sketched and made woodcuts whenever she could. In 1975 she met Shen Jiawei. After the revolution ended in 1976, Lan studied and taught for nine years in Shenyang. In 1982, she married Jiawei; six years later she completed an award-winning mural, more than twenty three metres long, for the Dalian Youth Palace.

The couple's daughter, Xini ('Aurora') was born in May 1989. By then, Jiawei was in Australia, making his living drawing portraits of passers-by at Darling Harbour. Lan Wang and Xini arrived at the end of 1992. Lan worked as a cleaner, learned English and began to drive while Jiawei sketched at Australia's Wonderland and made his Archibald debut. In 1997, they settled in Bundeena. The following year, they became Australian citizens and adopted a tiny puppy, Billy.

Jiawei loved the gentle Billy so much he thinks of him as his 'only son'. The family cat was tyrannical, but he overlooked her rudeness, allowing her to eat her fill from his bowl before finishing the rest. Xini's window gave onto their courtyard; while she did her homework inside, he'd rest his paws on the sill until she came out and wrestled with him in the garden. Later, she'd read a book while he dozed close by, sometimes resting his chin on her leg. One year when JieJie ('big sister') won several medals at school, she sat Billy down in the garden, and bending so she was face to face with him, solemnly hung the medals around his neck, sharing the honour.

Having painted many majoy portraits in Australia, Shen was commissioned to paint Crown Princess Mary of Denmark for the National Portrait Gallery in 2005.

Photographs taken in his studio in this period show the portrait of Mary, imperious in silk chiffon, against a dreamlike backdrop that melds her worlds, beside the portrait of Xini, a wary, part-rebellious look on her teenage face, her bones fine in her cotton top and skirt, standing before the white oleander that surrounds the Shens'home. With Xini is Billy, then in his noble prime, and a blue-tongue lizard they glimpsed often in the garden. In one photograph, the real Xini in her school uniform caresses the real Billy in front of their painted likenesses, Princess Mary's portrait looming over them.

Billy was loved by all, and Jiawei painted him countless times; his portraits hang in many homes in Bundeena.

In Australia, Lan Wang became a passionate gardener（'Lan'means orchid）. Her love of animals and peace is expressed in all she does. In recent years, Shen Jiawei has researched and written several books. One is called simply Lan Wang. He wrote it, he told her, 'To prove that a person such as you has lived in the world'.

展览将在下个月，11月3日开幕，一直展到明年三月，欢迎朋友们去堪培拉时去肖像馆参观。

祝好！

嘉蔚

2016年9月于悉尼邦定纳
2024年9月整理再稿于悉尼

刘维群与他的《梁羽生传》

书架上那本刘维群著的《梁羽生传》又跃入眼帘，一种莫名的冲动让我捧起这本书。模糊而又熟悉的场景像一阵风吹过，又在我眼前浮现……

近年来在中澳两地，梁羽生的名字从没有离开过人们的视线，只要说到中国武侠小说，梁羽生的名字绝对排在最前位。

自民国时期乃至今时今日，他的名字一直都被众多武侠迷挂在嘴边。他为世人勾勒了一个有男儿豪气、有女儿情义、有爱有恨的江湖世界。作家金庸曾为他写下一副挽联：同行同事同年大先辈，亦狂亦侠亦文好朋友。然而，他"狂"，却只在武侠世界里狂。他"侠"，却是无时无刻不在现实中行侠仗义。他"文"，虽有着一身侠气，却是个实实在在的绅士文人。此人便是我国当代著名武侠小说家、开辟当代武侠创作新形式的梁羽生。他所写的《红湖三女侠》《七剑下天山》《白发魔女传》等小说在当时可是人人都哄抢着要看的。有人还因此而唤他一声"大侠"，称他是中国武侠小说界的"泰斗"。殊不知，他的人生，也与他笔下的江湖世界一样，不光只有刀光剑影，还有一份温柔情长。

记得20世纪90年代中后期，一天午后我去悉尼市区一个报社找同属报界朋友的刘维群有事。那时刘在该报社当总编，虽然这是在主流英文媒体下的一份小众中文周报，但随着在澳华人群体尤其是新时期

刘维群著《梁羽生传》

著名文化人、书法家黄苗子为《梁羽生传》题字

中国留学生逐渐增多，华文报刊顺应时代发展，颇有一纸风行之态势，且有了前所未有旺盛的生命力。而当中国留澳学生整体获得居留尘埃落定后，中文报刊的发行又趋于常规的平淡。刘那时凭他闪亮的"中国南开大学文学硕士、澳洲麦觉理大学社会学博士"的光环，无可匹敌地荣任炙手可热的总编之位。

在报社闲坐片刻，等刘处理完手头之事后，他说："我正准备外出，你与我同行，一路可以聊聊。"我说："好呀！"

就这样我坐着刘破旧的日本丰田轿车离开悉尼市区，向西行驶。约十几分钟后驶过有着"小上海"之称的艾士菲（Ashfield），又行驶几分钟，到了澳华颐养院门口。他告诉我，来这里要见大侠梁羽生。他话音刚落，一阵出乎意料的惊喜从我心头掠过，一位如雷贯耳的大家、一位令多少读者膜拜的大侠，竟然就要在我眼前出现了！

刘要我在大厅稍候，他大步流星向过道里面走去。没多久，我见刘手上拿着一个文件袋和其他一些纸张书籍，正陪同一位中等身高略胖、头发花白、步履蹒跚的老人走来。我知道这位肯定是梁羽生大侠。在这之前我就知道梁羽生已来澳洲多年，但没想到会在此与这位大侠相见。我迎了上去，刘将大侠向我做了介绍，我双手紧握梁羽生宽厚的右手。就这手写下了名闻天下奇妙的武侠世界，足以让数以亿计的读者如痴如醉沉迷其中。

在回去的路上，我觉得刘比我更兴奋。探其因由，他和盘托出：大侠梁羽生已将撰写其传记的重任委托于他。刘告诉我，在此之前曾有几位作者为大侠作传，大侠均不十分满意。大侠当时也有再作传之想法，

似乎也在默默等待一位肯为他作传的作家，后在澳期间与刘相识，逐渐深入交流，且刘为梁作传踌躇满志，志在必得，自认再作生公（梁羽生）传记非他莫属，他占据天时地利人和便利之优势，梁与刘十分投缘。在与刘的十余次访谈中，梁羽生将以前尚未公开的所有事情，全都详细告诉给了刘维群。这就决定了刘维群的《梁羽生传》自他获得授权的那天开始，便注定要有许多精彩内容超越之前的梁传。这是梁羽生武侠小说生涯终结传记，成书后也是颇得生公满意的上乘之作。

至此，刘除了白天在报社上班，几乎大部分业余时间都夜以继日地投入传记的写作中。一间并不宽大的卧室兼书房的写字台上、床上与书架上全是堆起的书籍与资料。他在大侠传奇的人生中、跌宕起伏的笔墨生涯与变幻莫测的武侠世界里畅游，多次反复阅读大侠脍炙人口的精彩篇章，理解、揣摩各式武侠人物的人生与性格特征，更将梁羽生赋予武侠人物独到的视角与风云变幻的武侠世界的心理状态跃然纸上。

刘先生的梁传完稿于1999年8月，两个月后该书稿即被中国长江文艺出版社付梓出版。瞬间这本洋洋洒洒35万字的梁羽生传奇故事再次风靡华夏大地及海外华人圈，一时受到"梁粉"的追捧，反响火爆，好评如潮。

梁羽生曾称赞刘著的《梁羽生传》为迄今最好的一部梁传。

刘著梁传采纳了梁羽生创作武侠小说惯用的章回结构，风格也力图与其保持一致，每一章都引用梁著诗词为提要，巧妙地将武侠大家笔墨生涯的人事连缀起来。在行文方面，刘维群考虑到写的是文人名士型的传主，故特意用字相当文雅，笔法诡异多变又明白流畅生动，以大侠因缘作为引子，从出生前后的家世写到20世纪80年代末移居澳洲，时间跨度长达七十载，用心全方位勾勒出大侠的书剑一生，道出了这位"江湖中人"几十年来的酸甜苦辣。总之，从史料和文学两个角度看，刘维群这部《梁羽生传》都是上乘的传记著作。

十年一弈。1994年1月，金庸应悉尼作家节之邀，来做嘉宾，并与梁羽生共同主持武侠小说讲座。讲座结束后，金庸前往梁家与梁羽生对弈一局。

刘维群原籍湖南浏阳。他曾获南开大学中文系文学硕士学位，不久赴德国留学，后移居澳洲，获悉尼大学文学院研究生学位和麦觉理大学社会学博士学位，先后在北京、柏林、悉尼、纽约等地从事中国文化教学和研究工作。我们在悉尼得以相识。刘维群常用的一个笔名叫刘阳，是与他的出生地同音，漂泊江湖，名牵故乡。那时他还年轻，奋发读书，学业有成。他戴副眼镜，中等身材，讲话略显腼腆，且慢条斯理。

21世纪初，刘维群辞别澳洲，去了美国。他这一生，居无定所，游历了亚洲、欧洲、大洋洲与北美洲，似乎永远在寻找属于他心中的"诗与远方"！那时互联网还不发达，此后我回国工作多年，我们因此失去联系多年。

当我再次获得刘维群的信息时，已是他著梁传后的第五年。噩耗传来，他已于2004年5月4日，因胃癌回国就医，终因医治无效病逝于北京协和医院。

生命无常，病魔夺走了这位湘楚才子（享年仅约四十岁，至今无法得知他的出生年，只知是20世纪60年代中后期生人）年轻的生命，深为痛惜！他留下了此生最高文学成就，《梁羽生传》将永远伴随着我们。

《梁羽生传》作者刘维群摄于德国莱茵河畔

2009年1月22日梁羽生在悉尼逝世

　　刘著梁传十年后，2009年1月22日，一代新武侠小说霸主梁羽生在悉尼仙逝，享年八十五岁的生公驾鹤西去。在他身后，由他开创的新式武侠小说也渐渐随时代的变迁，慢慢淡出人们的聚焦处，后继者寥若晨星。至此旺盛的武侠热潮稍有趋淡之势。新式武侠的时代，随着梁羽生、随着对梁羽生武侠小说颇有研究的刘维群远去了。留给我们的是那些永不落幕的武侠世界里精彩绝伦的画面与洋洋洒洒上千万字的巨制大作，奠定了梁羽生新武侠小说的霸主地位。正如刘维群在梁传中写道："数十年来，梁羽生的武侠作品给遍布世界数以亿计的读者生活，平添了奇异瑰丽的梦幻色彩。梁羽生的名字将与他所开创的新派武侠小说一道，永远铭刻于华文文学史上！"

2017年9月初稿
2018年7月再稿于悉尼听雨楼

翻译诺贝尔奖文学作品的一位澳洲华裔作家

迄今为止，现代人类社会凡涵盖物理学奖、化学奖、和平奖、医学奖和文学奖等领域全球最具影响力的奖项，非诺贝尔奖莫属。自1901年始，该奖给这个多彩世界插上了无限遐想与希望的翅膀。那些令人肃然起敬、站在时代巅峰的巨匠，为此倾其毕生精力，百折不回地在诺贝尔奖崎岖的路上奋力迅跑。

相比诺贝尔奖深奥难懂的科学领域奖项，文学奖作品与社会各界比较贴近，受众面较广，只须用自己熟悉的文字，把世界文学大家的作品翻译出来，变得新奇与饶有兴致。

20世纪90年代初有幸与吕宁思相识，并为同事供职于悉尼一家中文报社。他是总编，整个报社编辑部仅三四个人，每人要承担七八个大报版面的撰写报道与编辑工作。多年间与吕总相处融洽，合作愉快。他给人的印象是才思敏捷，反应神速。那时知悉他毕业于复旦，还去华师大深造过俄语。除俄语十分了得外，英语也非常优秀。

后报社易手，我们各自劳燕分飞。吕总应聘进入初创的凤凰卫视，没多久就担任该台资讯台副台长、总编等要职。能人总有长袖善舞的天地。

我在2015年有一次远行俄罗斯，在浦东国际机场图书门店中偶遇《我是女兵，也是女人》一书。当时该书摆放在十分醒目的重要推荐位置，是白俄罗斯作家斯维特兰娜·阿列克谢耶维奇的作品。一本厚厚的巨著在我眼前，当发现封面上写着译者吕宁思时，我一阵惊讶。震惊之余，更为吕总有如此成绩赞叹。无须考虑我掏钱买下了这本著作。还好去俄罗斯观光行李不多，近一周的俄罗斯之行，这本巨著成了我旅途中的伴侣。我拖着拉杆箱里的这本书，去了圣彼得堡普希金的故乡、涅瓦大街、俄国家美术馆等多处文化名胜，在累积的闲暇时光里，将该书泛泛地通读了一遍。

当时手中的《我是女兵，也是女人》一书的封面上没有获诺贝尔奖字样，说明此书出版时还未获奖。

随后几周的时间里，我迫不及待地通过微信陆续询问吕总有关翻译这部巨作的诸多问题，吕总也忙里抽空一一作答。

吕宁思，电视主持人、制作人，作家，译者。现任凤凰卫视资讯台执行总编辑、副台长，南京大学客座教授，西华大学客座教授，著有《凤凰卫视新闻总监手记》《总编辑观天下》等书。他曾于30年前翻译此书，译名为《战争中没有女性》，后根据2013年俄语最新修订完整版重译。

吕宁思译作《我是女兵，也是女人》封面

本书真实地记录了她们亲历的那些感人泪下的故事，还有战火中伟大的爱情……《我是女兵，也是女人》所有的故事都是真实发生过的，大量内容曾被苏联官方严禁出版。这些女兵眼里的战争，与男人们的描述截然不同。作者用与当事人访谈的方式写作纪实文学，记录了第二次世界大战、阿富汗战争、苏联解体、切尔诺贝利事故等人类历史上重大的事件。近年来，尤其是俄乌战争爆发以来，他凭借自己良好的俄语优势、翔实的资料、富有哲理的前瞻性评说，获得了数百万粉丝的关注。

吕宁思译中文版《我是女兵，也是女人》在出版约半年后，2015年《我是女兵，也是女人》的作者斯维特兰娜·阿列克谢耶维奇获得该年度的诺贝尔文学奖。

瑞典文学院对她的授奖词是："她的复调式书写，是对我们时代苦难和勇气的纪念。"

这次又让我惊讶了，翻译了一部小说，该小说竟获诺贝尔文学奖！在这高光时刻，我难抑激动的心情，急忙向吕总表示由衷的祝贺！

数月后，吕总联系我，还附上了他不久前去白俄罗斯明斯克与作者斯维特兰娜·阿列克谢耶维奇会面的照片。记得在我连连称赞他时，他告诉我他翻译的同一个作者35万字的长篇《二手时间》刚刚出版。这又

2016 年，诺贝尔文学奖得主阿列克谢耶维奇在明斯克会见翻译者吕宁思（右）

一次把我惊倒了！

难能可贵的是，在众多出色的俄罗斯文学作品中，吕宁思在 30 年前就发现了斯维特兰娜·阿列克谢耶维奇作品中蕴含的潜力。他在《我是女兵，也是女人》一书译后记中写道："三十年前某一天，我偶然翻阅苏联《十月》文学杂志，立刻被这部作品的标题和内容所吸引。那一年，正是苏联卫国战争胜利四十周年。转眼间又过了三十年，那片土地发生了天翻地覆的变化，这位当年的苏联作家，已经是白俄罗斯作家了。"

众所周知，在传媒业工作节奏极快，尤其业内还有对某卫视的如此说辞：女人当男人用，男人当××用，吕宁思是如何在有限的时间将该书翻译出来的呢？吕总透露，他在直播节目《总编辑时间》后回到家已经是晚上 11 点多，为了翻译《我是女兵，也是女人》，他给自己制订了工作计划，每晚的翻译时间从夜里 12 点至次日凌晨 2 点。

而且，俄罗斯文学的笔调是深沉且痛苦的。《我是女兵，也是女人》是片段性的文字，没有一个贯穿整体的故事情节，翻译不好会很平实和古板。面对翻译难度如此之大的文学作品，吕宁思说，我尽力了。

这位澳洲华裔作家兼译者，把诺贝尔文学奖得主的作品介绍给了千千万万世界各地的读者，为世界文学的推广与传播做出了卓著贡献，值得赞赏。

　　每当翻阅这部名著，眼前总会浮现他孜孜不倦的身影，胸中也涌动着一种亲切与自豪感。读《我是女兵，也是女人》猛然惊醒，更多的是女兵的飒爽、玫瑰的铿锵，血肉之躯与炮火纷飞战争的惨烈，读来萦绕心头，受益匪浅。

　　预祝他再创辉煌。

　　注：阿列克谢耶维奇获得 2015 年诺贝尔文学奖。

2023 年元月于悉尼

从此天堂有舞者

无妄之灾肆虐全球。大洋彼岸的休斯敦,还沉浸在中国传统中秋节的氛围里。中国人历来有说中秋大如年,将圆月之时比作团圆之日,天涯此时传诵最多的是那喜庆名句:但愿人长久,千里共婵娟。而皎洁的明月没给她带来丝毫的快乐,冥冥之中更让她意识到自己或是"遍插茱萸少一人"的那位。

她知道自己来日无多,急切归故里的念想与日俱增,越发强烈!这念想竟成了她与死神争分夺秒的唯一精神支柱。病魔正变本加厉疯狂地吞噬她,她时而清醒,时而昏迷,人生最后一个中秋节在她生命的旅程中悄无声息地划过,像光影越过山岗,像河流归入大海。世间的物华天宝,在生命面前均成草芥。她曾是回眸一笑百媚生,集万千宠爱于一身的杨贵妃,此时已形销骨立,判若两人。不幸总比明天先来临,生命的光亮正逐渐熄灭。

舞者周洁

悠悠岁月，追逐生命的最终落点。一架小型喷气式商务飞机迫不及待地从美国休斯敦起飞，机上载着这位气若游丝、奄奄一息的中国舞神及几位医疗救护人员与亲友。飞机将要飞越浩瀚无垠的太平洋，向大洋彼岸的中国飞去。小型喷气式商务机要完成这约一万公里的航程自叹不如。偏偏十万火急之时节外生枝，中途又逢故障降落关岛补给及维修。两日后机械配件送到复位，飞机昂首凌空再向前。2021 年 9 月 26 日到达终点上海浦东国际机场，一番疫情间烦琐的入境手续后，等候待命的救护车急将舞神送入东方医院。一万多公里、三四天的艰难行程，对正常人来说也已难以承受，何况生命垂危的患者。披星戴月飞越了千山万水，用生命最后的微光与死神赛跑，在一息尚存之际，辗转空中二万里，演绎魂归故里的惊人之举！

　　到达故土在疫情隔离五天后的 10 月 1 日，这位曾在魔都乃至大江南北无人不晓的绝代佳人、当代舞神，撒手离开了她深爱的这片故土、深爱的事业、深爱的亲友与观众。情到深处人孤独，舞神膝下无儿无女，短暂年余的婚姻早在三十年前结束。落叶归根的故土竟成了她难以割舍的人生全部所有。

　　一代灵魂舞者陨落，令人悲恸！

　　由此勾起红颜舞者二十七年前在澳出演的一幕，依稀在眼前灵动清晰起来。

　　那时我在一家中文报社当记者编辑，有幸恰逢如此饕餮文化盛宴。那段时间，职业驱使我每天奔波于悉尼各处，亲临各界举办的中国演艺明星演出现场，采写相关新闻。

　　那是一个"人面桃花相映红"的高光时刻。1994 年春节前夕，由侨领黄庆辉父子倾力打造的一场在澳华人空前绝后的春晚，我记忆犹新，力邀了中国多位大腕级演艺明星，强大的阵容可与央视春晚媲美。那晚可谓万人空巷，星光下的唐人街悉尼娱乐中心，人声鼎沸，济济一堂，欢歌笑语时而会掀翻大厅的屋顶。年逾古稀的黄庆辉先生在演出前，热情洋溢的欢迎开幕词滔滔不绝，真苦了急盼演出的成千上万观众。

　　精彩纷呈的文艺演出，故土亲情扑面而来。当光艳夺目的舞者周洁出演一出掌上舞《梦蝶》时，掌声雷动。她轻柔的体态，在四位裸着上身的男舞伴手掌上翩翩起舞，时而平托白鹤展翅，时而托举反弹琵琶，时而又鹞子翻身……她再现了汉代赵飞燕舞姿轻盈飘逸的掌舞。历史上有"燕瘦环肥"的说法，燕，就是赵飞燕；环，就是唐玄宗的贵妃杨玉环。而周洁成了中华既能跳那支"燕瘦"赵飞燕的掌上舞，又能演"环肥"杨贵妃的第一人。对两位历史上沉鱼落雁的大美人，周洁以她的天赋异禀演绎得精彩绝伦，那时"贵妃"这个称谓，几乎也成了周洁的别称。

以至于20世纪90年代初期，故土盛传"贵妃大桥"逸事。沪郊奉贤立项建造浦江大桥，资金短缺，此时生于当地的周洁，因电影《杨贵妃》一角红极一时，找米下锅成了明星义不容辞的担当，家乡人民翘首期盼大桥早日建成，有传言她以资金换取"贵妃大桥"之名等。直到1995年"奉浦大桥"建成，大桥之名才算尘埃落定。

悉尼那场春晚结束后，本人被邀参加了周洁等人在悉尼的一个小型家庭式的party，悠闲自在的畅聊外，随意为舞神拍摄了几张惬意照片，照片中周洁风华无双，美艳绝伦。如今这组照片静静地躺在我的《名人影集》中，散发出独特的光彩，像幽兰一样清香如故，又宛如舞神絮絮低语地讲述云烟般的过往……

一位从上海田野里走来的美丽舞者，五岁时燃起的舞蹈梦竟伴随她走过了一生。花甲之年的她理应再攀艺术新高，传帮带舞林新秀，创时代巅峰！可命运之神眷顾了她的舞蹈，给了她出神入化的演艺生涯与美貌，而忽略了她生命的长度。在又一个辛丑本命年之时她折翅倒下……

世事沧桑，生命无常。二十七年后的今天，悉尼娱乐中心早已夷为平地，又一光彩夺目的时尚的悉尼演艺中心矗立在旧址达令港一隅。而今人们为失去舞者而惋惜，寻找她曾在此留下的美妙的舞姿与音容笑貌。

在争奇斗艳的舞林丛中，她是那只灵巧、纤美的仙鹤，扑闪着翅膀穿梭于千山万水；她是磅礴艺海中的强者，在天地间偶露峥嵘。

驾鹤飞去，白云悠悠，从此天堂有舞者。

2021年10月于悉尼

玉洁冰清　歌声回荡
——费玉清告别演唱会偶感

长路漫漫终有尽头。华语歌坛常青树费玉清，情真意切地在全球多处唱响了其演艺生涯的离别之歌，多少观众为之惋惜不舍！

离费玉清悉尼告别演唱会还有一个多月，儿子就给我们买好了演唱会门票，并叮嘱我们勿忘观赏日期。那晚拿着两张价格不菲的演唱会楼上前排门票，内心涌动着对费玉清的怀念之情。说实话，费玉清一直是我们这个年龄段绕不开的华语歌手。改革开放初期，港台地区歌曲先后流行于内地，那时谁家的音乐收藏盒中没有几盒费玉清的歌带？那时的歌手不多，但大街小巷倏地就会飘来他的歌声。如果说每个人的成长岁月中都会有几位心仪的歌手，他（她）的歌声曾陪伴与撩拨过你的心弦，费玉清肯定会名列其中。

冬天的悉尼达令港一隅，也许因为有了"费玉清告别演唱会"显得分外引人注目。水晶宫般的建筑在夜幕中光彩夺目，"ICC"是目前悉尼最大型的演艺厅。场外早已聚集了不少华人"费迷"，也有个别老外。不少观众是首次也是最后一次聆听费玉清的演唱会，这次演唱会将是费玉清长达四十六载演艺生涯的告别式，还未开演，已足见如此火爆的场面。

费玉清演唱会门票

随梯形电梯登上三四楼,大厅中人声鼎沸,不少观众簇拥着演唱会广告上的费玉清人像在合影。而我也许是多年当记者的职业习惯,径直去了服务台了解相关信息。一位华裔女士告诉我,该会场有九千余座位,今晚的演唱会有近五千观众,算是演唱会的高票人数,较少华语歌手租用此大演艺厅演出。空余座位,剧场用幕帷拉起,开放的座位已座无虚席。要知道在海外召集五千余华人掏钱买票相聚一堂,绝非易事。本以为费玉清仅是众多少妇师奶级的杀手,想不到还有不少各年龄段的"费迷"男士拥趸。

约晚8时半,舞台灯光闪烁,费玉清一如既往,着标志性西装款款从舞台后面走出,引起全场一阵躁动和热烈掌声!

一袭粉色西装配上领带,那种儒雅光鲜如同他的歌声般温暖清澈,先跟在场观众道声晚安后,即亮嗓唱了第一首歌《原乡人》,"我走过丛林山岗,也走过白雪茫茫,看到了山川的风貌,也听到大地在成长"。紧接着连唱了观众耳熟能详的《相思河畔》《晚霞》《夜来香》之后,他缓缓道出离开舞台的由衷:该为自己46年的歌唱生涯画上句号,要把有限的岁月时光留点给自己。近年来,双亲相继亡故,给他的演艺事业带来较大影响。家人也力劝他:"华人歌坛有你不多,少你不缺。"至今花甲开外的费玉清还是孑然一身,那种孤独非常人能理解。正如他唱的一首歌:"如果深深经历那种感受,才会明白为何占满心头。啊!只要独处,日升月落,许多感触。啊!那种滋味,澎湃飞舞,怎能倾诉!"他告别舞台,去意已决,还声称此后再也不可能出现在媒体上,将消失在大众的视野。

观赏费玉清演唱会如沐春风,有云淡风轻的惬意感。费玉清,生于1955年7月17日,本名张彦亭,外号"小哥",祖籍安徽桐城,是台湾实力派歌手及综艺节目主持人。曾与胞兄张菲联袂主持综艺名档《龙兄虎弟》,多获好评。两兄弟一位粗犷剽悍,一位儒雅俊朗。胞姐费贞绫为中国台湾知名艺人,于39岁演艺巅峰之时遁红尘入佛门。费玉清的成名曾得兄姐提携。"玉洁冰清"也许是他改艺名的出处,竟然后真成"守身如玉",孑然一身。踏进歌坛迄今,出过个人唱片专辑40余张,连同合辑及精选有一百余张,所唱的情歌动人且无与伦比。他演唱时投入传神,带有优美的美声语调，故有"金嗓歌王"的雅号。迄今费玉清的人气不减当年，仍是人们心中的人气偶像。他的代表作有《千里之外》《一剪梅》《春天里》《凤凰于飞》《在水一方》……

这些成绩，足以彪炳华语歌坛史册。2018年，有幸在上海奔驰文化中心聆听了费玉清的演唱会，那是个万余人的大场，也是费玉清每年如约而至的演出，那时他还未曾有过离开舞台的打算。到了下半年，他报出去意时，不少"费迷"甚感唏嘘与意外。

所以，这次悉尼演唱会是告别出演，显得弥足珍贵。不愧歌坛常青树，惜别时当然会有卖力的表现。《梦里相思》《心声泪痕》，粤语歌《偏偏喜欢你》《上海滩》引发全场共鸣。还有闽南语的《海海人生》《落雨声》，民歌《知道不知道》《草原之夜》，《梅花三弄》《新鸳鸯蝴蝶梦》，《千言万语》《在水一方》《一帘幽梦》等，还在两位舞蹈演员的伴舞下献唱探戈组曲《昨夜星辰》《梅兰梅兰》，成名金曲《一剪梅》更把现场气氛推向高潮！

费玉清照顾到现场各类观众的所需，凭金嗓将那些经典怀旧老歌表现得淋漓尽致。

费玉清坦露从业的执着与责任："临近演出，我会十分注意身体状况。在澳洲期间我不参加聚餐，怕会染上感冒而影响演出。我一个人会躲在宾馆房间里背歌词。今晚演出至此没有丝毫瑕疵，决不辜负听众的一片热情。"这是值得称颂的从业精神。

在现场我还特别关注他的场上乐队。乐队呈左右两边，六名乐手前后两排，前排四人，左侧贝斯手、键盘手，右侧小提琴、大提琴，后排是萨克管兼鼓手与出挑的电子二胡手，有时配合歌曲会做调整。在现场聆听这些配器会有意想不到的音乐效果。这与听碟等有很大的差别。贝斯、键盘与弦乐基本不怎么亮，和弦平稳。唯独电二胡与萨克管特别出挑、撩人，恰到好处地烘托这些经典怀旧歌曲神韵与氛围。费玉清与伴唱小乐队完美融合。

费玉清站立舞台倾情三小时之久，如"一枝寒梅，傲立雪中，此情、此景……"歌声隽永流长，不愧是实力唱将。看似风轻云淡、缠绵不舍，最后还是难舍真情掩面飘泪……给这场别开生面的告别演出画上了绚烂的休止符！

最后费玉清以一首云淡风轻的经典老歌《南屏晚钟》作别：

我匆匆地走入森林中／森林它一丛丛／我看不到他的行踪／只听到那南屏钟／南屏晚钟随风飘送／它好像是敲呀敲在我心坎中／南屏晚钟随风飘送／它好像是催呀催醒我相思梦／它催醒了我的相思梦……

此时环顾四周，全场星星点点，听众都点亮了手机电筒在振臂摇晃，像星光，更像夜银河！并狂呼费玉清！将这次演唱会推向了高潮！

一首歌曲是一个时代的审美底色，也是一个时代的文化底蕴，更是一个时代的缩影。费玉清告别了舞台，似乎也预示一个怀旧老歌时代正渐行渐远。无人替代他的甜美金嗓，连他那仰首45度角演唱的个性特征也将定格成为经典。还有倜傥儒雅，赏心悦目的仪表服饰，永远是华语乐坛一道亮丽的风景线！而我们只有轻叹"我看不到他的行踪，只听到那南屏晚钟"……

2020年3月于悉尼听雨楼

总编朱大可

最初关注朱大可是在 20 世纪 80 年代中后期，捧着报纸，映入眼帘的是青年学者朱大可写的"谢晋电影模式"的文艺评论，读来稍觉一震。在那个年代里要撼动谢晋电影的地位，确实须具足够的勇气与厚实的文化底色。

想不到在 90 年代初期，当我们背负着沉重的代价，以留学生的名义南漂澳洲为生计砥砺前行时，没多久，朱大可以访问学者的身份来到澳洲，那种生活学习上的优越感远超我们。那时我在一家中文报社就职编辑记者，也听闻朱大可来澳之事，打算合适之时能约上他作一访谈，以飨读者。

大约是 1995 年，还未等我约上他访谈，想不到的事发生了。一天，我供职的《华联时报》，突然间老板与朱大可同时出现在报社，老板即招呼我们碰个头。随之老板宣布朱大可为本报社总编时，我们几位才颇感意外，并表示热烈欢迎。朱大可走马上任我们报社总编，而我一直酝酿约他访谈之事，也随之泡汤了。

初见朱大可，中等身材，微胖但敦厚结实，衣着严谨，神态稍显严肃，不苟言笑。20 世纪 50 年代中后期生人，年龄与报社几位同仁上下，从外表上看，几乎猜不到他是一位当今中国文坛初露锋芒著名的批评家。

作为同事，同在一个报社，格子间里我们经常串来串去聊澳洲见闻、生活时事。起先最主要的工作是配合大可了解中国留学生在澳现况以及居澳热点。他很快就融入到中国留学生的情境中，也适应切换访问学者与中文报刊总编的双重角色。担纲中文报社总编之职，也给予他沉浸式了解澳洲中文媒体运作的现状提供了观感实料。

朱大可在中文报刊总编位置上驾轻就熟、游刃有余，得益于他良好的中文优势外加访问学者的光环。凭此中文报刊的总编人选几乎无人匹敌。报社老板也看到了朱大可的名人效应，不仅可以提升报刊声名，更能发挥名人作用，以不断变化报刊的可读性为宗旨，这种双向奔赴也确实有不错的收获。

朱大可执报社总编任上，我感到报社刊发的"评论"、"社论"等措辞上均有大可的个性特色，那种激情与硬朗相互交替。尤其突出在他选写与选编的文章标题上，有些标题我们已经力尽所能，还是觉得亮点不足，而有些我们觉得已经很不错，但在他的片刻思索下，出人意料，进出的词语是十分完美与精准的。报刊新闻标题既要精准又具抢眼吸引人，他在这方面拿捏得很不错，这些都与他扎实的中文功底密不可分。

后来我离开报社回国，那时朱大可还送我一本他的专著《燃烧的迷津》，慢慢品读，偶见他激情四溢的文学才思。

后来较长时间未联系，其间也读到多年后他从澳回国，接受媒体采访的信息。

《人物周刊》：您在1994年去了澳洲，可以说您是在"鼎盛"时期突然"出走"的，回过头想，这会不会是一个错误的选择呢？八年时间是怎么安排的？这种远离"现场"的视点是否与您见解的独特性有着联系？

朱大可：我去澳大利亚近八年时间，成为钱超英所描述的那种"文化流亡者"。但我不想在这里谈论我的家庭隐私。我在澳洲当过访问学者，也念过学位，但出于生计考虑，大多数时间都在做华文传媒，先后担任过三家媒体的主编，还当过某上市公司网站的资讯总监，几乎每天都在网上浏览。这些"饭碗"都要求我对大陆保持第一关注的状态。我一直以为对母国有足够的了解，但1999年我第一次回到中国，突然置身于一个完全陌生的世界。日常生活的巨变，远远超越了媒体所能传达的程度。这使我深切地感到了媒体的无力。但我的"视点"基本与澳洲无关。这种"视点"在我去澳洲之前就已经形成，那就是自由和独立的个人批判的原则。但澳洲的生活终究扩大了我的视域。在此后的沉思和书写中，全球化的"视点"是非常要紧的一面。

朱大可做一次访问学者在澳呆了近八年，回到"现场"。此间曾游历澳洲三家中文报刊任总编之职，对澳洲中文媒体的运作了如指掌，既完成了博士学位，更是体验了一把海外华媒总编视角，确实不易。

邬峭峰二三事

那些年曾经有幸与邬峭峰先生在一家颇具声名的澳洲中文报社共事。他是总编，我是副总。另外我在一杂志社兼总编，窃认为推动当地文化艺术的发展与繁荣，传媒推波助澜，功不可没。那时在澳洲，中文报刊不少，当然总编也多。头顶光环的总编，是那个时代屡见不鲜的产物。那时江湖有一说："抓把石子扔出去，总能击中总编与记者。"可见当时中文媒体之繁盛，总编记者何其多。这个职位危险程度不低，稳定性不尽如人意。身处高位来自外界与报社老板的压力就大，你要有不断喷涌的创新意识与足够强大的承受力。几乎当时的多个报社，总编的位置都不好坐，有些像走马灯似的，屁股没坐热就走人了。

我们供职的是份对开大张、三十多版的中文周报，一般就我们三四个编辑。头版归总编负责，头版是一份报纸的灵魂、重中之重，稍有不慎或不卖座的消息刊发，对本期或随后几期报纸的销量、广告与社会影响力都有影响。总编之位如履薄冰，岌岌可危，也可说是高处不胜寒。每位总编总有他就位时滔滔不绝的见解与该报宗旨能严丝合缝的创意，才有一技用武之地。假如出报当日头版消息还在天上飞没着落时候，证明这一周总编功课没做好，新闻触角失灵，胸无那片竹林，绘不出竹子来。这时总编就会焦躁不安，期望这时传真机能"嗞嗞""嗞嗞"响起来，头版全版广告被大公司或社团买断，皆大欢喜。但这种美好时刻不会每期都有，而通常总编要采写独家报道或纵览一周群报，过滤提炼出独到足以放大博眼的新闻，必要时尽抒胸臆写上一篇社论，算是完美。这一难题也正是绝杀不少总编的致命穴。"成也萧何，败也萧何"成了总编的代名词！

文思泉涌后的总编，也有过不尽如人意巧妇难为无米之炊的难堪之时。记得邬总有过一次，不委身向我们求助，将一则与我们毫无半毛钱关系的"菲律宾米荒"新闻刊发于本报头版。虽无大碍，但总感到是在唱李娜的那句"那就是青——藏——高——原"没飙上去而破了音不着调一样,这是邬总任上的一个小瑕疵。此时我们副总编也有责任,没将我们的建议准确告诉他。人们总说电影是遗憾的艺术,那报纸何尝不是?

那个"90后"的艺术大家黄永玉说过"喝酒是人与动物的根本区别",我们几乎都有同感。与邬总喝过无数次酒,邬总酒量时高时低。邬总好酒我们尽知,报社每周二晚编排好封版完事后,几乎都会有一场五六人以上的小型收工酒会,少则喝掉十来瓶,多则一两箱啤酒,也算是一次小小的完工小聚。有时气氛高涨时为公平公正喝酒,会以猜火柴梗单双来判断输赢,输者喝酒。此类比赛,邬总似乎是强项,当然也有过几次喝高了的纪录。

有一次,我们一起在沪上朋友处小聚,喝的是白酒。而正喝得酣畅时,邬总离席。本以为他去卫生间了,久不见回来。过一会儿,朋友的手机响了,接听后说是邬总已经回家了。这次邬总的逃酒桥段成了酒桌上的笑谈。

有一次,受邀到邬总家小聚,那时邬总住在沪上淮海中路与"美领馆"一墙之隔的"上海新邨"内。那次还引发了一场小小的惊动,一个酒友拎着罐装啤酒及物品赴约,因按路边他家门铃没反应,就把手中之物放在门口,绕道去弄中公寓后面窗户叫邬总开门,等这朋友返回门前时,有两位在此巡逻的全副武装的武警出现在他刚放下的物品前,正在小心翼翼地拨弄检查为何物,是谁将此物放在这里的?差点引发一场不小的外交安全小事件。还好酒友及时回来,一场虚惊才告结束。

有一次,我在回国的飞机上偶遇一位职业女士,她靠弦窗,我靠走道。在茫茫无际的太平洋上空寒暄攀谈起来,她快人快语,知道我在澳多年,圈内外熟人多,问起我认识邬峭峰吗。我答不仅认识,还是同事呢。她好像问了关于邬总的不少问题,我对邬总美言有加,那时邬总单身,感觉该女士是为邬总做媒的吧,推波助澜、成人之美的溢美之词是大好事,况且邬总为人处世美言在理。

后我们都离开报社,报纸也易手换老板了,原读者群体变化颇大。有段时间没与邬总联系,也没将那次飞机上的小插曲告诉邬总。

事隔一两年后，在沪碰到邬总已刮目相看。西装革履的邬总职业仪式感特强，夹了一名牌公文包，不苟言笑，一看就是大公司的总经理派头。坐定后递上的名片真不容小觑，他已是大名鼎鼎的"新希望集团"刘大老板麾下某房产公司的总经理，成了生意场上的邬总。该集团聘请他还配备全天候私人专用轿车与司机。邬总一飞冲天，荣任中国屈指可数的大集团所属房产公司总经理新闻，如头版头条响彻整个朋友圈，风光尽现。

后与邬总私下聊天，和盘托出在飞机上曾与一位职业女士的对话内容。得知飞机上那位貌不露相的职业女士，是该集团人力资源部高管。集团某部门重建须聘新人，而邬总正是这三四个竞聘者中的一位，该女士本也与邬总相识，但在用人问题上举棋不定之时，恰好在飞机上遇到我，于是临门一脚邬总脱颖而出，随后一拍定夺录用了邬总。当然邬总也竭尽全力，在该公司取得不错的成绩。人生有时就是这么巧，三四个点，天南地北本不相干，后竟会连成一线。

成人之美也成就了邬总一番事业拓展，在浩瀚的商海中，邬总奋力搏击取得了显著的成绩。这个成人之美的桥段，在朋友圈中不胫而走。

许多年过去了，邬总现已自立门户发展，也颇有成效。

去年我在沪，正遇上邬总前妻罗女士的处女作电影《一个秘密》映期，说是映期，实际上仅一天。因他前妻那时在澳洲我们也相识，观赏这电影就来了兴趣。映期广告是全市上映，后订票时了解到其实仅一家影院上映，是放映一场还是两场不得而知，总之好像是匆匆走过场的排片电影，还安排在远离市区的小影院。

待黄昏时赶到郊外七宝小影院，黑灯瞎火地电影刚开映，坐定全神贯注。不禁为罗导捏了一把汗，好故事、好电影。罗导真不容易，一人身兼导演、监制、场记、出品等六个职位，将一个社会底层开出租车的小人物，演绎成了本质纯真的个性代表，当然在影片中也披露了社会一些弊端与底层人的艰难。虽然是部小制作电影，但这烧钱的艺术一个多小时片长，每一分钟也得要几万元，几百万就烧没了。故事虽好，人性至上，小人物的纯真善良令人赞赏。守着一笔巨资，不为所动，却过着蝼蚁般捉襟见肘的穷困生活，守住本质的善良，张扬人性崇高的灵魂。

片尾时，心中隐隐不舍。灯光亮起，才注意到观众仅三人。我正在想这三人中必有一位是邬总吧！虽然我们之前没约过来此看这场电影。果不其然，我往后座的斜坡座位望去，偏后右边位置真有邬总！匪夷所思的是大都市这场电影《一个秘密》，与邬总几年不见后又一次在此不期而遇，感叹人生真会有一种神奇的相遇！我们在影院楼下的"避风塘"喝酒聊电影，聊他前妻罗导的艺术功力等，至深夜酒酣时各自回市区。相信罗导投资四五百万的小制作电影，自己身兼六职，累趴了，但仅获得一天一场在郊外的小影院放映，如此这般，罗导肯定会哭晕于墙角，理想碎成一地。后来据了解，该电影在加拿大一个电影节上获得奖项，也算是墙外香的一例，这份荣誉稍稍弥补了罗导那份执着的追求。

烟花易冷，岁月疯长。三十年前当曹桂林的《北京人在纽约》声名远播时，南半球一隅数万中国留学生的各式精彩故事也从未消停逊色过，而报纸是宣泄这种泪目或欢笑冷暖的最佳平台与竞技场。我们曾在澳洲报社的斗室里演绎这些看似"洛阳纸贵"的"杰作"，现早已泛黄成故纸堆了，唯我们间的友谊在延续。虽都迈进花甲，邬总颇有魅力的文学功力，却越发老辣，总站在艺术高处，令人望尘莫及。

这就是邬总的另一个独特之处。

2020年2月再稿于澳洲悉尼

高奏一曲资本逆袭的商界战歌

疫情三年，世界换了面貌，本以为澳洲位于南半球大洋之海岛，远离世界大陆板块，可以独善其身，哪知病毒无孔不入，人迹罕至之地照样长驱直入，瞬间世界被扰得无一净土。2022年中，疫情趋缓之时，有幸游走于久违的悉尼CBD及唐人街，只见昔日人气颇旺的华埠商家，一片萧瑟，关闭店家以百计。虽然天空的底色仍是湛蓝湛蓝的，而环顾四周，人影幢幢，街道及商铺店家都呈现一片灰暗色调。肆虐的疫情，让世界面目全非，仿佛回不去的昨天。

今年又逢澳洲春天，虽然疫情远没有离去，但苏醒的世界正呈现出绿意盎然之生机。当我坐在悉尼托普地产集团公司内，面前的集团韦总春风得意、侃侃而谈向我介绍公司近年的发展突破，尤其精彩华丽转身的蜕变，使我瞬间感受到，在任何艰难险阻的环境中，"十步之内，必有芳草"，古训之巨大威力。久违的春风在消融冬日的冰雪，随风潜入夜正唤醒沉睡的大地。

当我还在为韦总几年前，从悉尼南到北、东到西数十处房产，尤其是Wolli Creek 400余套房产一举售罄的辉煌业绩，首创"两E"（Epping、Eastwood）地区"双拼"（Duplex）与连体别墅的最高端建筑纪录等，堪称悉尼地产界经典传奇而赞叹不已时，韦总脸上仅掠过一丝云淡风轻的得意，并没有沉浸于已往的高光时刻。几年来，

韦祖良先生（右）作为悉尼杰出金融人士与澳洲首任女总督昆廷·布赖斯合影

地产板块盈利趋势逐渐走低，如过山车般顺势而下后，他突发奇想来了一个又陡又险的爬高。胸有成竹、笃志挑战新际遇，他向我谈起了最近集团资本逆袭带来的可冀未来。

我注意到韦总身后墙上的那张相框照片，那是韦总作为都市杰出金融人士与澳洲总督昆廷·布赖斯的合影。相片中的第25任澳大利亚总督，也是澳大利亚首任女总督，身着粉带艳红的套装，面带微笑与业界精英韦总合影。但昔日的荣耀在韦总看来早已远去。

捕捉韦总精彩突袭金融界的故事，总让我心无旁骛地细品。"疫情三年，靠丰盈的老本还不至于会饿肚皮，做到守业的公司已实属不易。我们以守为主，不仅完成了集团决策高层新老交替的新格局，让年轻人从幕后走到台前，同时也激发了他们勇于创新的能力。公司还经营一些借贷业务，这些创新项目也有利可图。但要寻求突破转身，更上一层楼，就要大动干戈，大费周折，跳出原有的舒适圈，才能浴火重生。"

"近年来美国掀起电动车产业扩产潮，尤其2022年初始，在政府政策的支持下，美国乃至世界各地电动汽车市场蜂拥而起，称雄划过天际的就是特斯拉电动车，一骑绝尘的特斯拉引发全球化的新能源科技创新也随之跟进，以加工锂和石墨等电池材料更令人关注，千军万马要抢先过能源这座独木桥。这些国际市场的新动态与新发展，让我嗅出新一轮的巨大商机将要来临。"

"世界新能源，无非就是锂、镍与稀土，最终源头就是矿。"

稀土，被誉为"工业的味精"，自然资源的种类极为丰富。据美国地质勘探局（USGS）于2021年1月发布的稀土储量数据，全球稀土储量为1.2亿吨，那么，世界稀土储量最大的十个国家，依次为中国、蒙古国、巴西、越南、俄罗斯、美国、印度、澳大利亚、丹麦、坦桑尼亚。

可以预测，当今世界谁拥有稀土，谁就能掌握现在与未来世界新能源发展的主动权。

"我是在2022年三四月间开始涉足澳洲与世界矿业股的，商业上探路艰辛，投石问路，还要不断用脑分析。入圈容易，数百上千个矿业股让人眼花缭乱，你无从选择。在商业的江湖上，有时高明与笨拙是难分泾渭的。笨拙的方式也许也是高明的方式，撒网捕鱼（矿）开始实施。

我在众多矿业上市公司精选十家，考虑到如入股小，溅不起浪花，没人搭理你，故各投入数十至百万美元静待回复。不日多家上市公司均有洽谈意向，我又逐家排模实况，择优而取，最终选定业界佼佼者也是前途不可限量的上市公司 LINDIAN（林典公司）作为合作伙伴。"

  林典公司马拉维稀土矿是世界闻名的大矿，目前应该是世界排名第一，已经探明的储量（JORC）2.61 亿吨，马拉维稀土矿主要成分是镨、钕，总稀土氧化物品位 2.19%，即稀土氧化物含量为 570 万吨，其中镨钕氧化物含量为 120 万吨。林典稀土矿床的独特优势是没有放射性含量，没有污染，容易开发，可以用普通船装运，节约大量的运费开支。地质专家们判断林典稀土矿的开发潜力巨大。澳洲最大稀土矿，澳洲上市公司 Lynas 在 2007 年曾经想收购马拉维矿，中国国企十多年前都曾经想竞购这个马拉维稀土矿，最后都没成功。现在被澳洲上市公司林典经过法庭判决拿到手，收购价为 3000 万美元。

  林典已经和马拉维稀土矿原来所有的股东签署了 100% 转让合同，林典在去年已经支付了第一期 250 万美元和第二期 750 万美元款项，今年 7 月底又支付了第三期 1000 万美元，剩下的 1000 万美元将在 2026 年 7 月到期或者稀土矿开始生产卖出产品后开始支付。林典除了稀土矿资源以外，还在几内亚拥有三个铝矾土矿，总的储量为十亿吨，品位从 42%～58%，可以说是资源天赋异禀，得天独厚。从韦总开始投资林典时股价仅为 0.05 澳元到前阶段最高峰曾经到达 0.47 澳元，足足翻了九倍，林典是澳交所过去一年的明星股，已经被列为标普 300 成分股。最近由于印尼禁止原矿出口海外，中国本身也缺乏铝土矿，导致几内亚的铝土矿成了世界各国追捧的紧俏物资，价格上涨了 20%，最近林典刚刚官宣与力拓、美国铝业，几内亚政府三方合资的公司签订了合作协议，另外国内几家大型的氧化铝工厂也正在与林典洽谈包销协议。

  韦总接了个电话，又说道："由于与林典公司逐渐深入交流，坦诚相见、知己知彼，也了解到双方各具优势。林典公司除了勘探证以外，我们已有环境评估报告和采矿证，目前只要选定 EPC 公司就可以开始建设选矿厂，工厂建好后就可以开采和生产 60% 的稀土精矿，目前林典已经和美国著名的 Gerald 公司签订第一份产品包销协议。我从去年 5 月底首次在市场上买入林典股票，除了不断在二级市场上买入，我也参与了林典多次的定向增发，目前达到了10.8%的持股比例。目前我是该公司第二大股东，如果加上选择权等其他持股，接近15%，目前我担任林典非执行董事，参与公司的运作，拥有实质性的话语权。"

我被韦总独辟蹊径拓展商海故事所吸引，商业传奇有时也许没有套路、无可复制，这千差万别中，只有睿智与果断才能辨别柳暗与花明。商海博弈，更多时是威武雄壮敢闯天涯的独角兽取胜，手缚蛟龙方现英雄豪迈气概！

回望我们身边的不少股友，沉浮股海乏善可陈者不在少数，搏杀在小盘矿业股中铩羽而归、血本输尽的离场者有之，数年股值岿然不动者有之，其中如鱼得水斩获数倍甚至数十倍涨幅个股者也不乏其人。这种分化的背后，是过去数十年澳洲股市发展长河中矿业板块个股命运呈现"冰火两重天"现实的真实写照。有的"得道升天"，股价飙升数十倍甚至上百倍，由昔日的区区数千万市值"小个头"公司成长为市值数十亿、甚至上百亿的行业翘楚。总之"爱恨情仇"的股市，反映出股海漂泊的人生百态。

在这些搏杀矿业股的事例中，托普韦总的实例来得更为精彩。在短短年余时间内，能做到因势利导弯道超车，直达核心，这是泱泱股海数十年来绝无仅有的个例。完成了一般股民需长久时间蛰伏股海煎熬时光，一朝迎来金蝉脱壳、华丽转身，划出了一道精彩的资本逆袭之亮色。登上控股高位，确实令人赞叹。

"在今年的三四五三个月里，我代表林典公司走遍上海、苏州、南京、北京、武汉、长沙、南昌、杭州、宁波、厦门、广州、河北、烟台等地，寻觅与矿业建厂的合作事宜。经过积极走访调研与实地考察，已初步完成了建厂合作伙伴的前期工作。目前可谓：万事俱备只欠东风。所谓的东风就是开采。"

我们间的这次访谈将告结束，我踱步会议室朝北的窗户，眼下悉尼达令港的景色一览无余，绿树掩映下的大地游人如织，春潮涌动，我看到了一幅"满园春色关不住，一枝红杏出墙来"的壮美图景，那枝红杏引人注目，绽放得正红、正艳！

　　新征程的号角已经吹响，劲风鼓帆正远航。只有永不满足于现状的商界精英，才具备那种独特的开拓亮色。愿韦总高奏胜利凯歌！

写于 2023 年 9 月悉尼

生命在此拐个弯

我总会将生命旅途比作一条望不到尽头的高速公路,这里各式车辆飞驰而过。你追我赶,争先恐后。路途上有一个又一个出口,车辆可选择适合的出口拐个弯放慢车速驶离高速路,去补充给养,稍做休息或检查车况,然后再次上路。而有不少车满载给养急驶向前,但每辆车还是会选择下个或下下个路口拐个弯驶离这条生命之途。大路朝天,永远都在,而那辆代表你的车总有一天会消失……

今年圣诞与新年之际,我们这个小聚却有些小小的紧张与不安。

在悉尼金世界酒楼装饰一新、富丽堂皇的大厅一隅,四个人不苟言笑的茶叙内容离不开老Z的病情。

老Z这位署名"陈情"的老报人,在澳洲华文报刊中曾名噪一时,是位资深元老级的媒体人。在那个居澳风云蒸腾的日子里,华文媒体有过一阵子"洛阳纸贵"的辉煌岁月,那时在唐人街抓把石子,真能击中三位华媒的总编或记者,其中肯定有老Z,他为在澳华文媒体做出的贡献有目共睹。但后来一场居留大戏以满堂红拉上帷幕后,华文媒体风光不再,曲终人散。

离开喧嚣的华媒后,有着闲情逸致的老Z不再为以前的生计奔波,而是穿梭于中澳两地,也刷新过几单颇有盈利的生意。在屡次"莫使金樽空对月"的欢场后,再加上经常熬夜,暴饮暴食,不运动,他竟不知不觉得了糖尿病。

当我们问到起初发病的症状时,Z太开口说,多年前一次返澳后,发觉他尤爱喝可乐,略有三多症状,说是抽空该去检查一下。一检查果真是得了富贵的糖尿病。改革开放后糖尿病在中国遍地开花,Z中招,从此戴上这顶帽子没摘掉过,但也没引起他足够的重视。渐渐地发现人消瘦厉害并怕冷,夏天也常穿着外套。本来那些较紧身的外套,现在穿上却十分宽松,袖笼里也显得空空荡荡的。几个月前,医生已告知他血脉不畅，远离躯体的脚趾末梢神经血管收缩尤甚，建议尽早装支架扩张动脉血管，延缓血管老化。Z自认为医者危言耸听，还没那么严重吧！

日前惊悉由于糖尿病日趋严重，Z已被不幸言中截去左脚一个脚趾，还安装上四个支架以暂缓症状。这雷雨前的那道闪电，来得有些早，有些猛，有些猝不及防，更有些惊人！周围患糖尿病的亲友不少，而真到要截脚趾的还真没听说过，Z算是拔得了头筹。至此生命突然拐了个弯，拐弯不要紧，足够重视就好。但Z还是那副视死如归的不屑神情，但愿他是嘴上说说而已。如今嗜好吸烟的他也没戒烟，医生谆谆告诫他，吸烟会导致血管微缩。寡淡的饮食从来引不起他的食欲，但可口的美食也是糖尿病的钟爱。意志与欲望经常会打架，如今病情加重就证明是因为他的意志薄弱而惨败。他说有时与病魔做斗争时自己全然像个局外人，迫不得已接受这一结果。

同在喝茶的一位同行，也极尽描绘未来的图卷，说二十年后我们还要在此相聚喝茶，哪怕老态龙钟、步履蹒跚、牙口不好也要在此把盏品茗，刷存在感，笑谈人生。除非"金世界"打烊熄业，我们去它处，只要健康尚存，总有不到长城非好汉之勇！

通过这次截趾事件，Z也多次表示，从今要养成多运动早睡觉的作息规律，我们竭力动议他将截去的脚趾浸泡在福尔马林溶液的瓶中，放在家中显眼位置，以起警示作用，更好地督促和告诫他，其次抑制病情的最好方法取决于自己。但愿他能在这次突发病情中幡然醒悟，废弃以往的作息习惯，管住嘴、迈开腿与病情一决高下。

在此我讲起杨绛的故事，百岁时身体的各项指标竟还都很正常。纵观杨绛先生的百岁长寿经，正应了《黄帝内经》中的养生之道："食饮有节，起居有常，不妄作劳，故能形与神俱。"

杨绛百岁时神志还十分清醒，在风云激荡的时代感言中写道："我们曾如此渴望命运的波澜，到最后才发现：人生最曼妙的风景，竟是内心的淡定与从容。"

我们曾如此期盼外界的认可，到最后才知道：世界是自己的，与他人毫无关系。

但愿这次Z的切肤动骨之痛，能唤起他战胜病魔的极大能量，这次有惊无险，转危为安，在辞旧迎新之际，洗去昔日疾病的烦扰，新年新气象，重振旺盛之气，还一身康健。Z说他再也不想去医院了，说这话时真像我三岁孙女嚷着不要去托儿所那种乞求的神情。医院是令人恐惧的，没人喜欢去，任何惨不忍睹、狗血的人间活报剧都会奔腾而来。人之将老，这个生命中最后的驿站，几乎人人无可避免。

  年岁大了，一些相聚，虽有欢乐，也会有悲凉。纵然生命中有这样那样的不幸，生命之花依然倔强绽放，依然令人神往。我们永远都不知道明天与意外哪个会最先到来，但当下我们依然要为生命而歌唱。生命纵有拐弯，只要重视这个拐弯的危害，就能养精蓄锐再次出发。

  圣诞刚过，圣诞日早晨孙女在Santa红靴礼袋中探囊取宝时灿如桃花的笑靥还在眼前，而又一年的开门之际，我们咧嘴开怀最想得到的宝物是健康。唯有健康能引领我们去看夕阳余晖中的壮丽图景。走在生命之途，祈盼选择下下个出口。

2020年3月于悉尼

能人史旦利·王

不烟不酒还唱歌，命运无常天注定；
三房太太五个娃，潇洒此生不抱憾。

不烟不酒还唱歌，这该是当下时尚养生达人追求的最高标配了。许多人一生也许只为其一，难为其二，而史旦利坦然得像一位健将，能坚持"铁人三项"数十年如一日，如遁入空门多年的道僧，从不破清规戒律，可贵之处令人叹服！每周有一晚在悉尼车士活（Chatswood）回好事围（Hurstville）二十多公里的夜行火车线上，专心致志、旁若无人地坐在双层地铁的上层，放开歌喉用手机录制他在抖音上播放的一首又一首引以为傲的歌曲小视频。穿越在铁道线上忽明忽暗的钢铁巨龙，竟成了他宣泄情感的练歌房。虽然有群友笑他歌曲软糯阴柔，涉嫌假唱，但他全然不顾，也不与之争辩，自娱自乐，大有"我的歌喉，我作主"的做派。一首又一首出自夜行线上糯调花腔、声情并茂的歌曲，像止不住的泉水般喷涌而出。与此同时，我一篇洋洋洒洒三千言的长文，在群里与他的献歌视频相遇，居然敌不过他仅几分钟委婉曲调的点击率。

在王的告别仪式上我细心留意到，在屏幕上分享他的成长照相册时，轻微的背景音乐跌宕起伏，高亢铿锵的男声独唱是歌手韩磊的《等待》，"明知辉煌过后是暗淡，仍期待着把一切从头来过，我们既然曾经拥有……"本以为会让我们在场重温他的自唱小视频，舒缓一下沉重的气氛，想不到制作人一反常态用了韩磊的歌曲做呼应，烘托激昂勃发的生命力，想来是颇费了一番心思，用意深远。现场应该没人注意到背景音乐的细微变化。

参加他的告别仪式，当然以送他最后一程为重，另关注或与他的家人见面为其二。他的大家庭早已为朋友们热议，屈指算来他家三代有十人，在当今社会我们这一代人中有如此规模的大家庭，可谓凤毛麟角，堪称能人一枚，吾等望尘莫及。再看看他三房太太，没有一房出席送他最后一程。送花圈也不以前妻著称，均淡化了这一称谓，混同于一般朋友，上书"大雅云亡；北斗星沉"，均以好友著称，令人联想。一旁有团体送的花圈，插卡上的落款是悉尼华人退伍军人协会，点明逝者曾经的军旅生涯。

告别仪式结束，未见盖棺瞬间有女士扑上前撕心裂肺、哭天抢地的情景，在澳少有此一幕。随后棺木由四位西人男士推出灵堂，移入灵车。我们驾车随灵车缓缓驶入墓园。也由这四位将棺木缓缓放入挖好的深坑墓穴中，与会者依次撒入花瓣、敬香祈愿逝者安息！在澳去世，除选择一股青烟化为灰烬外，似又多了一个选项：土葬。

与史旦利相识在20世纪90年代初期，在悉尼唐人街建德大厦他创办的宝声移民公司内，他是我们这波留澳学生中较早涉入移民事务的从业人员。他雇了两名员工，打理日渐红火的生意，也颇有些成就感。但他热衷于赌马，三五天不赌心情不爽。有一次去他公司，见员工正在整理计算他放在写字台下的鞋盒里，一沓沓巴掌大的赌马票据，有满满一整盒，我也凑着看热闹，最后计算出这些赌资竟高达六万澳元之多，令人唏嘘。那时一般人的年薪仅三万左右，也不知道他花费这些巨资斩获有多少？大半应是流水哗哗，浪花不起，成了小白丁的学费。还有多次来我们报社，在等待修改排版广告之际，他也不忘去楼下的"TAB"赌马客串一番，他少有打老虎机与去赌场，赌马几乎是他日常生活的重要组成部分。

20世纪末，我们有幸在上海见面，有过一次较愉快的文化商业上的合作。本人有一单全运会纪念册卡制作业务征询他的合作意见，结果一拍即合。经过数月的辛劳，合作结出硕果，一册精美的《五星耀五环》全运会纪念册收藏卡投入市场，成了众多"邮币卡"收藏者的新宠。我们分享了合作后的欢欣。

与此同时他也将移民业务拓展到中国各地大展拳脚，还兼顾经营其他澳中跨国中介等商务。

那时澳洲著名啤酒品牌"Forster"大举进军中国，缺乏与时俱进的宣传意识，出师不利，华人不识此款清醇佳酿。他曾与我说，要在中国为"Forster"找个接盘侠，赚它一单。当时我有点吃惊，说他满嘴跑火车。几个月后等我看到他向我出示厚厚一叠数百页"Forster"近百年诞生以来,强大的生命力与旺盛的发展潜力,加之无可辩驳的质量标准与展望锦绣前程,颇具说服力的资料时,我叹服他的执着。后来还未等来"Forster"在华的接盘侠,"Forster"已在中国遭遇水土不服滑铁卢杀翎而归。

但他还有他的商业传奇故事,可载入他的商业史册。一次,他将澳洲一矿业重妆浓墨包装后寻中国买家。做移民业务的不缺手上的土豪资源,经过数十轮的双边谈判考察,层层推进,最后收获硕果,他一次进账数十万美元,土豪还看中他公司的一名资深文员,在美元催使下他忍痛割爱一并打包给了新主。这单生意堪称大手笔,实现了"三年不开张,开张吃三年"的宏大理想。

后来据说他坐拥上海锦江饭店高大上商务楼,圈内有多位人士争相为其出力。他准备在移民事务上大干一场,收获国内名人土豪的移民业务,可谓做大做强,高调来袭。

史旦利还有几个人生高光时刻:

在沪时曾出任上海爱乐乐团团长,制订乐团演出计划,与国内外相关乐团进行交流演出。

20世纪90年代初期,他作为六人代表之一,上堪培拉陈述留澳中国学生现状,表达争获整体居留意愿。

这样的商业文化传奇不是慵懒的午后臆想出来的,没两三把刷子还真干不了,要有一种无法言传只能意会的感觉。这绝对不是空泛理论立志图强的鸡汤,概括起来就是"世事没有做不到,只有想不到。"

后来他关闭了移民公司,婚姻再次一拍两散。无序的生活带来不少生活压力,赌马的本钱也无着落。此时凭他三寸不烂之舌,干起了地产与大小生意中介。家大业不大,入不敷出,时有囊中羞涩的窘境,虽有豪勇之气,却难掩捉襟见肘的短板,遂走上劳心劳力、心有余而力不足的心瘁旅程,时有耳闻他乏善可陈的经济小插曲。

我们也多年未见,偶尔在群里碰上聊几句。七八年前,一次在布活(Burwood)主街上碰到他,他还是西装革履的商界人士着装,但能看出他已没有以前的高调,锋芒不再,收敛了很多。掖着文件夹,问他忙啥,他答正在给"金世界"找下家，打了几个响指又匆匆离去了。

这次在他的告别仪式上，听他大女儿介绍说，史旦利曾经促成在澳的两个购物中心中介成功，看来他在商业王国里游刃有余，还是颇有建树的。

常言道："千金散尽还复来。"年轻时还有大把机会翻盘，如果遭遇灭顶之灾，哪还复来？

他走了，走得匆忙，还没来得及与我们大家打声招呼，65岁确实有点英年早逝。一米八的身高、约180斤的身躯轰然倒塌，像多米尼骨牌般刹那间塌陷，不再醒来，直至失去生命体征，最后随棺木入土。他的离去警示生者：生命如此脆弱，容不得你过度消费。情绪冲动失控，才是魔鬼。

如今所有的剧情已落幕，再多的爱恨全入土。

愿蓝天下的麦觉理墓园，绿草茵茵，冬日有暖阳，夏夜有凉风，满天星斗，蛙声一片。墓园里还有年初谢世的沪上著名演员老阿哥李家耀老师等长眠于此，史旦利不会寂寞，安息吧！

2023年7月28日于悉尼

三、横看成岭侧成峰

横看成嶺側成峰,遠近高低各不同

自論

相约圣约翰大学的岁月

在圣约翰大学建校半个多世纪后,我有幸走入那片时空的场景,虽远即近,在名噪一时的"东方哈佛"校园里穿梭,与这些曾经浸染过浓浓民国往事的建筑朝夕相处,追寻与触摸那个时代中外先遗不同凡响的足迹,给我留下难以忘怀的印记。那段时过境迁与之相处的岁月,似乎看到了清流的灵魂在夜空中争相辉映,或流星般一闪而过,颇感欣慰。

白驹过隙,时光飞逝,转眼间在圣约翰校园青涩朴实的岁月,已过去约四十年了,匆匆时光里清晰的校园画面恍如昨日。如今那片耳熟能详的特色建筑已成网红,响誉中外。

20世纪50年代初期,我家从愚园路西首搬到长宁路、江苏路一带,那时我还没有来到这个世界。学童时总记得家附近有两所非同一般的学校,一所是美国教会中学,另一所也是美国教会学校,是大学。家前面

校园主要建筑韬奋楼

不远处一所是圣公会创办的圣玛利亚女校，后称"上海市第三女子中学"（即江苏路上的"市三女中"）。家后面一所前称"圣约翰大学"，后该校改为"华东政法学院"（在万航渡路上）。几十年过去了，可街坊邻居的老一辈人总还是习惯性亲切地称它"圣约翰"。

血雨腥风的"文革"如火如荼之际，正是我小学升中学之时。那时读书欲望颇高，总想有机会进入以上其中一所名校就读，可翻天覆地的"文革"时期，无人幸免，读书郎的学业也曾时有停摆。苦于"市三女中"与我无缘，但那时曾多次在武定西路的上海电影乐团对面该校对社会开放的大礼堂观影，给我留下了美好的印象。它那典雅精致有白色大理石雕琢装饰的二层楼礼堂，美轮美奂，可与专业的艺术剧院媲美。中学毕业后走上社会多年适逢读高校，盼等待时机能进"圣约翰"。呜呼！又与念想中的"圣约翰"失之交臂。

在慨叹学运不济之时，上天仿佛洞悉了我的内心，虽然关闭了求学名校之路，却为我打开了另一扇窗户，使我有机会在圣约翰校园度过了七年不一样的另类求学岁月。

人生就是如此让人难以预料，捉摸不定，充满了各种玄机。20世纪70年代后期，与内子相识，多年后走入婚姻殿堂。那时我家原住址正待动迁，内子提出可暂住她家，经她家人应允新巢就安在她家。她家住在圣约翰大学，了却了我多年的夙愿。人间万事塞翁马，通往圣约翰之路不费吹灰之力一时铺就，如愿而至。我成了圣约翰校园住户一员，投入了这片绵延着悠悠民国往事的建筑怀抱中。

那时我们住圣约翰校园七号楼，是幢巴洛克风格建筑，外墙镶嵌着大小不一深赫色鹅卵石的美式乡村三层别墅，屋顶是小平顶接两边斜坡，像极了拿破仑的帽子，是该校19世纪末建校时留下的保存较好的住宅之一。三层楼的别墅上下共有六七间房。别墅依大草坪朝南而建，绿茵环绕，幽雅宁静。我们的小家安在三楼仅有的一个房间，朝南有十多平方米，虽然有些狭小，但蜡地百叶窗，温馨舒适。二楼有客厅，小家权作卧房，颇有鲁迅笔下"躲进小楼成一统，管它冬夏与春秋"之况味。开窗即是圣约翰校园已逾百年的大草坪，有几棵硕大的圣诞树立在草坪一侧。它们大伞状的树下，成了我们每年夏季憩息与大雪纷飞时堆雪人的绝佳之处。这里离城市繁华与喧嚣仅一步之遥，却时常能感受到都市里少有的田园般的宁静。

青涩年少时一个月朗星稀的夜晚，曾在此大草坪上观露天电影《战上海》，虽有蚊子侵扰，但还是被片中解放军向大上海进军的场面所吸引。当隆隆的钢铁巨龙载着大军跃过苏州河上的大铁桥（紧连校园的铁桥，现已被拆除）时，观影中的小伙伴们一阵躁动。几十年前观影的情景随风飘散，记忆也逐渐变得模糊，但一句标志性的台词"汤司令到"，却一直难忘，时不时地在日常生活中再现。还有就是电影中汤恩伯司令的副手刘义失势落寞时的独白情景，至今音犹在耳。后来才知道校园内的交谊楼还曾是当时解放大军进驻上海的第一宿营之处。所以电影《战上海》与圣约翰大学还真有如此的历史交集。

还有几次也是夏末秋初的夜晚，在街道组织下来此"深挖洞"。人山人海，夜如白昼，在人声鼎沸的人海战中，将绿草茵茵的大草坪翻个底朝天，大草坪从未想到会遭如此境地。几万人次的辛劳，终建成了沪西著名的最大防空洞。记得有一次大草坪防空洞弧形加厚混凝土门打开，专人定期维护在抽水时，我有幸进入洞中一探究竟，宽敞明亮的洞中大道足以对驰双向汽车，还一眼望不到头。据说，此洞已与中山公园地下设施打通，还穿越北向苏州河底，与全市大型防空洞连成地下长城，地堑变通途。

从小家三楼居高临下能远望百米外中山公园内的园林景色，一片绿色煞是喜人，颇有宁静致远之雅趣。傍晚落日时分，还时常能听到公园广播传来催促游人离园的重复告示声，抑或在夜间或凌晨万籁俱寂时，随风还能听见北面苏州河上传来清晰的机动船的轰鸣声、河水撞击船体溅起的浪花声或船夫在船只交汇时发出的声嘶力竭的扩音警示声，声声入耳，苏州河似在房前屋后缓缓穿堂流过。这些声音现在想来十分耳熟温馨，且又富有时代特色风貌，是那个年代上海母亲河上特有的一种声音。

那时同住一幢楼的岳父身为一高校领导，在经济学领域学贯中西，著书立说，颇有建树。他曾是陈祖德与聂卫平围棋的启蒙及指导老师。他一生酷爱围棋，曾任市围棋协会会长、全国第一本专业《围棋》月刊主编。他棋艺颇为了得，曾多次蝉联市高校教职员工围棋大赛冠军。20世纪60年代，他曾率中国围棋代表团出征日本，被日方著名棋手坂田雄男称为真正围棋高手带队的团长。那时国内围棋高手经常来此小楼与名誉六段的岳父切磋棋艺，手谈数局。每逢国内外大赛后又会聚此复盘纹秤，深入研究，谈笑风生，彻夜未眠。这非同寻常的小楼也留下了他们弥足珍贵的音容笑貌。

我们居住的这幢楼，是被著名新生代导演杨延晋选中拍电影《小街》的外景地之一。观影者较熟悉的是片中湖南路外景，实际上圣约翰校园的场景也占了不少镜头。20世纪70年代末我曾在这里，目睹外景美工在我们这楼旁砌了一堵颇具艺术性的开启式围墙，墙一侧还铺设了一条能平移摄影机的轨道。见过《小街》电影中著名演员郭凯敏与张瑜，各在围墙两侧演绎经典的剧情。我们七号楼与那堵墙是电影中的重要场景之一，后也成了影院电影海报中的画面。这是我人生第一次偶遇拍摄电影现场，当时这部电影的插曲《妈妈留下的一首歌》风靡全国。影片的编、导、演集一身的杨延晋火了！主演郭凯敏、张瑜同样大红。一条小街，几个小人物，演绎了一段纯与朴、善与真而又耐人寻味的爱情故事，令人唏嘘不已！如今已找不到一部如此清纯感人的爱情片啦！这部表现同龄人的爱情故事现实主义电影从诞生至今，一直是我心中的最爱。我目睹拍摄现场，见过杨导等主要演员，对该电影更是记忆犹新。我人生第一次邂逅拍摄电影现场是在圣约翰校园内与《小街》相约，感到十分荣幸，也预示着时代的突变、命运的多舛。

那时我是市侨联下属一家侨资企业的领导，虽然是七八十人的小厂，但供产销问题还是十分艰巨且千头万绪的，多少回夜以继日在这小楼里谋划企业发展之良策，忙中偷闲还兼上海社科院《社会报》特邀记者。该报主编蓝先生是位比我大几岁的社科院社联的文化人。他那时获得一间社科院配给的一室户旧房，正好是我们校园内40号二楼的教职员工住房。一条大走廊两边均是住家，每家门框上都有一块花色不一的大小布帘，以遮蔽视线。还有每家门口必不可少的一个蜂窝煤炉及叠起的煤饼，这室外豆腐干大小的地方权作简易厨房。走道里有股煤烟味，是较典型的职工排屋，楼层两头是男女卫生间与盥洗处。这幢建筑也是年代悠久的民国产物。我们经常在此碰面，也有过几次促膝长谈，主要谈及报社事务及采访工作。我的多篇采访写作稿均在此小楼伏案完成，我记得那时我们联袂采访当时沪上两位较有影响力的市政要人，一位是市领导施平，一位是市作协王若望。两篇专访刊发后受到不少读者关注。非常有意思的是，被访两位曾叱咤风云的革命前辈，最后竟有相悖的命运。我采访施平时，他已年过七旬，去年（2021年），已过约40年后意外获知施平老先生112岁还健在，他早将耄耋之年甩在身后啦！不愧是长寿之星。而另一位王若望在专访后没多久，因鼓吹资产阶级自由化，被开除党籍，受到批判。后他出走海外，2001年逝于美国，时年83岁。

　　昨夜小楼又东风。在这小楼里我迎来了而立之年，不仅结婚生子，还完成了大学学业。这七年既短也长的悠悠时光，是我人生旅途中的一次转变，充实而又心怀理想。而在这校园里，我最大的收获是初识了这里建筑的沧桑过往，闲暇时逸兴遄发，移步校园各处，一边享受着校园的自然风光，一边与家人或朋友海阔天空，放言无忌，于满天晚霞或月明星稀才宿鸟归飞。校园各处累积的点点滴滴，逐渐使我对圣约翰大学的历史与各建筑的个性特点了然于胸。

　　圣约翰大学是近代中国屈指可数的著名大学之一。原为圣约翰书院，由美国圣公会主教施约瑟1877年开始筹建，1879年正式开学。最初，1884年美国纽约克拉克逊女士巨额资助兴建的教堂，后经重建成为该校礼堂兼圣公会教堂（20世纪80年代末该教堂被拆除后改建为华东政法学院图书馆）；另一座是1894年建造的以创办人名字命名的中国式教学楼"怀施堂"（20世纪90年代初该堂改称"韬奋楼"），还有一座是1903年用庚子赔款所建起来的"思颜堂"（纪念学校的第二任校长中国籍牧师颜永京先生）。这三座建筑是圣约翰大学校园里最早期的主要建筑，教堂被拆，现仅留下其余两座。

　　从沪西万航渡路中山公园后门对面进入校园大门，仿若喧嚣戛然而止，进入一片幽静的田园。眼前的绿色与耳旁的宁静如约而至，在校园梧桐树的林荫大道上慢慢前行，体味那一刻的厚重与美妙。前方百米间岔路口就是院长楼，这楼是校园里唯一一栋独具中国亭园楼阁风格的建筑［原是英国兆丰洋行大班、地产商霍格（H.Fogg）在上海西郊的乡村别墅，1911年，霍格花园南半部为兆丰公园（即现今中山公园），北半部连同别墅卖给圣约翰大学（后简称"约大"）]，它与校园内其他西式与民国楼宇巧妙混搭，组成一幅中西合璧的建筑图景。飞檐翘角、红漆圆柱的楼前还有一个独特的小檐廊。

  院长楼校园序号是四号，五号楼简称"红楼"，是政法学院与社科院合办的图书馆，坐西朝东，门槛左右各有一个石鼓，与院内体育楼门口石鼓相同，是中式风格建筑的另一特色。同是绿树环抱中的还有坐北朝南与红楼成直角状的六号楼，简称"六三楼"，也是见证革命英烈浴血奋战身影的所在。1925年，学生集会声援反帝斗争，向"五卅惨案"死难者致哀事件在此发生。1951年，圣约翰大学斐蔚堂更名为六三楼，以示纪念。这组颇有历史故事且有独特风格的建筑群，均在我们住家七号楼的东面几十米处，也是我们每天出入必经之处。

  与院长楼隔主干道对面是交谊楼，坐北朝南，砖木结构二层，平面呈矩形，四坡屋面，盖绿筒瓦，中间开三个圆拱形大门。是1919年11月15日，约大举行40周年纪念会，为纪念校长卜舫济已故夫人黄素娥（1918年逝世）女士，该校同学会和校友们发起捐银建筑的新交谊室。1929年12月14日，举行交谊室落成典礼。1952年11月15日，华东政法学院首届开学典礼在约大交谊室举行，现称交谊楼。

  查史料得知，圣玛利亚女中和圣约翰大学都是圣公会下属的教会学校。圣玛利亚的首任校长黄素娥，和圣约翰大学鼎盛时期的校长卜舫济是一对夫妇。两校关系亲密。

  经过左右岔路口的院长楼、交谊楼，抬头前方是方正的韬奋楼和钟楼，钟楼前方是一小型牌坊（为重建）。据史料记载，原牌坊正面上书"民国——上海圣约翰大学——纪念坊"（1955年被拆除），外联"环境平分三面水，树人已半百年功"，内联"淞水锺灵英才乐育，尼山知命声教覃敷（嘉定金文翰题。金文翰，字起云，号西林，江苏太仓州嘉定县黄渡镇人）"，横额"缉熙光明"。据史料记载，该牌坊由当时曹家渡士绅捐造。

  牌坊后面是韬奋楼。韬奋楼是为纪念近现代著名思想家、教育家约大学生邹韬奋先生而更名的。原来的名字叫怀施堂，是圣约翰早期最大的教学楼。韬奋楼内中式四合院的建筑风格在众多楼宇中可谓独树一帜。外墙为红砖清水墙,屋顶覆盖中国蝴蝶瓦。楼中部的屋顶上建有方型钟楼,有大自鸣钟一座。我曾多次在这楼院里徘徊,一次在底楼教室外,聆听一位年轻女教师正深入浅出、抽丝剥茧讲授刑法课。虽是仅闻其声、未见其人的讲课片段,却让听者瞬间深入其中。还有一次是沿着木楼梯去到二楼,二楼主要是宿舍层,不宜逗留,仅在二楼的围廊一角踱步观景。但总想去钟楼上看看,可一直没有找到机会。

韬奋楼一侧还有格致楼、小白楼等各具特色的建筑。沿右道往前可以去到体育馆,这馆中的泳池,堪称中国院校第一,林语堂先生曾说在这里练强壮了他的肺。体育馆旁的小楼曾是中国奥委会最初的办公处,也可说中国奥委会的发源地。

韬奋楼西边是思颜堂,建于1904年,是为纪念该校毕业的中国牧师颜永京而命名。孙中山先生曾在这里留下掷地有声的演讲。此楼前有校园里最美的两棵樱花,每当绯红轻云般的樱花绽放,总会吸引无数学生来到树下赏花留影。

如沿左侧的干道往前走,一路左侧沿苏州河边有多幢别墅小楼。往前尽头就会看到东风楼。东风楼原名西门堂,现已成为学校各个学院的办公大楼,在这里包括各个科系的教研室和各政法期刊的办公室。光看进门时左右两边的铭牌就已使人目不暇接。东风楼也是该校经常进行学术交流之处,整幢楼其乐融融,也别具风格。

校园内各项生活设施齐备。小卖部、理发室、食堂与澡堂等,且收费低廉。有时也会去苏州河北岸走走,那里的房屋建筑与一河之隔的南岸无法相提并论,看上去很破旧。那里有校园的北门,一出北门,就是一处破败不堪的棚户区,当然现今已得以改造。那时连那座苏州河上的桥也是木制的,走上去还会发出嘎吱嘎吱的声响。那时我们倚在桥栏上低头看各式船只缓缓在桥洞中进出,目睹水上人家漂泊者朴实简陋的烟火生活。那时的苏州河水是黑色的,但人是诚实可信的。

有着"东方哈佛"美誉的圣约翰大学是当时上海乃至全中国最优秀的大学之一,入读者多为政商名流的后代或富家子弟,而且拥有很浓厚的教会背景。民国是在新旧的杂糅中跌撞中前行,在传统与新文化运动的冲撞中造就了一个个传奇人物。1879年,圣约翰大学诞生,初名圣约翰学院,1905年改名为圣约翰大学。这是中国现代意义上第一所高等学府,在诸多方面开创了中国新式高等教育之先河,培养出顾维钧、王正廷、邹韬奋、林语堂、孟宪承、周有光、荣毅仁、颜福庆等著名校友,曾在苏州河畔留下了27幢优秀的历史建筑,赋予了那个时代鲜明的烙印。

那时居住在美式风格与民国时期交相辉映的建筑的校园里,清晨能聆听韬奋楼的钟声与小鸟鸣翠柳,黄昏时分沐浴在夕阳余晖下的建筑泛着浅浅的金色。七年其乐融融灯火可亲的悠悠岁月一逝而过,后在时代潮流裹挟下,于20世纪80年代末从这里去了澳大利亚留学。

蹉跎流转,故乡永远是游子心头撼不动的巍峨高山。时隔七八年回家的路又热络起来。也该来这里走走,寻觅那些青春时光的碎片。

当我在20世纪90年代后期踏上故土时,中国的面貌已大为改变,不管是人的精神面貌还是市容建设都发生了惊人的变化。高速发展的中国已经跻身国际科技经济强国之列。

依稀惜别近十载,重游故地,恍如昨日。漫步在校园的林荫道上,那红漆圆柱、飞檐翘角的院长楼,青砖白灰构线的教学楼,春意盎然、绿草如茵的大草坪,抬头北望方正古朴大钟的韬奋楼,还有曲径幽深处的图书馆,这些浸淫着民国人文气息的建筑,依旧透着民国的风韵。仿佛听到远处飘来小女孩朗读民国学者李叔同的《送别》:"长亭外,古道边,芳草碧连天……"稚嫩的童声,力透耳膜,随风荡漾在如梦的春风里。

当游览校园,走入韬奋楼内院,驻足坐北朝南的半身雕像时,我略感诧异。本以为这座在1995年落成的雕像是圣约翰大学的创始人之一——美国教育家卜舫济,当然联想到韬奋楼内矗立韬奋雕像正合拍,可我心中那位传播文明福音艰苦建校宗师卜舫济的形象挥之不去。以老夫之陋见,如果说白求恩大夫不远万里来到中国,为了中国人民的伟大事业而献身,想来卜舫济先生不遗余力在此传播文明开悟教育,同样居功至伟。他着迷中国传统文化,也有着令人惊叹的坚实根底,教育"润物细无声",需要多年潜移默化才能出成果,是抚育成千上万或几代人的伟大事业。正因为他融通古今，淹博东西，才能匠心独运，锤炼出自己的一套办学特色，而享誉天下。这位来自千里迢迢大洋彼岸，在圣约翰大学里贡献了半个多世纪的外国人，清流灵魂与人格魅力同样可贵，在中外早期联合教育中应该大书一笔，在中国早期教育有着无可替代的历史地位。虽然他在"政教分离"的教育理念上或有过一些不作为，但他的贡献还是瑕不掩瑜，卓有成就。

圣约翰大学校长卜舫济（1864—1947）

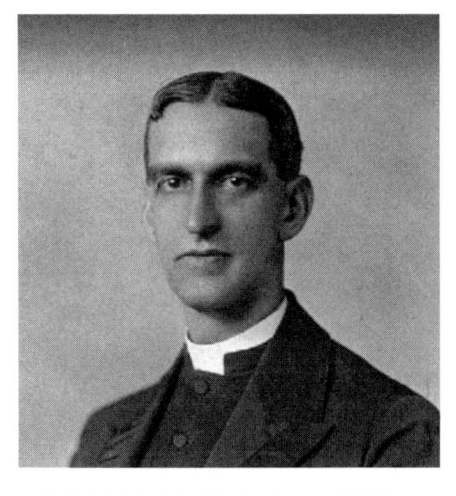

这次校园参访，对我的触动较大，尤其是卜舫济校长，这是出乎我意料的。但我又恍然大悟，从六三楼到交谊楼，再到韬奋楼，这一脉三部曲红色基因的传承，理应盖过一切。卜舫济是美中文化交流先驱，西方文明的传播者。要知道19世纪后期，中国还处于男子蓄辫、女子裹脚的义和团运动蜂拥而起的蒙昧封建年代。西方文明的传入开悟犹如一缕清风吹拂神州大地，同时也让人深知在混沌的中国传播文明是十分艰难的。由此也让我再次走进他执着不凡的人生轨迹。

卜舫济（Francis Lister Hawks Pott，1864—1947，又作卜芳济），为旧上海著名的传教士和教会教育家。1864年2月22日，出生于纽约圣公会教徒家庭，他的祖父为美国圣公会著名牧师和官方史学家，父亲卜雅各是纽约著名《圣经》出版商和书商，长期担任圣公会纽约教区司库。卜舫济于1883年从哥伦比亚大学毕业后，进入圣公会总神学院学习，1886年获该院神学士学位。当他还是神学院学生时，曾经为一所业余学校里的中国洗衣工教过英语，因而对中国产生兴趣，并逐渐萌发了到中国传教的愿望。

在我眼前仿佛出现了一位不畏艰险、长途跋涉的美国青年，1886年，22岁的卜舫济一从神学院毕业就告别家人国土，踏上了前往遥远的东方中国之途，在一望无际的太平洋上漂泊，并于同年11月18日风尘仆仆抵达上海。仅这一次漫长而又苦不堪言的旅行，使他与这个陌生的国度结下了不解之缘，并开始了他在华长达半个多世纪的传教与教学生涯。为了尽快掌握华语和上海的习俗，他曾独自一人住进上海附近嘉定的一户农家，完全与中国人打成一片。1887年，他曾被圣公会临时派到圣约翰大学任教。

1888年9月27日，他不顾当时圣公会反对传教士与当地华人结婚的政策，与圣公会华籍老牧师、圣公会上海圣玛利亚女校首任校长黄光彩的女儿黄素娥结婚。同年6月，年仅24岁的卜舫济出任圣约翰校长。卜舫济到任后，提高圣约翰的入学标准，严格筛选入学新生，做到宁缺毋滥。他治校比较全面，关心校园环境整洁。在教学上大力提倡英语，采取美国化的英语训练方法。

1941年，卜舫济因年老辞去圣约翰大学校长职务，改任名誉校长。1944年，卜舫济回到纽约。1946年曾再次来华，翌年因心脏衰竭逝于上海宏恩医院（现华东医院），时年83岁。他主持圣约翰校务长达52年之久，他人生大半辈子春秋都在圣约翰度过的，使圣约翰从一个初受冷漠的洋学堂成为蜚声中外的名校。

卜舫济工作之余研究中国历史，著书立说，终成一位名副其实且卓有成效的中国通。他著有《中国之暴动》《中国之危机》。光绪三十年（1904年），出版《中国历史大纲》《中国历史概略》。1928年，出版《上海简史》。

回顾1879年，圣约翰书院在这里创建，1896年改称圣约翰学校，到1906年正式改称圣约翰大学，无不彰显卜舫济艰难办校的坎坷历程。由此凝固的建筑跨越了三个世纪，为我们打开了一扇上海中西文化交融的大学校园历史之门和一幅现代文明的开放画卷。

据史料记载，当年圣约翰大学百年建筑群的旧址上，一共是27栋建筑（校史资料馆可查实）。

愿卜舫济传奇的教学人生，能与他所创建的校园与传授的教育理念同映辉煌。

思绪拉了回来，眼前一切都曾完好如昔，遗憾的是当年承载着我们多少回春秋的那幢七号楼却不在了，它在学校的一次改建计划中被拆除，在这小楼的原址矗立起一幢二十余层的高楼，比过去的别墅小楼气派多了！像一位巨人引项昂首，眺望远方。但又远不如原三层小楼的幽雅与周边田园风格环境的整体匹配之韵味！小楼没了，像失去了一位相处已久的知心亲朋，似乎连思念之情也失去了支点。但那些清风岁月里的悠悠往事以及小楼里飘逸出的爽朗笑声并未消逝，仿佛还在耳边荡漾。小楼记载了我们岁月里太多的沧桑与曾有过的闪亮的片段！

我站在七号楼原址边，感慨万千，现仅能在心中揣摩它那婉约的风姿，它的离去也见证了我们这代人从闭关自守到改革开放的心路历程。一个时代正随风而逝……

从此几乎每年回国重游圣约翰成了我的惯例，从未破例。回顾前尘往事，旧景故地，仿佛并未远去。这些青砖建筑及校园景观，低调沉稳，大气厚重，有一种岁月刻画出的沧桑感，让你一眼就能看出它的与众不同，是安抚躁动之心的最佳之处。慢慢地徜徉于校园各处，择一石凳坐下，让思绪飞去。

忽然一首歌曲飘然而至：

大风吹来了
我们随风飘荡
在风尘中遗忘的清白脸庞
此生多寒凉
此生越重洋
轻描时光漫长低唱语焉不详
大风吹来了
我们随风飘荡
在风尘中熄灭的清澈目光
我想回头望
把故事从头讲
时光迟暮不返人生已不再来

三年前的一个仲秋下午，我又漫步在耳熟能详的校园，再次默默问自己，在圣约翰的七年里收获了什么？我想在这七年既短又长的日子里，

三、横看成岭侧成峰

我聆听了一堂中西文化交融生动的大课，也感受到先贤们不灭的进取精神。圣约翰是一部中外教育史巨著，是我人生旅途中不约而至的课程，这些中外数不胜数的先贤都是我老师，作为后学的我，承蒙时光相约，能肃立在侧，一次次受如沐春风之熏陶，受益匪浅。有他们忘我的存在，才让我深感祖国的星空会如此斑斓璀璨！为追寻我们心中不灭的光与真理而奋力向前。

2022 年 6 月于澳洲悉尼听雨楼

历史风云在回眸间激荡
——读著名华裔画家沈嘉蔚《自说自画》有感

疫情如虎，此起彼伏，稍缓之际，心驰神往。

日前在惬意的春风里，踏上悉尼画家村邦定纳（Burdeena）之途。一路花香鸟语，途经国家公园，湖泊岸崖，景色宜人，原始生态遮天蔽日的森林与茂密的灌木丛，恣意生长，更令人注目。置身于明媚春光中，一扫往日疫情的阴霾。

一小时后三两知己已落座在画家沈嘉蔚的画室里，品茗聊天，如愿以偿喜获他的大作《自说自画》。爱不释手，倏地感到"春风十里不如它"。

地处海角一隅的现代化画室里，听画家风轻云淡地介绍著作内容，在他的引领下，徜徉于各时代的风云人物间，精彩纷呈。说实话，早就有一读为快的冲动，只是大作姗姗来迟。还好终于冲破疫情的困扰，从万里之遥的大洋彼岸来到了澳洲。

打开沉甸甸的《自说自画》，副标题是"从黑龙江兵团到澳大利亚"，首先被这18万字116幅画与395页的超大容量惊讶！画家不仅高产作画，还热衷于写作，这洋洋洒洒的长篇大作没两三年伏案挑灯夜战是完不成的。出版商三联书店慧眼识"材"，视此书自傲，特邀资深编审吴彬加盟，令装帧排版印刷也可圈可点、尽善尽美。

成书前就听画家说过，一次偶然的机会萌生画配文成书的想法，整理一大批画作后赶紧补上文字，还将

沈嘉蔚新著《自说自画》

作序任务全权交于画坛名家陈丹青。此时好友黄大刚（书画艺术名家黄苗子之子）得知画家书作画册集要发行，以"黄苗子、郁风慈善基金会"名义捐赠十万人民币助此书发行。几经周折后尘埃落定三联书店付梓出版，好事多磨，历经诸多努力才得以发行。可喜可贺！

手捧装帧精美的画家大作，封面右侧是画家本人的一幅自画像一角，戴俄式尖顶布琼尼红军帽，淡棕色扣子套军衬衣，着牛仔裤，坐在吧椅上手置画笔与画板，倜傥前卫、目光炯炯，英气十足。

抬眼望，仰天长啸，壮怀激烈。年过古稀的画家，廉颇未老，满腔凌云壮志。更感受到一位扎实的历史画家一路走来的艰辛与不易，本书是画家艺术生涯沙场点兵式的一次检阅与回顾。书首插页是画家站在一幅巨制大作《红星照耀下的中国》前，而我看到的还有画家背后洋洋洒洒的各色人物：目光炯炯站岗官兵、民国才女张爱玲、艺术大家黄苗子与郁风、糅合中外的莫理循、三国时代的建安七子、世纪见证人陈独秀、两位玛丽、三位落难的母亲与一大群民国先贤圣哲……他们曾引领时代风骚、闪耀着独特的光芒。一一读来，如部波澜壮阔纪录大片，无不为之着迷。这些曾撼动历史的风云人物，犹如悠悠历史长河里的一道亮色，涂抹天空，叹为观止的恢宏大作也确立了画家在当今画坛的巨大影响力。

扉页是作者简介：

沈嘉蔚1948年生于上海，长于嘉兴。1970年支边到北大荒，自学成为知青画家。1974年创作的油画《为我们伟大祖国站岗》成为中国现代美术史标志性作品之一。其历史画作品曾多次获中国全国美展奖和澳大利亚玛丽·麦格洛普奖、约翰·舍尔曼爵士奖、加利波利艺术奖。1989年移居澳大利亚悉尼后，曾应邀为罗马教皇，丹麦王妃，澳大利亚总督、总理、议长、大主教和各大学校长绘制官方肖像。其作品有17件收藏在中国国家博物馆、中国美术馆和革命军事博物馆，有六件永久陈列于澳大利亚国家肖像馆和国会大厦。曾编撰大型图册《莫理循眼里的近代中国》，由福建教育出版社出版。画坛名家陈丹青作序。

匆匆翻阅，激荡时代史诗般的精彩画作又宛如观绘画大展般一一展现，世界著名人物的肖像画也熠熠闪光：罗马教皇、丹麦王妃、澳大利亚总督、总理、议长、大主教与大学校长、美术馆长等各界人士，几乎网罗了画家从20世纪80年代末至今在澳大利亚的全部作品与文字介绍。

综观画家百多幅佳作，惹人喜爱，值得玩味。如要从这些泱泱大作中择出最能体现画家辉煌亮点的当然是《站岗》与《玛丽·麦格洛普》，这两幅是画家艺术生涯中极具里程碑式的作品。画家总能用犀利独到的眼光、娴熟的绘画技巧与语言将这烂熟于心的场景附之于画面，给观众带来摄人心魄的感受。

《站岗》是画家青涩年代在黑土地上的成名作，视线角度独特，两位岗哨上的官兵均为真人实事，画面从几十米高处又俯视到江面上，极具冲击力。此画曾红遍大江南北，单幅印刷数量欲破千万计，引亿万观众欣赏，成为中国现代美术史上标志性作品之一，是那个特定年代里为数不多的巨制大作。

二十年后的《玛丽·麦格洛普》是在澳大利亚又一幅非同凡响的作品，如你见过那次会集澳洲绘画名家大赛中的其他作品，那么沈嘉蔚的《玛丽·麦格洛普》犹如一匹黑马突如其来，破圈式在澳洲画坛嘶鸣，引众聚观。

玛丽坐在19世纪末的马车里，在泥泞的路上去远方布道传教，我们仿佛能听见负重的马车在吱吱作响，玛丽不畏艰险，风尘仆仆略显疲惫的倦容，而更多的是坚毅与希望。她亲临原住民部落，亲切怀抱儿童，一旁的大鸟扑闪着欢快的翅膀，我们感同身受这种艰辛与愉悦。这场景恰似画家初处异域艰难跋涉般。

《玛丽·麦格洛普》的诞生，是画家在澳极其成功的首秀，让他收获了鲜花与掌声，声名鹊起。从此华裔画家沈嘉蔚驰骋于澳大利亚画坛，硕果累累。

我饶有兴致地翻箱倒柜，找出26年前在一家华文报社任编辑记者时采写画家沈嘉蔚的已泛黄的长篇访谈录。

1995年一个阳光和煦的早晨，瞬间浮现眼前。在悉尼动力博物馆，华裔画家沈嘉蔚这幅《玛丽·麦格洛普》获教皇保罗二世颁奖。同时也获得2.5万澳元的奖金，这笔可观的奖金是那时大多数普通就业者的年薪。

那天馆外人山人海，人声鼎沸，胸挂记者采访证的我也被挡在数十余米外的护栏处，看着教皇迈着蹒跚的步履从我眼前走过，还清晰见到画家与教皇见面的情景。

评委会评语是："获奖者，沈嘉蔚是一个具有惊人的艺术鉴赏力和一整套技巧的画家，在玛丽·麦格洛普的时代很普遍，现在已少多了。"

这颇有玩味的评语，一针见血地抨击了当今画坛在喧嚣时代下，已缺乏回原历史情境的想象力，是一次较普遍的艺术失衡现象。

一周后，我将这篇采访画家约五千字整版《全球第一位获教皇颁奖的华裔画家》访谈录刊于本报，为首位"Chinese"画家获如此殊荣而鼓与呼。

26年过去了，今天再捧读嘉蔚的旧作、新画与文字，感慨万千！倍感欣慰的是，老骥伏枥，志在千里，雄心依旧。

近年来，多次去邦定纳嘉蔚画室看画聊天。

嘉蔚虽不是历史学家，但在某些历史截面中，却更擅长诠释自己的见解，显然与他深入浅出有巨量的历史阅读分不开。

与他画室相邻的是书房，不可小觑的是房内一整面墙三角钢琴式多层圆弧形书架上，林林总总有不下万余各类画册图书，足以媲美辖区内（Sutherland）图书馆此类专业图书。这里是他遨游书海的一个独享港湾。

在我们的闲聊中，他往往会悉数引入他已烂熟于心的历史瞬间。那些场景他信手拈来，恍若昨日清晰可辨，不容你置疑，俨然是位史学家。

他有着强烈的历史癖好，这种癖好不是一蹴而就的，而是在数十载艺术生涯中练就的，目光如炬能洞穿人物繁复的内心世界，是一位历史画家应有的不屈不挠的探索精神。一幅历史画，好比一篇考证得当无瑕疵的历史论文，谋篇布局、引经据典、面面俱到，经得起推敲，并有着与众不同的独特视角，层层递进剥离扑朔迷离的外表意象，聚焦具相。像一位狩猎者几经山重水复辗转，于柳暗花明处终获猎物而呈现出难以遏制的快感，至此他心中的历史人物心悦诚服，被他揪着还以本色面貌出现在画中。他的历史画因其所建构图像本身的丰富内涵，与之入木三分对人物精准传神的刻画，不得不让人折服，同时映照出那个时代的历史风貌。

他对艺术的执着有目共睹，尤在历史画的创作中，更是一丝不苟，锱铢必较，会为一支笔、一副眼镜，甚至一粒纽扣而兴师动众，查资料，直到信服可靠为止。类似这样的事例屡见不鲜，这正是一位历史画家应有的纪实态度。在此值得一提，曾拜读过画家笔下的多篇历史故事，画家的文学功底也十分了得，经深入剖析刻画出的历史人物，读来常有后背发凉的震撼感。

正如陈丹青在该书序言所说："我相信，当嘉蔚大量阅读历史与传记（他终于知道了年轻时不知道的历史），他会在心中、在画布上，不断不断寻找一种幻象（他因此能以自己的方式看见他们）。他描绘这幻象，并非意在回向并证实史书中的历史，而是，替逾百年前的历史绘制了未来的图景，没有一个他所描绘的历史人物曾经设想由他们造成的历史（以理想、文字、战争、血污、阴谋、牺牲……）在未来（亦即现在）会构成这样一种庞大的想象。"

在大海环抱、景色宜人的邦定纳，每当面对画家直击人心的历史题材画面，沉浸于这些厚重的历史情境中时，须臾，惠风和畅，谈笑风生戛然而止，被些许升腾起的历史沉重感所替代，或心中原有的认知会轰然倒塌，或有不同的反差，从而刷新感知引入画家诠释的主题。

"一切历史都是现代史。"（克罗齐语），回眸历史，激荡心灵，在永不消停波涛汹涌的历史长河中，大浪淘沙，尤显史实画家深邃的洞悉力。文学艺术都有其治愈功能，而视觉艺术先声夺人，直击心灵，能更快感受到画家传递出的非同凡响的历史沉重感。

2021 年 10 月于悉尼听雨楼

梦回街角的邬达克建筑

冬去春来，沉浮百年的魔都建筑，近年屡屡爆红的不是外滩一字排开的万国建筑，也不是对岸遥相辉映的三座直插云霄的摩天大楼，而是匈牙利建筑大师邬达克传之不朽的建筑，令人追捧点赞，声名如雷贯耳！

对申城人来说，国际饭店这座曾经的远东摩天大楼，是他们心中的建筑之最，就像悉尼城中的女皇大厦一样，都已成为一座城市的唯一标志，无法替代，似乎没有了它，这座城市就会黯然失色，面目难辨。

匈牙利人拉斯洛·邬达克初涉"十里洋场"淘金，是始于这样的生死际遇。1916 年，邬代表奥匈帝国与沙俄作战被俘。1918 年，他从西伯利亚转移战俘的火车上跳车逃跑，来到中国哈尔滨。后又在哈尔滨白俄的帮助下于 1918 年 12 月辗转到达当时远东繁华商都——上海。

上海乌鲁木齐南路 154 号的花园洋房

千里迢迢疯狂奔袭欧亚大陆，末路余生的邬达克在喧嚣的洋场安顿下来，凭一腔建筑设计才华，叩开了群雄争霸的都市大门，称得上是一位逐鹿颇丰的狩猎者。

民国时代，达官显贵都以拥有一套邬达克设计的住宅为荣。邬达克在上海三十年间，撒下了近百栋建筑，每件作品都独一无二，美轮美奂。许多都被列为历史保护建筑，已蔚然成为上海城市风貌不可或缺的一部分，宛如一颗颗璀璨的珍珠，光芒四射，延续至今。

那天正襟危坐在悉尼陋室电脑前赏心悦目读着这位建筑骄子的作品，思绪飘过，这近百件作品里，也许会有一件与我偶遇或是我熟悉的吧！

当然他的扛鼎之作"国际饭店""武康大楼"等都与之有过匆匆一遇，交集未深。细读之间，一阵惊喜！还真有一幢欧洲风格的别墅跳入视线，熟悉而又陌生，这就是上海乌鲁木齐南路154号的花园洋房。在这之前，孤陋寡闻的我竟浑然不知此建筑是他的佳作，慨叹曾十年光阴有缘身在此山中。

瞬间犹如一柄长竿挑落了厚重的岁月幕帘，穿越到四十年前初燃雄心激情的时光，横跨整个20世纪80年代与这座别墅的难解情缘清晰地显现在眼前。

那是20世纪70年代末一个飞雪飘零的冬季，我办妥了街道集体办的离职手续，怀揣着市侨联一纸调令，来到了市侨联筹建中的乌鲁木齐南路154号花园洋房上海华侨拉丝模厂报到，先当了一名制作拉丝模的工人。

"术业宜从勤学起。"不到一年，掌握多种制模流程后，涉世未深还是青葱小伙的我成了该厂的一厂之主，担纲起开拓发展的重任。在长达十年的时间里我带领全厂七八十名员工，开创了侨资企业一道亮丽的风景线。

邂逅这座邬达克灵魂建筑，仿佛给青涩的岁月涂上了一层熠熠生辉的欢快的艺术光亮。想起了那个年代，单纯与浅白，真诚与激情，还有情怀与理想。那时人们的财富观不像现在如此"多元"。

这是一幢三层英伦风貌的建筑，地处都市南面梧桐掩映下的乌鲁木南路与永嘉路路口，往北约百米是衡山路的国际礼拜堂；往南即是夏衍故居、草婴书房、安康别墅（著名配音艺术家刘广宁住地）；再往南是建国西路上颇有盛名的大型新式海派里弄"建业里";往西是十分幽静的安亭路,那时这条路还未打通建国路;沿永嘉路往东是岳阳路上的中国画院,再往前则是著名的上海电影译制片厂。这样的幽静地段过去与现在都不愧是申城一流。

20世纪80年代初始,这幢花园洋房给我印象颇深。两扇黑色铁门终日紧闭,铁门上有个小木制信箱,上面写个隶书的"简"字。进入建筑是一条走廊,有一个朝南的带木制玻璃拉门的大客厅,客厅南端通向花园。还有饭厅、厨房和卫生间与贮藏室,走廊北侧是两三米的宽敞楼梯,二楼是此建筑的最佳层面,有多个南向房间与一个大露台。通向三楼的楼梯略窄,三楼也有多间朝南房间。厂部办公室在三楼,南面临窗能俯瞰整个花园的景色。那时上级领导告知厂部,此建筑底层全部、三层一大间附卫生间及前后花园,可供在建工厂使用。

自从工厂进驻,这幢楼的厨房、厕所不堪重负,以至于经常瘫痪。家庭用的下水道,经常被研模使用的工业金钢沙淤泥堵塞,几乎每隔两三周就要请专人疏通。这些均是厂领导头痛的事。

偶尔在这房走道里碰到住在二楼买菜而归的老太,她花白头发矮小的身躯佝偻着背,手提一个装满蔬菜食物的蓝色镂空塑料包袋,挂着拐杖步履蹒跚爬着楼梯,我总帮她提包送篮至二楼房门口。她是房东的何许人也?我一概不知,也从未过问。

那时驻足于这华丽的别墅里,总感到在如此美好的苍穹下也许会有繁漪式的故事翻版。这是华丽场景装扮下人性司空见惯的情感宣泄store,无关乎繁文缛节的道德樊篱,只要打开潘多拉魔盒,俯拾即是。那时心无旁骛专注于工厂的发展,猎奇这样的故事,抑或庸人自扰。

后来无意中这房屋的主人就显山露水了。这幢钢窗腊地淡黄墙体红瓦别墅建筑是1926年由爱国华裔简照南和简玉阶兄弟按照著名国际建筑设计师邬达克的经典设计建造的。

在当时,简氏兄弟是南洋红双喜品牌的创始人,爱国华侨。兄弟俩为人和善,广为交友,当时宋子文和杜月笙等民国名人和各路明星经常出没此处。而简氏兄弟的夫人则经常在此举办海派茶会,让其成了上海海派文化和先锋艺术思想的交汇地。简玉阶投资建造的私人住宅,吸取了欧美各国住宅、别墅、官邸建筑的特征和艺术手法，高墙阔院，既沿街又极具私密性。从20世纪初期起，这里就一直是名流聚集地。古典的洋房别墅，寄托的是怀古之词，浪漫流年。

一幢完美的建筑，一定是建筑师人性化的舒适与艺术的完美结合。这幢建筑让人看到了欧洲早期文化情怀折射出的光芒。建筑两边小尖顶对称的哥特式，一层二层宽体露台，柔和中透露着先锋前卫，令人眼前一亮。同时也展示出一种人性的温暖与柔情。

图为宋子文，曾在乌鲁木齐南路154号留影

"不识庐山真面目，只缘身在此山中。"这幢建筑用于建厂实属例外。它见证了一个百废待兴时代的探索与发展，从沧桑骨感走向繁荣丰满的渐变之路。

上级领导三年有约暂居花园洋房里的工厂，最后竟拖至八九年，才陆续迁到郊外。

那年回国，行装甫卸，便去走访大师邬达克的丰碑"国际饭店"，品尝着驰名申城、焦香松脆、裹挟着粗粝糖粒的蝴蝶酥，在浓郁的奶味飘香中，观百年建筑的巍峨雄伟，风采如初，底层外墙的黑色花岗石依然光可鉴人，坚如磐石。踱步至对面人民公园内的荷花池畔，择一石凳小憩。眼前拂柳依依、一池荷花与身影高大的国际饭店同框，颇具意趣。

又去了处于六条马路之交的武康大楼（原诺曼底公寓），移步换景，驻足对面淮海路与天平路夹角最佳视点，翘首北望此建筑，恍然似有陆上"泰坦尼克号"的雄姿，迎风破浪，仰首前行。

最后来到阔别四十余载的"老厂房"，面对十年青春岁月相守过的那幢别墅，唏嘘万千！也许它早已几易其主，而崇敬之情依旧油然而生。黑铁门上镶有精致的花饰，金粉勾勒着大门，又筑高了黑色院墙，孤傲高端，神秘莫测，令人望而却步。纵然漂洋过海来了，还差这一墙之隔？

三、横看成岭侧成峰

跃跃欲试，按下了大门上方的电铃。须臾，一位操着普通话的老伯应门而至，我不知道他是这幢建筑里的管家还是主人，是租客还是东家。我仅问：多年未见此建筑，能否入园一睹它现时的尊容？老伯做了个允我入内的手势，我绕过新建敞亮的玻璃廊道，倚在绿茵中几枝桃花的一角，仰望此建筑，顿觉它的外观改变较大，焕然一新，虽历经百年沧桑风雨，依然年轻俏丽，充满活力。

像是与一位久别的朋友重逢，我了却了一桩心愿。略感现时的它珠光宝气，骄奢飞扬，远不如那时的原汁原味、质朴清纯动人，给过我萋萋满别情的印象。

"人面不知何处去，桃花依旧笑春风。"

邬达克不愧是杰出的灵魂建筑师，他的作品中既有史诗般的国际饭店，也有倜傥风流的"绿房子""白公馆""爱神花园"等，还有众多充满田园风光的别墅。总之，标新立异，先锋前卫，无可比拟地像匹脱缰的野马，天才般地在魔都的大地上狂奔，铸就了倾城之美。

有哲人说："音乐是流动的建筑，建筑是凝固的音乐。"国际饭店、武康大楼就是一首首恢宏激昂壮阔的交响乐，那一幢幢花园别墅就是一曲曲充满田园风光的轻音乐。在申城人心里，天荒地老，只要国际饭店还在，就是他们心中的 No.1。岁月如流，但愿每一幢邬氏老房子都会被时光珍藏！

感慨在邬达克为数不多的海派都市建筑中，也有我为之引以为傲相伴飞扬的青春，每当想起黄昏阳光把此建筑渲染，你看那金黄多耀眼……

致敬，邬达克！

2021 年 11 月于悉尼

南半球的那道亮色
——李宝华及其绘画风格谈

美丽的澳大利亚,犹如镶嵌在南半球蓝色太平洋环抱中一颗璀璨的明珠,光芒四射,魅力无限。

20世纪90年代初期,随留学大军来到澳洲的中国画家李宝华,立足澳洲仅两三年时间,就做出了骄人的成绩。那一抹亮色是他绘制的,这道光亮足以照亮他绘画生涯崎岖的路途,助他大展画艺,走得更远。

在我多年的记者职业生涯中,画家朋友有几个。而要为某个画家做一较为系统的叙述却不多,读画家李宝华画不多,但仅这几幅作品已留下较深的印象。他的绘画风格迥异,辨识度较高,几乎一眼就能认出是他的作品。而今我赏读他的画作,权当是一次文化艺术上的随心畅游,记些许文字感受,只求不愧对他那些"灰与白"的杰作即可。

李宝华,1989年赴澳留学,作品曾多次入选澳洲阿基鲍尔、苏尔曼等著名绘画大赛。那些年虽然我们在物质上趋于贫乏与羞涩,但在文化精神层面上颇觉丰盈自信。我们曾数度在报社狭小有限的编辑室里谈及他的画作及当时澳洲原住华人艺术家的概况,他颇有"江山代有才人出"一展雄风的气势,宛如大雪初融突显裸露的山峰迎着朝阳般。那种初生牛犊不畏虎的韧劲张力十足,毕竟年轻带着新生代画家的锐气,且又浸润于刚刚开放国门多种艺术交融碰撞的过程,似有一飞冲天去搏击那块专属西人(西方人的简称)的油画天空的劲头。他在悉尼西区一间十分简陋的卧室兼画室中大有卧薪尝胆的干劲,后崭露头角,精彩呈现,引人注目。

我们失联很久,最近联络又得以延续,那种好友重逢后的愉悦再次热络起来。虽然我在澳洲而他在中国,穿越时空的艺术话题始终无可阻挡。作为职业画家的他,这些年勤奋作画,开创了一块绚烂的天空,在中国人才济济的绘画大军中,他的画作更臻完美并极具创意特色,颇具声名。

在澳洲这么多年的留学、工作、生活，要说的事情很多，思考再三，李宝华谈话就聚焦在1993年—1994年这一时间节点。人生漫长，但精彩的奇迹时刻，可能就在一段时光里留存：李宝华的三张画。

刚来悉尼，李宝华最关心的还是澳洲的艺术生态。悉尼作为一个大城市，很多展览自然会在这里举办，这也造就了得天独厚的条件。澳洲的特点是大大小小的艺术展、艺术比赛很多，其奖金或多或少，顺应了不同层面的艺术从业者的需求。李宝华经过了解锁定了几个重要的艺术比赛奖项，然后就开始着手准备。是慢慢积累财富，等万事俱备再从事艺术创作呢，还是马不停蹄地迎接新的挑战呢？身无分文的李宝华选择了后者。

刚到一个新的国度，对前景茫然，但又充满好奇，焦虑与希望并存，充满对未来的期盼。这时留学生团体很活跃，大家都抱团取暖，寻找各自的出路。就在此时幸运之门悄悄地向李宝华打开。1992年底，澳华论坛主席欧阳慕欢女士希望李宝华为时任总理霍克先生画一幅肖像。他欣然接受。油画肖像画得很顺利，在澳华论坛的年会上，当主持人揭开此画时，霍克总理非常高兴地说："太像了！"受到霍克总理的鼓励，李宝华的一个想法油然而生。每年的阿基鲍尔（Archibald Prize）肖像展不是要画名人吗，那为何不请霍克总理做模特？参加肖像展和一般的肖像订单不一样，没有商业的约束，是更纯粹的艺术探索，这也是检验自己艺术水准的好机会。当他把此想法和霍克总理办公室的秘书讲了之后，得到的回复是霍克总理答应可以做他的模特，但更希望先为其夫人海索·霍克（Hazel Hawke）画一张肖像，参加明年的肖像展。李宝华满口答应下来。模特问题解决了，下一步就要安排在北悉尼著名的理查柯顿宾馆（Richand Colton Hotel）进行拍照写生。那天当他准时进入房间的大堂，霍克夫人已经在等候了。他为霍克夫人选了很多室内外的场景，突然间他发现霍克夫人坐在门前的沙发上，这时阳光照射进来，形成了强烈的明暗对比，很适合绘画的表现感。他就拍摄了这个角度。"霍克夫人是澳洲著名的慈善基金会主席、德高望重的社会活动家，我怎么去表达她的个性呢？"李宝华这样想着。

肖像画的定义随着时代的变迁，其语义也发生了变化。在照相机发明前，肖像画在西方的主要功能是仿真模拟对象，留下历史影像。而当代肖像画的定义有其更多元的时代特征。这也是阿基鲍尔展所倡导的。

在创作《霍克夫人》之初，李宝华说："我用尽了自己的基本功，但总觉得落俗套，有一天睡梦中突发灵感，半夜起来，把画来了个彻底的大改变，当时想起了大师的教诲：画什么不重要，重要的是如何表达，怎么画！人和物只是艺术家表达灵感的载体。我借用了东方人的审美经验，大胆地应用黑白，把画切成一半明、一半暗的45度的构图，象征阴阳，打破了肖像画常规，越画越兴奋，如有神助般……"

"当我看到焕然一新的作品时，几个小时已经过去，曙光照进窗口，黎明已经来临，当时有一种不可言表的轻松。这时才感到了疲倦。这天晚上的改动为整幅画定下了基调，后来经过调整，一幅《霍克夫人》肖像终于完成。"

"一天清晨，电话铃声把我吵醒，是我的客户杰瑞打来的：'李，你的《霍克夫人》入围阿基鲍尔肖像展了，今天澳洲电台名嘴 Alen Jane 讲你的作品是此次画展的重要作品之一，是个看点。'"澳洲的《悉尼先驱晨报》首席艺术评论家约翰·麦克唐纳也认为《霍克夫人》是这年的获奖热门之选，更是对李宝华之后的作品持续关注。

"我马上去门外的书报店买了当天的《悉尼先驱晨报》和《澳洲人报》，报纸名单上有我，并都有评论谈起我。开幕式上 SBS 对我进行了采访，并在当晚的电视里播出。"李宝华回忆说。

新南威尔士美术馆馆长坎本也对《霍克夫人》给予了好评。

20世纪90年代初中期是画家李宝华艺术生涯的创收期，《霍克夫人》不仅是幅杰作，还抓住了时代的良好机遇。如果说中国留澳学生要感谢霍克总理的英明决策，那馈赠的最珍贵最美好的礼物无疑就是李宝华这幅《霍克夫人》了。这幅画作不仅仅是肖像画，更是力压群芳、出类拔萃的经典画作，这才是此肖像画与众不同、独领风骚的魅力所在！这幅澳洲画坛上的奇葩、天际边的亮色，又充分表达了全体留澳中国学生与在澳华人知恩图报的心声。

澳大利亚全国肖像艺术家协会前主席波·纽顿是如此评价这位中国

霍克夫人
200 cm × 160 cm
李宝华作于 1993 年

画家李宝华与其作品的：

"我第一次遇见李宝华先生是 1994 年在新南威尔士美术馆，当年我们的作品都在澳洲最负盛名的阿基鲍尔画展展出。

"我至今仍然记得被他的 Archibald 奖入围作品'Hazel Hawke'（澳洲前总理 Bob Hawke 夫人）的肖像作品深深打动。这幅作品代表了他的绘画风格，概括凝练的写实并远远超出了单纯的写实主义绘画风格。显然他的作品受到了欧洲大师像惠斯勒和巴尔蒂斯风格的影响。

"他创造了一种绘画结构使表面的画面肌理充满了生命活力，为观者提供了极大的视觉享受。此外，他限制了调色板色彩，旨在加强和统一画面的整体艺术效果，加上减弱色调使人得到一种视觉的宁静享受。

"李先生是很少一部分已经被澳洲艺术界认可的华人画家。他的经历包括入选 Archibald Prize 和其他重要展出，并作为成员之一参与 2006 年澳洲全国肖像艺术家在华盛顿的展览。

"我要祝福李先生的所有努力，毫无疑问他将继续向前力上加力，人们正拭目以待，在不远的将来会有机会看到他的作品，获得他应有的成就和人们给予的赞美。"

几乎与此同时，1994 年李宝华的另一幅作品《自画像》经过一年多的创作，在澳洲著名的道格·莫然国家肖像奖和 BDO 联合主办的肖像大奖上获金奖。这对他来说又是个意外的惊喜和艺术生涯的激励。"在此我要向 BDO 公司参与这次奖项的主管 Peter Dunstan 表示敬意，是他对我以后的事业进行了支持。"李宝华说。

不久，李宝华的另一幅作品《玛丽·麦肯洛普》（Mary Meckillop）入选大展，时任教皇保罗二世特地赶到悉尼参加开幕式为修女册封，也为此展增色不少。

曾经翻阅过不少世界著名画家的自画像，有些高冷严峻，有些浓重热烈。堪称世界十大天才之一的达·芬奇，60 岁时的自画像展示了自己浓密花白发须包裹着五官，而自画像高产户凡·高的《没胡子的自画像》正与其相反也出众。画风标新立异、恣意张狂的毕加索自画像则又显得规整平稳，而另一大家伦勃朗的自画像色彩炽烈呈宫廷画韵味……总之风格各异，出自大家，均不失为绘画杰作。

读画家李宝华《自画像》，有种轻松愉悦的感觉，如文艺小清新袭来，带着别样的温馨。瘦高个的他站立在简陋的画室中，宽松的外套略显倜傥随意，胸间裸露的黑色 T 恤与腰际金属皮扣做一小小点缀。身后是大块灰白墙面，一幅斜挂着的静物小画，还有几个画框重叠放在一边墙角，左侧是不透明的玻璃窗。画家右手叉腰，人体形成一个稍侧的三角形，一盆类似金边吊兰的植物在脚前。大半身肖像，焦点在冷峻轮廓的脸部，稚嫩红润的脸庞，未经岁月沧桑的刻痕，眉宇间英气逼人，抱负满满……

看似画作随意飘逸，实则功底不凡，从立意构图到清澈脱俗已足见其悟性气定神闲，看似波澜不惊，颇有大家神力铺垫，才有此佳作吸人眼球。

自画像（1994年） 李宝华作。获 1994 年 BDO 和道格·莫然国家肖像画联合举办的肖像画金奖。160 cm×160 cm　布面油画

对于李宝华这幅《自画像》，该展评委给予的评语是这样的：

"李的《自画像》运用西方的媒介表达的同时，画面构图的现代感，渗透出一种东方人文情怀和神秘性，其线条表达的洗练，让人联想起意大利早期绘画大师弗朗西斯卡和皮耶罗的简洁、凝练的风格，使人回味无穷………"Francis Giacco（该展评委）评论说。

道格·莫然肖像画展家族创始人之一格里塔·莫然女士说："当她看到《霍克夫人》《自画像》两幅作品后感到从远方中国刮来了一股强劲之风，使澳洲画坛带来了振动。"

李宝华说："道格·莫然 BDO 奖的奖杯也很有特色，描述一个挣扎的灵魂。在日后搬迁的过程当中雕塑的下半部羽翼有些折断，我又用胶水重新凝固。可说对作品进行了再创造。刚来澳洲，就获得了这个重要的奖并获得了这个奖杯，对我来说即是莫大的鼓励，奖杯对我来说也是个寓意。好像在默默地告知我人生之路还很长，人生是虚无的，冥冥之中的。人生就是选择，选择即命运，注定就像米兰昆德拉所说的一

个灵魂注定永远漂泊在别处。《自画像》的雕塑奖杯是出自墨尔本著名女雕塑家之手,好像专门为我订制的,确实也为我所收藏。现在越看越喜欢。"

这幅《自画像》后来被法国著名收藏家波拉克先生收藏。

李宝华:"传统和当代的转折点。从《自画像》到《霍克夫人》,对我来说是从传统到当代转折期的一个缩影。《自画像》创作过程更倾向于在传统的宝库中寻找灵感,特别是意大利绘画风格的影响,注重边缘线的线条,属于'硬边'风格,注重静穆的美,充满了宗教情怀。是我向传统致敬的一次礼别。《霍克夫人》更倾向于现当代艺术中吸取营养,更注重和传统拉开距离,固有的色彩弱化标志着个人风格的初步形成。《霍克夫人》标志着我艺术生涯的一个里程碑,而阿基鲍尔展是澳洲现当代艺术的展现舞台,我在人物画上的探索也正好和画展的宗旨相吻合(被许多中外专业人士所评论)。"

道格·莫然国家肖像奖是澳洲奖项最高最重要的艺术大奖。与世界排名第七的 BDO Welson Parkhill 公司联合举办的首届大奖比赛中获金奖是对李宝华艺术探索的肯定和鞭策。

李宝华说:"1993 年、1994 年、整个 20 世纪 90 年代甚至是我的整个留学生涯是最幸运的阶段。那个阶段年轻嘛!充满阳刚之气,又精力充沛。到了一个新的地方,感觉什么都是新鲜的,然后又刺激你,会产生很多想法。包括视觉上的、创造力上的,都会有一种碰撞。来到澳洲后又有很多绘画比赛,澳洲文化鼓励你自由竞争,在一个框架下大家平等参与竞赛,澳洲此类绘画奖项很多,这种文化机制传统很好,可以让新人通过各种竞赛脱颖而出。"

自此李宝华的声名不胫而走,不仅博得在澳华人称赞,更令澳洲画坛称奇。一匹黑马开始在澳洲的画坛驰骋,他深谙艺术上的成就不是一朝一夕唾手可得的,炙手可热的光环更坚定了他对未来绘画艺术的发展。

20 世纪 90 年代中后期,李宝华在澳洲悉尼国立艺术学院深造。沉寂一段时间后于 2005 年选择回中国发展,在故乡找到了文化认同。他发现了与生俱来的文化基因,也感受到艺术家和母体文化间的"根的传承"。在流派上,他是"极少主义"的追随者,体现在绘画上便是单纯的用色

三、横看成岭侧成峰

和绘画语言的削减。在此期间创作从未间断，佳作在一些颇有影响的画展上频频亮相，成为媒体追逐对象。

又见他的"灰与白"。

摄影曝光是摄影者对光线照明状态的判定。在过去我们使用胶片照相，曝光与影像质量相关联。曝光过度，密度大，底片厚，色彩浓；曝光不足，密度小，底片薄，色彩浅，此现象搞摄影的会称之为"厚片"与"薄片"。这种"薄片"冲印出来的画面会呈"灰与白"，这种"灰与白"与李宝华绘画独特的"灰与白"有着相似之处，相片上的"灰与白"是一次拍摄败笔，而在绘画中的"灰与白"却是一种独辟蹊径的绘画风格。画面有着宽泛的想象空间，尤其是弱化色彩，限制调色板其他颜色，不见了跳跃抢眼的色彩，画面尽现"灰与白"，那种宁静朦胧的感觉令人百看不厌。

《莎莉在她的梦幻世界》　135 cm×135 cm　李宝华作于 2005 年

读了以上李宝华掷地有声的两幅大作外，换一下口味，他这些独具文艺清风的作品也颇具特色。

油画 2006 年入选澳洲 Sulman NSW 展，诠释了一个具体的东方个体，她在一个全新的西方语境中，面对传统与未来的挑战。

观其画中出现的面具、矮人木偶等古典或现代物件，无不透出缕缕复古与时尚气息，这些物件十分适合与女性搭配，从而勾勒出画面效果。还有一幅灰白窗台下横躺着的亮丽女偶，有着标致时尚的真人容颜，一只小猫卧伏在她的手肘上，两对眼神看着观画的你……

在澳洲的春夏之际，手捧一杯蓝山咖啡，香气扑鼻，观赏他这些"灰与白"的杰作兴趣盎然。如果将他以上两幅大作比作音乐上的大碟，那这些尽显时尚魅力、充盈飘逸着浓郁小资情调的画作，是否如一曲曲室内乐？时而激荡，时而迟缓，萨克管的悠长，大提琴的低沉。总之，会令你心旌摇曳，沉浸其中，感受一种若隐若现、朦胧间忽有那种缠绵的感觉。令人赏心悦目，心旷神怡！

羽翼已丰的李宝华，在他的绘画世界里游刃有余，驾驭"灰与白"已达炉火纯青、越过山丘如履平地之境。

李宝华的作品中，饱含着他自己对于世界、社会、人、物种的解读。对于李宝华来说，绘画是表达自我的一种方式，每一幅作品都是他自我观点的叙述。他深知对于一个画家来说，独立思考才是作品的灵魂，而技术只是表现手段。

《霍克夫人》灰色调的成熟运用，使李宝华对自我的认知更清晰了，在当代艺术五彩缤纷的状态下，找到自我，认识到我是谁尤为重要。李宝华认识到微妙的色调更贴近自己的细腻个性，在近十多年的艺术探索中，更坚定地朝着这个方向探寻，在微妙的变化中寻求形而上的升华。

中国画说墨分五色，也有"灰与白与黑"之分，而"白"是留白，讲究的是一种意境，比较突出层次感，墨色浓淡深浅通过宣纸的渲染达到一定的效果，注重留白，这样可以给予观者思考的空间。而西方的绘画则更注重色彩的运用，讲究颜料的堆砌，相对来说画面更满。

观赏李宝华娴熟的西方绘画手法的"灰与白"似乎更有些偏爱。

此时不由得想起唐代诗人刘禹锡的陋室铭："山不在高，有仙则名。

水不在深，有龙则灵。"这"仙"与"龙"则是扎实的基础、悟性及灵感。

现在李宝华在跨文化的边界线上品味其对东西文化的独特理解并试图寻找有意义的文化代码。

2020 年 5 月于澳洲悉尼

闭门即是深山
——读景文兄山水画有感

徐景文先生，生于1944年，澳籍华裔，祖籍浙江，天性喜涂抹。居澳数十年，初心不改，处斗室一隅，胸存万壑千山，铺纸研墨，兴致勃发，挥毫驰骋，时光荏苒。

近日，有幸拜读了几幅景文兄精心挥毫的中国山水画，虽尺牍之间，却颇有嚼头。近浓远淡，轻风细雨，山色空蒙，一叶扁舟如蝇头小虫，横在画面一侧，一蓑衣老叟驾舟悠悠，湖面微起波澜。整幅画灰蒙幽静，墨呈五色，古意盎然，像似久远年代的旧作。同时表现画者徜徉小我于自然山水天地间，吐故纳新，遂成自我的特点。读罢掩画，真有"闭门即是深山"的缥缈虚幻之景，美妙的意境在脑海里回转。

画者景文，雅号兰轩，用现代网络称谓即兰轩博主。1944年抗战末期生于福建南平，祖籍浙江海宁硖石，幼年生长在苏州与无锡之间的荡口。求学工作在上海，壮年后流寓南半球澳洲至今，近三十载。童年时，他曾跟外祖父徐三春习画练字（徐三春是民国时期画家中，用中国传统笔法画西方宗教人物作品的先驱者），从而也受到吴门画派的熏陶和感染。年轻时，对明人

徐景文山水画

三、横看成岭侧成峰 163

书法和传统文人画情有独钟，在绘画艺术上独尊明清绘画艺术之优秀传统。中年后受中国近代海派画家吴石仙烟云生动、丘壑幽奇的作品之影响，十余年悉心临摹，几近痴迷。花甲后画风变化、渐入佳境，别出机杼地创作了一些墨晕淋漓、渲染入微的江南烟雨风情画，获得赞誉和好评，形成了自己独特的艺术风格。

景文兄热衷于中国山水画及花鸟画的探索，擅长中国江南山水，尤受清末民初"海上三老"之一的山水大家吴石仙先生的影响，也兼收岭南及其他画派的优点。他的一些花鸟画颇传神，他不仅画中国传统的花卉小鸟，也绘制澳洲当地的神异花卉与长嘴白鹦等飞禽，作品曾为国内外一些私人藏家及会所收藏。

中国山水画要的就是如此这般意境，旷远、空灵、缥缈、宁静。传统的中国山水画作品大多表现出水墨笔法的韵律，有着浓厚的地域特色。景文兄的山水画，在传统泛黄的宣纸上，有着富有活力的山水笔触，表现出山水的动态变化，把景物表现得淋漓尽致。山水画的常见特点就是"叠山、叠水，变化多端，富有层次"。他能熟练地掌握这些山水景物的叠山叠水，把山川的变化达到了不同的高度，这也是探索传统山水画的可喜进步。

回望景文兄的绘画之路，他自己曾这样描述过：起伏跌宕，峰回路转，曲径通幽，柳暗花明。聚散无常的江南烟雨中，有他童年多棱炫彩编织的憧憬。姑苏的荡口、寒山寺的晨雾、梁溪锡惠山的落日、太湖孤帆、白鹭青天……阡陌交织的时光，或浅或深，都烙在他心里，尤其是壮年后的走天涯，更使他难忘故乡情。他追随逝去岁月的痕迹，倾吐胸襟快意，挥洒在一幅幅水墨渲染的圣境里。

中国传统的山水画一直以来都是中国绘画艺术的主流，不仅在中国，而且在世界范围内都有很高的人气。景文兄传统山水画的笔触淡雅空蒙，在把握自然美妙的同时，也把艺术家内心的深刻感受表现得淋漓尽致，它们是中国传统文化的瑰宝，被视为世界艺术的非凡杰作。

居澳期间，景文兄画风尤变，致力于新国画的创作，糅合古人及现代山水画法，并辅以西洋水彩画技法，乃形成水墨淋漓、烟雨变幻的全新风格。因画风合乎时尚，与岭南画派颇相近，深为粤人所喜。景文兄绘画出入传统，吸收前辈石仙先生的两种代表性风格：一种为烟雨楼台景致，风雨晦明，云烟变幻，峰峦林壑，墨晕淋漓，应物象形，渲染入微；另一种则为细笔山水，以写秋景为主，胎息古人，用笔细密，勾勒圆劲，但传世较少。读景文兄的山水画作，能感受到他在画中隐约传承出的画技颇有新意，值得赞美。

一次，与景文兄同趋悉尼一个古玩艺术画廊，他将一幅吴门特色山水画装裱于古朴典雅的画框内，将尺牍之画交于店主，店主即将此画作悬挂在醒目位置。须臾，时近中午，我们移步附近餐室用膳。画廊老板电话追到餐厅，问询景文兄此画作已有顾客欲购，大几百能否成交？景文兄不屑一顾地回复说："不急，再等等其他买家。"由此可见，景文兄的山水画作颇受文人雅士青睐。

闭门即是深山，读书随处净土。千岩竞秀，万壑争流，草木葱茏其上，若云蒸霞蔚。非一日之寒的好作品，总能盼得有人识。

艺术贵在创新，为在异域耕云跋涉的景文兄再攀艺术新高，万山磅礴，气象更新！

愿你赏读景文先生的山水画时也有此同感。

2024年3月于悉尼听雨楼

苏州平江路名人故居拾零

每座城市总有每座城市的特色。大有大的宏伟壮观，小有小的精致内敛。江南水乡古城苏州就具有丰富的文化内涵。这里物产丰饶，人杰地灵。

苏州又称姑苏，温文尔雅，历史悠久。漫步街上时而传来吴侬软语，小桥流水，百年老店、白墙汉瓦随处可见。整座城市给人婉约柔美的感觉，不紧不慢，厚重的人文情怀，飘逝的岁月沧桑，犹如一坛江苏特产"沙洲优黄"陈酿，醇香扑鼻，温润软绵。

苏州平江历史街区的名人故居早已闻名遐迩。虽苏、沪两地仅咫尺之遥，高铁时代的两地穿梭不到半小时，但异域澳洲离苏州就远隔千山万水了，属南北半球的横跨。以前每次来苏州匆忙仓促，无暇光顾这些颇具特色的名人故居。今有闲能如愿以偿。

一个秋日的艳阳午后，在苏州百年观前街吃过午饭后，借着微醺与几位友人悠闲地在平江路风貌老街游走。斑驳陆离的房舍院墙，突兀的石拱桥上，一对新人穿着古装在桥上留影，一双笑靥如路旁那株绽放的秋海棠。河畔的垂柳、小船与光溜的石板路在秋日的掩映下古意犹存，岁月静好。

平江路是苏州的一条历史老街，位于苏州古城东北隅，是一条沿河的小路，其河名为平江河。宋元时期苏州又名平江，以此名路。平江路一带是苏州保存最典型、最完整的历史文化街区，至今保持着路河并行的双棋盘格局。

如果说京城史家胡同吞吐了"半个中国"，那苏州平江历史街区则是袖珍版的另一个历史传奇。在历史长河中，这些人物跌宕起伏，随时事变幻，时而浪平风静，时而激流冲撞。这里的阡陌小巷、院落房舍、一砖一瓦无不浸染着历史的氤氲，一个抬头、一个转角或能与历史名人神遇，一段传奇瞬间就会涌现。

清末民国时期众多名人志士曾居于此，如繁星闪烁散落其间，俯拾即是，为小城陡添不少人文气息。择一二名人之逸事，可窥世间之波诡云谲。

在平江历史街区悬桥巷29号门前我们驻足，抬头门廊上的"洪钧故居"几个镏金隶书，让人兴致盎然，举步前行，一探究竟。

这是一座坐北朝南的院落。据说以前有3000平方米，现基本由门庭、院子、祠堂及东西厢房组成。原故居后是河道，有石桥。后河道被填，石桥也不复存在。

洪钧故居

院子很寻常，没有贵气，没有落寞，屋舍院落都是时光过后该有的样子。门庭的廊下养了两缸小指大的鱼儿。在经过门庭右耳房时，内里传来一阵袖珍收音机抑扬顿挫的昆曲唱腔。管理此院落的老者从幽暗的门洞里探头张望我们，算是打了个招呼，便任由我们四处看看。径直纵深先参观了最北面的家祠堂，在不大的院子里，只有几棵小树，只是找不到那棵在典籍里记载的桂花树。时值仲秋有那一树金桂飘香、迷漫院子多好呀！

我们在东厢房停留多时（说是厢房，其实仅保留两米余宽的狭窄长廊，展示主人的图片、生平简介及一些书法作品等），品读洪钧与赛金花截然不同的人生与离奇的爱情故事，观赏两位参差不一的书法作品，尤为赛金花的家国情怀而敬佩。目睹洪钧图像，历史仿佛在我们面前拉开了150年前的这一幕：

同治七年（1868年），慈禧、慈安两宫皇太后垂帘听政。4月24日，太和殿上发布新科进士名词，也就是所谓的"金殿传胪"（金殿，太和

三、横看成岭侧成峰

殿，传胪，高声宣唱），"第一甲第一名"鸿胪寺官唱道："洪钧！"

至此，年方29岁的洪钧，在那个"万般皆下品，惟有读书高"的年代，出类拔萃，光宗耀祖，荣任清末朝廷大官。踌躇满志亮相风云变幻的历史舞台，在万众瞩目下演绎激荡五十四载春秋中最精彩的人生岁月。

洪钧（1839—1893），清末外交家，字陶士，号文卿，江苏吴县（今苏州）人。祖上原籍安徽歙县，曾祖时迁来苏州。洪钧出生时家道中落，父亲要他放弃学业，跟他做生意。然而，从小"慨然有当世之志"的洪钧不愿从商，请求父亲让他继续读书，父亲答应了。同治三年（1864年）26岁时参加南京乡试中举，同治七年（1868年）中状元，任翰林院修撰。后出任湖北学政，主持陕西、山东乡试，并视学江西。1881年任内阁学士，官至兵部左侍郎。1889年至1892年任清廷驻俄、德、奥、荷兰四国大臣。

谈洪钧避不开其三姨太赛金花。光绪十三年（1887年），朝廷恩准二品大官洪钧回乡守孝，在花船上与傅彩云（赛金花）相遇，竟然一见钟情，几天后将赛金花赎身娶回家做了三姨太，当时洪钧四十八岁，傅彩云年仅十五岁。

1893年，与赛金花厮守仅五年时光，洪钧因病去世。洪钧逝世后，光绪皇帝深为痛惜，特地下诏，云："兵部侍郎洪钧，才猷练达，学问优长。由进士授职修撰，叠掌文衡，擢升内阁学士，派充出使大臣。办理一切，悉臻妥协，简授兵部侍郎。差满回京，命在总理各国事务衙门行走，均能尽心职守。……兹闻溘逝，轸惜殊深。加恩著照侍郎例赐恤。任内一切处分，悉予开复。"

在许多人的固有印象中，乱世是属于男人的天下，但总有一些传奇女子在历史舞台上绽放出同样耀眼的光华，令后人仰慕不已，其中就有"晚清第一名妓"赛金花。命运厚遇她也好，薄待她也罢，她皆安之若素。从她12岁那年被卖的一刻起，也许已经让她了然，人间的冷暖悲喜无论将之吹落于何处，都是造化使然。三次嫁作人妇，又三番沦入烟花。无论是"花魁"之谓，还是"公使夫人"之称，抑或是被冠以"护国娘娘"之名，她最希望"扮演"的角色，也许就是做一个幸福的人妻吧。

盛极一时的洪钧与民间烟花赛金花的传奇故事令人唏嘘不已！似乎

与西方的王子与灰姑娘的故事如出一辙。但前者在情节上更吸人眼球、更动听，且凝聚家国情怀，立意高远，更胜一筹。其实在中国民间，赛金花的名声要盖过洪钧。冠侠女、义女称谓，有话剧、电影《赛金花》，还有传奇小说《孽海花》。

半个多世纪后，洪氏后裔再续传奇。1949年，燕京大学学生洪君彦（坊间传其为洪钧孙子，有待考证，自传称其父解放前曾任浙江商业储蓄银行董事长，史载其人名为洪惟清），与14岁的章含之相识。1957年，章含之大学毕业，与洪君彦举行婚礼。1960年，时任毛泽东英文教师的章含之与洪君彦随章士钊搬到京城史家胡同，他们育有一女，名叫洪晃。1973年，两人离婚。章含之进入外交部，嫁给乔冠华，头顶"总督孙女，总长女儿，主席老师，部长夫人"四个光环，成为炙手可热的红人。乔冠华和前妻龚澎之子乔宗淮，曾任外交部副部长。

步出洪钧故居，我们向东，一路上还有多个故居，我们均匆匆略过。最后来到胡厢使巷东首25～40号的唐纳故居。一位牵着一条白色大狗的老伯正从院内走来，寒暄几句。老伯告诉我，唐纳故居现只留下一个门头与里面的楼厅花厅等原建筑。故居内并无任何唐纳存物，偌大个院子的住户与唐纳毫无关系。苏州人从来不称呼唐纳故居，或称唐宅，或叫马家墙门里的马家少爷。

唐纳故居没有洪钧故居那样气魄规整。此故居是沿巷的平房，屋檐下的一块木牌上写着：唐纳故居。在两扇关闭的小红门旁的墙上还有一块木牌用简短的中英文介绍：

唐纳（1914—1988），近代电影评论家，署名记者。故居为三路五进建筑，院存花厅、楼厅等。

现今的故居是2003年10月由苏州市文管办正式挂牌的。老宅中路主轴线前有石库门墙，依次为门厅、轿厅、大厅、楼厅、后花园。中路两侧为备弄。备弄以外为东、西二路，以及东西花厅、画室、书房、琴馆及下房等，基本保留了明清老宅的格局。我们目睹现今颇为凌乱嘈杂的大院，感觉与过去大相径庭。

唐纳，其实并不姓唐，大名骥（季）良，1914年出生在胡厢使巷的"马家墙门"内。这位20世纪早期的苏州才子，因20世纪30年代在上海报界撰写影剧评论而蜚声文坛。今天我们知道更多的,是他与当年中国政坛上生杀予夺的"红都女皇"的一段生死恋情。可能唐纳自己也没有想到,那个叫蓝苹的山东女子,会如此强烈地影响他的一生,遮盖了他一生其他有光彩的部分,以至于后来他只能去国离乡,客死异域。

据了解,20世纪七八十年代,胡厢使巷曾经两次迎来游子的脚步。只不过,当年那个俊俏小生而今已经满头银发。第一次是1979年9月,有两位"中央来的人陪同,唐纳怀着深情,默默走遍了全宅",还特地访问了住在走马楼下的启蒙老师王芍麟的家,久久不想离去。6年之后的1985年暑热刚褪,唐纳又携夫人和女儿再次回乡。"每到一处,都要向妻女详细介绍许多往事,时而笑语洋溢,时而唏嘘感慨。"而这一次是他对苏州故乡的最后一瞥,1988年8月23日唐纳在巴黎逝世,终年74岁。

胡厢使巷马家大院如今之所以能够绝处逢生,挂上苏州历史建筑及名人故居的铭牌,如果不是因为那段历史,唐纳老宅可能早已淹没在历史的尘埃之中。

浏览了多处名人故居,唯独这两处给人的心灵冲撞是强烈的。虽然这些故事耳熟能详,老掉牙了,但今天一睹故居给人感觉却又大不一样。人生命运变幻无常,一荣俱荣,一损俱损,是时代的真实写照。

假如赛金花没有在花船上偶遇洪钧,她的人生不会像娇丽的昙花一样,如此鲜活体面地以公使夫人之名游走多国,仅绽放短暂的5年美好时光又戛然而止。洪、唐近在咫尺间的两家时隔半个世纪相继走入历史节点,颇具戏剧性……这都归之于时代的巧合,是老天的安排!

人生无常。赛金花没想过二十岁豆蔻之年,会从高处的公使夫人跌落到从前的柳巷烟花。蓝苹也未曾想到自己会在秦城监狱里告别人生。

傍晚时分,在新建的苏州火车站候车大厅登上了高速列车。风驰电掣的高铁呼啸间就将苏州远远甩在身后,而那几个无声的院落房舍与几个空灵飘忽的灵魂,还在叙述着那些精彩纷呈的昨日故事。车窗外的暮色苍穹似有流星划过,瞬间又安然无恙。

真正的历史无须戏说,直击人心,令人唏嘘慨叹!

当年那些呼之欲出的历史人物已远去，水光潋滟的金鸡湖畔倒映着名厦"秋裤"的影子，平江路历史文化街区那些历史人物的灵魂在飘逝……

历史发展无可阻挡，新旧更替，周而复始。每个时代都有每个时代的印记和理念！天青青，水蓝蓝，在这扑朔迷离的尘世中，"天地者，万物之逆旅也；光阴者，百代之过客也！"

2022 年 4 月再稿于悉尼

电大四十年祭

每个人的青春都值得追忆，不管它黯淡晦涩或光彩夺目，不一样的青春，才会有不一样的人生。不同的青春都有同样的价值。青春更像一条湍急的溪流，无羁无畏、百折不回奔腾向前。

在澳洲恼人的秋风里，我忽又想起了今年是我入读电大的四十周年纪念。思绪飞越万水千山，遥想当年，鲜衣怒马，恰同学少年，风华正茂。那些曾经拨动过我们心弦紧张而又欢快的求学旋律，虽不经典还略带市井烟火气，但纯真而又质朴，如那时都市寻常巷陌里吹拂的风，总带着城市特有的气息，令人难忘……

四十年倏地过去了，我依旧记得四十年前那些校园学习碎片，多位老师与同学的声音容貌依然十分清晰。在夕阳桑榆的晚年岁月里，每每

上海电视大学长宁业大辅导站1982级中文三班学员毕业留影

回忆起那段平凡而又充实的学习时光，总能带给我生活中的动力。虽然在电大仅学到一些通常的文史知识，但这授人以渔潜移默化的学习方式，受用一生。以至于不管时世动荡、雨打风吹，远去的求学经历犹如一根定海神针般为我如今的学习生活充电加油，在风吹船帆的人生学海中微微荡漾。

记得20世纪80年代初有幸被上海电视大学中文专业录取，求学的地点是在电大长宁区分校辅导站。学校在定西路1300号，那时的定西路是中山公园门前一条比较荒僻的小马路，学校周边有些小工厂，朝南较大的工厂要算中华刀剪厂了。学校门口时常堆放着一些工厂的物件，像一个杂乱无章的露天马路小仓库，雨天流淌着污水。那时的定西路还未拓宽打通，商业化街道还遁无踪影。

金秋之际开学那天，各路求学之士纷纷来校报到，往日不见笑颜的学校，这天披上了喜庆的盛装，校门上方的栅栏上插上了多面彩旗，以示欢迎新生。

我被安排在中文1982级三班，班主任是位年近四十的中年女士，略带矜持的面容偶露腼腆，这腼腆主要来自年龄大过她的学生。她随手在黑板上写上自己的名字：何梅莉，并说兼我们"现代汉语"课程老师。一次无课我去学校复习，在教学楼幽暗的走廊中，冷不防被前面一位"泉水叮咚、泉水叮咚"颇有于淑珍甜嗓女中音的韵味惊艳到，喝彩后，蓦然回首的竟是何老师。见是我，她一阵爽朗地大笑起来。瞬间回荡在走廊里的歌声与笑声，无不表露何老师内心爽快的一面。后来在学校操场拍摄毕业团体照时，何老师烫了波浪式的发型，又换了一副浅红色玳瑁时尚眼镜，略加修饰后，更显中年知识女性那种成熟稳重与妩媚俏丽的气质。再后来获知何老师去了美国。

开学时，我在教室前一二排靠窗落座，我十分关注我们这班五十多位学子。同学中不乏油腻大叔与半老徐娘，上学的书包也各有特色，有背军用挎包的，有拎时尚坤包与拷克箱的，也有腋下夹几本书与不带任何书本的。比我年轻的不多，那时我二十多岁。但比我大且年龄跨度十多岁的大有人在，再年轻的也不会来电大镀这层金了。我望着济济一堂，将要与我共度三年艰苦卓绝学习的男女同学，当时心里真有点风萧萧兮易水寒的感觉，唏嘘中有种莫名的失落，与早年观电影《青春万岁》心存勃发昂扬时，判若两人。

这哪是莘莘学子的大学课堂？一到下课，有人打开保暖杯喝茶，有人抽烟，女士还有钩毛线的，还有人拿出车马炮下起了象棋，宛如一幅社会闲杂大龄人士文化扫盲班的图景。一阵刺骨的凉水直把我从头到脚浇个遍。说真的，那时真有点想打退堂鼓。转而一想，退很容易，前进就须努力。几周后才慢慢想好要朝前走。这期间有一次去上海电视台拜访同事的胞姐，新闻主播花旦之一的宫晓金，才知她与我同在长宁电大学习，在我隔壁班。还有我住在华政时，邻居小李子是区委领导的千金，也在我们电大辅导站工作并跟班学习。类似不同年龄段、不同社会岗位的电大学生事例不少，似乎他们都在鼓励我。而最主要的是当时上级市侨联领导，得知我入读电大，全力支持我半脱产学习。审时度势，我认识到没有完美的学校，只有不用心的学生，这促使我静下心来思考，打磨掉那些轻漫学习的棱角，端正学习态度。在当下要把电大当作淬火锤打的文化工场；当成老骥伏枥、志在千里的马厩。远方有没有诗与鲜花，得由我们努力前行、探索。只要耐得住这番时间的锤炼，或许会有锋利的刀刃与微弱的光亮。以往学生都是完成学业后走向社会的，而我们电大学生反之。都已在社会工作了，已当父母的不在少数，还有大量返城知青。同学来自社会各界，既有司机，也有工人；既有厂长，也有区文化局的干部。那时鄙人曾预言，如此教育模式在十多年后会逐渐消失，成为远去的风景。因为我们都是被时代耽误的一代，逐渐吸收回炉，直至社会平衡。随着网络发展远程教育更适合僻远地区。

那时我们被称为"五大生"之一，即分别简称电大、职大、业大、函大和夜大的学生。电大是国家大规模远程教育新模式，重视度和投入尤高。上海电大的校长杨恺，是当时上海市副市长。当我三年电大毕业后，拿着红色的盖着杨恺名章的毕业证书，与家人的另两本毕业证书放一起做比较，胞姐的 20 世纪 60 年代中期的复旦大学毕业证上盖着陈望道的名章，小舅 20 世纪 80 年代初期财大毕业证上盖着他父亲的名章，如此个例，颇为罕见。他们的证书都有特色，含金量和颜值都超高，而我那证书如按金银铜铁锡仅排末位，唯有大都市副市长的名章，略有一丝光亮。面对他们的揶揄打诨,我总以"英雄不问出处"挡了过去。

记得上课没几周,教我们"现当代文学"课的肖老师就课上布置作业,要我们各自用文字白描一位颇具特色的同学。当时记得从我眼中看到,男女同学间最具形象特征的要数马天贶与钟爱武了,前者名寓古意,天贶意天赐,虽手臂短小有疾,学习是相当认真的。另一位爱武,一看名出特殊年代,不爱红装爱武装。两人都不年轻,身材不高,都是我的学长,是我学习的榜样。我择后者进行文字白描,记得寥寥数行间,有"行走时手提一小包,上身几乎纹丝不动,目不斜视,紧盯前方,任何动静都不影响她自信向前。看似木讷,沉默寡言,或许胸涌波涛……"不日后,肖老师在我这篇数百字的人物白描作业上批注"良+",给了我较大的学习动力。他还在批注下郑重其事地签下他飘逸潦草的大名:萧偉誠。那时正逢新一轮文字改革简化后没几年,对文字"萧"为"肖",我曾有过一番初涉,但我还是不甚理解,"萧偉誠"变成"肖伟诚",粗看还以为是两个人。那时有部小说《金光大道》的主角是萧长春,也变为了肖长春。那时看《三国演义》,趙子龍变成了赵子龙,这里的"龍"变"龙"能理解,"趙"上的"肖"变为"乂",就难以理解了,又没有规律可寻。如将姓"肖"的再简化成"乂",那肖老师就变成了"乂老师"了。而每当老师签上"萧偉誠"时我总感颇有学问,颇有仪式感,反之一将姓名简化就不同了。这种何来的评判标准?随学习的不断深入,自然碎成一地。

在电大我较喜欢上黄老师的历史课。他是著名中国画家朱屺瞻之婿,瘦瘦的,总穿一件深蓝色的卡中山装,从体形上看,衣服略显肥大。他上课从来不带任何讲义,偶尔仅带两三张纸片放在口袋里备用。他烟瘾过大,香烟从不离身,一到下课,还未等他掏袋取烟,早有学生递烟给他。于是三五学生簇拥着他,顿时吞云吐雾一片刺眼的朦胧。他讲的课总能吸引学生,常让我有耳目一新之感。他对我们历史课本里的内容滚瓜烂熟,名词解释的五个 W 更像台复读机,只要你按下键,复读机立显答案。黄老师上课口若悬河,古今中外,时空交错,那些动听的历史故事,常把我们带入浩瀚的历史长河。在他的启示下,我也逐渐对近代史产生了兴趣,并翻看一些民间历史书籍。这些民间传播的历史似乎信息量更大，故事人物个性更强。

如：1896年，莫斯科大教堂，沙皇加冕，轮奏各国国歌。大清没有国歌，面布阴翳的李鸿章尴尬起身，清了清嗓子，五音不全但又中气十足，清唱了首家乡庐剧。要知道庐剧离开了安徽几乎没人能听懂。那年他已74岁，说明他内心还是很强大的，至少无惧西方列强。辞别俄国后，他出使欧美，坠入一场由巨轮、火车、摩天大楼组成的幻梦。

还如：19世纪中叶钦差大人杨芳到达广州后，目睹英舰横行无阻炮火猛烈，大炮总能击中我方，但我方却不能击中对方，认为其中必有邪术，"必有邪教善术者伏其内"。于是他想出了一条"妙计"。他将妇女使用过的马桶平放在一排排木筏上，命令一位副将在木筏上掌控，以马桶口面对敌舰冲去，以破英国人的邪术。此事在《粤东纪事》《夷氛闻记》上都有记载。更有甚者，直接泼粪于广州街头，以抗敌寇。

还有：已开化的李鸿章曾上奏折，称东西方相遇乃"三千年未遇之大变局"。那时的东方与西方，还隔着苍茫的怒海。咆哮的海波下，是科技的鸿沟和文化的对垒。李鸿章兴办了江南制造局，中国最初规模的兵工厂在沪上诞生（多年前，本人有幸在城隍庙附近的校场路一带寻访过此遗址），以抗衡西方。"欲独霸世界，先逐鹿中国。"西方列强纷纷闯入中国，输入鸦片、宗教、西医，兴办学堂等。

此时的李中堂忙中偷闲，也不忘用十万火急的军饷图点私利，为小妾丁香建造私家花园，以博其一乐。20世纪80年代中期，本人曾一度在沪上华山路丁香花园对面（现总统公寓址）工作，因午餐搭伙在丁香花园，故往来该园即成常事，对园内景致了如指掌。这座始建于1862年的上海第一座中西合璧的花园别墅，园内有堵青龙骑墙绵延数十米，龙首回眸凝望园中丁香主楼。这一景观称之青龙戏珠，从中揭示了这位冷血彪悍的淮军统领风月柔情的一面。这条青龙李中堂特为自己而设。该园景点没有毁于"文革"的一个重要原因是，当时这里是"文革"市委写作组驻地，才幸免于难……诸如这些历史沿革的小故事大多会入我的视线。

读史使人明鉴，也使我逐渐认识到中国的近代史，原如一件风光艳丽刮目相看的长袍，实则却是中看不中用。由于封建落后与工业化进程几乎空白，这块遮羞布终被西方列强识破挑落，技不如人，导致风光长袍被列强撕成了褴褛衣衫，多起不平等的割地与赔款，将大清变成了任人宰割的羔羊，推向了灭顶之灾的深渊。有人疾呼：落后就要挨打！

新中国成立后，西方的科技发展还是远超于当时一穷二白的中国。美国学者费正清曾感叹：从1950年到1971年，华盛顿送上月球的人比派往中国的人还多，在如此情形下，也迫使中国奋起直追。

那时我也喜欢上"现当代文学"课，不仅以前与在校期间略读了萧红、丁玲、巴金及张爱玲等人的作品，尤爱特定时期的徐迟的报告文学与伤痕文学等类作品，也聆听过老师着重讲解朱自清、徐志摩等人的作品。

记得那年金秋正从北京返沪，聆听了老师讲解郁达夫的《故都的秋》，总有身临其境之感。结合自己游故都的观感，一篇较有内涵的读后感写来颇具情趣。

多年后在澳洲，与偶居于此的郁达夫之女艺术大家郁风相识，赏读了不少她的画作与诗文。又乃一大幸事。

其间也涉猎少量外国文学，从中也让我有幸接触到惠特曼《草叶集》闪闪的露珠、普希金浪漫而忧郁的影子，车尔尼雪夫斯基、托尔斯泰广阔流畅清丽的美韵，法国文学的代表巴尔扎克的《高老头》、雨果的《悲惨世界》及司汤达的《红与黑》，还有美国著名作家海明威的《老人与海》等等。这些作品虽是泛泛而读，但多少给过我无穷的文学享受。这一座座世界文学史的丰碑，将人类文明进步推向新的高度，都是叹为观止的文学瑰宝！

这期间，本人也曾带领工厂员工积极投身当时的"振兴中华"读书活动中，在历时一年半载的读书活动中，不仅逼着自己读了多本书，还带头撰写读后感。1984年，本厂读书活动小组获得了市"振兴中华"读书活动优秀团体，本人出席文化广场万人读书活动表彰大会并领奖，还有幸赴杭州屏凤山参加市总工会组织的疗养。

那时教我们"古代汉语"戴眼镜瘦高个子的老师叫张肇基，是我原街道同事张肇丰的胞兄。在他的课上，我也聆听了多篇中国古代名篇佳作。唐诗宋词是中国古典文学又一取之不尽、用之不竭的文化宝库，我们仅是在这浩瀚璀璨的文学长河里学了点毛皮，博大精深的中国古典文

学永远是我们心中不朽的瑰宝,永远吸引着我们去探寻挖掘。多少回在异国他乡的春风里读着苏东坡的词:

望江南·超然台作
北宋 苏轼

春未老,风细柳斜斜。试上超然台上看,半壕春水一城花。烟雨暗千家。　　寒食后,酒醒却咨嗟。休对故人思故国,且将新火试新茶。诗酒趁年华。

通过电大学习粗涉了中国古代与近代文学,一般我们将 1840 年作为分界线,前为古代,后为近代。中国历史上最为辉煌的文化时代一定是唐宋时期,唐朝的三百多年,与其后的宋朝的二百多年,文化发展可谓前无古人,举世无匹。如以近代至今约二百年的文化与唐宋相比较,可谓差之千里。

唐宋时期的李杜白、三苏等,不仅是当时杰出的文化代表,还都有过从庙堂到江湖的生活历练,他们将浪漫与现实较好地结合,锤炼出经典不朽的佳作流芳后世。仅列举诗仙李白与词圣苏轼描写庐山,就让我们叹为观止。前者"飞流直下三千尺,疑是银河落九天",后者"横看成岭侧成峰,远近高低各不同",均为大气呵成,登峰造极,似乎不留余地,没有让后人超越此佳作的可能性。我们常说"万山磅礴看主峰",唐宋文化万山磅礴,李、苏等就是主峰。

初涉唐宋文化后,本人觉得苏轼离我们更近。"天下西湖何其多?"为追寻苏东坡的文化足迹,本人在多年中艰苦跋涉到过临安(杭州)、有"半城山色半城湖"之称的广东惠州及安徽颍州,与苏轼人生中亲自设计挖掘最著名的三大西湖亲密邂逅,见识了除杭州西湖外,另外两处西湖的绝色美景。早年还去过儋州(海南)。东坡先生的人格魅力与多舛的人生遭际,无不时时感染与激励着我,不管是高高在上的庙堂还是被贬流落旷野边陲,他始终怀着"人生到处知何似,应似飞鸿踏雪泥"的伟大胸襟,终成楷模。

中国古代文化博大精深,无论天涯海角,相信只要有华人的地方,中国文化独领风骚！我很赞成这句话："我在哪里，中华文化就在哪里。"

电大三年行将毕业时，学校规定每位学生均要完成一篇毕业论文。出于对中国古代文化的偏爱，更是出于对璨如星河这一文化的顶礼膜拜，尤感取这浩瀚文化长河中之一瓢，足以让我痛饮三载。在此前提下，我捉笔铺纸从小处点滴入手，写了毕业论文《试谈中国先秦寓言的幽默特色》。学校为我指定了华师大著名青年讲师侯中信先生为我毕业论文的指导老师。几次与侯先生的通信，不仅加深了师生关系，更让我从侯先生处学到了不少古代文学从面到点、从表层到肌里分析文化成因的严谨的治学态度。他也不断鼓励我用现代人的视角分析这些活色生香、充满生命力的古代小故事，体现了老师循循善诱的教学方式，肃立一侧的我受益匪浅。在我几易其稿的努力下，毕业论文有了较大进步。中国寓言的无穷魅力与独树一帜的鲜明特色，我们从《刻舟求剑》《拔苗助长》《愚公移山》等中就可以看到，不管是在古代还是在今天，它们均有着不可替代的深远的现实意义。我们从这些闪耀着智慧的光芒中，看到了几千年前劳苦大众不朽的睿智与文化内涵。

在电大学习的三年时间里，每次期中或期末考试均是剑拔弩张般严阵以待，一次大考下来，像剥了层皮般艰难而折磨人。在"学海无涯苦作舟"的锤炼下，一场场呼啸而至的期中期末考试硬闯了过去，一次次地化险为夷，终于跑向终点。

电大三年，不仅学到了文化知识，更难忘的还有同学情。千禧年，我回国游览著名五岳之一的黄山，与朋友在返至黄山脚下一个镇上小饭馆里，无意中碰到了电大同班秦同学。虽时隔近二十载，但我们两人见面都认出了对方，互道问候后，他告诉我他在《城市导报》当记者，我告诉他，我远赴南半球澳洲谋生。一个荒野小镇的小饭馆因电大、因千年名山又共续了一段他乡遇故知的同学情。

还有三年后曾是电大的同桌与邻桌的同学各奔东西，均有长足的发展。以我们当时比较亲近的几位同学为例，书写他们走出电大后通过自身的不断努力，人生轨迹发生了巨大的变化很有必要。

"由这复旦工人到那复旦硕导的藏墨大家。"王毅同学，1982年9月在电大长宁辅导站中文专业学习，时在上海仪表局下属复旦电容器厂当工人，1986年通过社会招考，进入中国大百科全书出版社上海分社资料室，先后从事资料员、中国百科年鉴编辑等。1996年，调入上海图书馆，担任办公室秘书等。2005年，调入上海市历史博物馆，从事文物征集与鉴定工作直至退休，职称为研究员。他同时兼任上海市文物鉴定委员会委员、文物出入进上海站鉴定专家、上海市新学科学会秘书长、复旦大学古籍保护研究院硕士研究生导师、《中国文房四宝》杂志编委、多家国家博物馆和纪念馆的专家顾问等职。熠熠生辉的文化履历步步露峥嵘。

王毅同学从1982年与电大学习并驾齐驱开始收藏徽墨，在全国多地举办展览，并在多家大中学校开展讲座，出版《中国徽墨》《中国墨文化大观》《中国墨文化问学》等。从2001年起，他先后向北京故宫博物院、中央档案馆、中国国家博物馆、中国国家美术馆、中国国家图书馆、国家抗战纪念馆、上海博物馆、中华艺术馆、上海档案馆、上海图书馆等全国二百多家文博机构捐赠文物文献一千多件。中央电视台、香港凤凰卫视、上海电视台、《解放日报》和《新民晚报》，以及全国多家知名网站均予报道。

王毅同学始因外婆留下的五段徽墨，走上了不可复制的艰辛的藏墨之路，他的收藏轨迹无不彰显个人饱满的文化情怀，将数以千计的珍贵藏品倾囊捐给社会与人共享，走出了一条文博属于大众的无私奉献之路。如今站在藏墨半壁江山的巅峰、文化殿堂复旦大学的硕导讲台上，回首往事，他感慨万千！

他在日本地产界扛起了"齐天大圣"的旗帜。齐衡俊同学曾是我电大同桌，以前求学期间仅知道他是衬衫厂副厂长、生产能手，曾经创造过缝制一件衬衫仅需短短六分钟的夺标纪录。当时的传奇故事听得我瞠目结舌，直夸他优秀。一件件司麦脱、海螺牌高档男装衬衫就这样眼花缭乱变戏法般出自他手……

电大毕业后，他成了我们中间最早的一个弄潮儿，在时代的裹挟下东渡扶桑。去日本后，大学四年经济、金融专业毕业后，入证券公司工作了近十年，位至公司副部长。后辞职艰苦创业，开创了金融服务公司，后又参加日本国家资格考试，拿下房地产专业三个国家资格证书，创建了三和集团公司，至今有二十多年了。现在日本东京黄金地、一等地握有十几栋商业楼及公寓楼，总资产超过几亿美元。公司发展迅猛，声名远播。在七八年前上海复兴集团找到齐老板，想投资他的公司，并提出收购49%股份，条件是六年后在日本创业版上市，齐找了一些上市公司的老总朋友，寻求意见，结果都认为没必要，除非认为齐兄有新项目建设（曾经想在北京建设高级养老院、在上海建立日本保健品销售公司），这些新项目在日本国内银行很难融资，所以想搞必须吸引外资，后因家人都反对，认为这么一搞就永远见不到齐董事长人了。齐老板听从大家的建议，仅担任董事会会长之职，社长和总经理交由齐胞弟担任，社会媒体专访都由齐胞弟出面了。

短短一二十载春秋，齐同学的发展令人瞩目，在异国他乡成了地产界翘楚，让人难以望其项背。一则杠杠的生动的励志故事竟诞生在电大同桌身上，荣光与自豪像天上的彩虹，无比耀眼。愿"齐天大圣"的旗帜在日本上空久久飘扬！

"他是为民执剑的检察官。"田万明同学是我们几位学友中首创纪录进入政府部门的检察官员。他给人才思敏捷、能言善辩之印象。他穿上一身颇具威严的检察官戎装，出现在我们面前时是1984年中。那时上海司法系统公开向社会招考工作人员。凭首届电大中文专业学生（1982年—1985年毕业）在读的优势、市半导体器件工业公司二十厂教育科专职教师的身份，先是被市公安局录取为第二警校教师，但他考虑家离杨家桥学校太远，放弃报到。市公安局不愿放弃他，组织处孔警官动员他去离家最近的静安分局报到，他还是考虑不当教师就放弃了。接着他参加了市检察院的干部招聘考试，以60：1的悬殊比例被静安区人民检察院录用，于1985年1月5日报到，在检察官岗位上干到退休。

由于考进去时田万明是中文专业的背景，从检期间又完成了法律本科专业和经济管理专业的两个本科学习并获得文凭。从检后先被分配至办公室任检察长秘书，参加了市政府办公厅的培训。3年后向领导请缨到一线锻炼，理由是有真实经历和真情实感才能写好每年的两会报告、调研报告、案例分析等等。领导同意后把他安排至经济检察部门工作，一干就是15年，承办了100多件经济案件的侦查，足迹遍布大半个中国，特别是沿海发达地区。之后领导考虑到他口才不错，将他调入起诉科

（现为公诉科）当公诉人，直至退休。他代表国家向法院起诉了200多件案件，230余名犯罪嫌疑人最终都被定罪，体现了法律的威慑力。

从检三十年，田同学深有感触地说："时常为自己是一名检察官而自豪，但也深感第一线干警的艰辛。检察官执法律之剑，为社会的安宁惩恶扬善，举起正义的猎猎旗帜，历经风雨不畏艰险，行法律监督之职能，为人民主持正义。我只能说，当初选这个职业是选对了。"为田同学叫好！

"他是折翅而返的非洲雄鹰。"如果说我们几位学友中稍有不顺的要数周志达。在电大还未毕业就听周说要去非洲实现人生的宏伟理想。那时的非洲在我们看来除了遥远还是遥远，除了落后还是落后。想不到他还是执意要去，原来他是69届初中生，毕业后没去上山下乡，之后在里弄生产组工作。1984年，全市司法系统公开向社会招聘，他以首届电大大专生的身份被市安全局免试录取（只要面试通过），但因里弄生产组厂长借口他是唯一的大学生而不放人，他几经交涉无果，遂一怒之下辞职去了非洲。

电大毕业后，他就开始了去非洲前的准备。听他说曾几赴无锡"中国饭店"（在火车站附近）学厨艺，每天切茭白丝就几箩筐，苦不堪言，累得筋疲力尽，实则也没学到什么厨艺。不久后，他义无反顾背上了他心爱的大提琴与一大堆行李，踌躇满志地踏上了苍茫的非洲大地。我们知道非洲有许多优美的城市，如摩洛哥、阿尔及利亚等。而他去的是扎伊尔、刚果（金），或许美味的中国佳肴、优美的音乐能创造出一个新桃花源？

他在扎伊尔有段时间在中国台湾人的工厂工作，后自己做生意，由国内的亲戚合伙采购日用百货等物品装集装箱运过去贩卖，赚了钱在国内买房并结婚。回来后继续去义乌采购物品向扎伊尔发送集装箱。

记得多年前我们几位应邀在他的安远路新宅欢聚，那时周志达春风满面，健康安然无恙。事隔几年后，当我们再次有幸联络到他时，他执意要请我们几位在他居家附近的小饭馆相聚，席间我们见到坐轮椅来的他大为震惊……

事后他告诉我们，一次在非洲发病（应该是中风）延误了治疗，终造成严重后果，下半身不能自理。至此他只能放弃逐渐走上红火的生意，别离非洲回国。这事一晃多年了，志达兄的健康状况还是时而牵动着我们。据说，他现择上海金山郊区休养生息安度晚年，我们也暂时联系不到他。在此祝他身体状况有所改善，心情愉悦，安享晚年！

居南半球一隅，我常感叹："何处望神州？满眼风光北固楼。千古兴亡多少事？悠悠。不尽长江滚滚流。"

近几年，疫情肆虐，阻隔了我们相聚的步伐。要不然我们会欢聚于上海、欢聚于东京、欢聚于悉尼，在黄浦江畔、在富士山下、在悉尼歌剧院前，来张四十年后再聚首的留影，把酒言欢再续同窗之情……

电大故事虽远，但随风不逝！它是人生学海的启航加油站。那些年错过的大雨、错过的风景或爱情，全都是为了你！那些年的点点滴滴，我没忘记！

一年（生）好景君须记，最是橙黄橘绿时。

2022 年 10 月于澳洲悉尼

三遇《清明上河图》

《清明上河图》是我国历史上最著名的一幅盛世风俗画。该画描绘了北宋京城汴梁（今河南省开封市）及汴河两岸繁华热闹的景象和优美的自然风光。在悠悠的历史长河里，它始终荡漾着欢快而又令人向往的美好愿景。

想不到与这幅传世名画我也有过几次不同寻常的场景体验。

2019年南半球秋末初冬时节，湛蓝的海天一色之畔的古老建筑纽省艺术博物馆，引来了中国台北故宫博物院珍宝展。在这里展出87件举世罕见的艺术珍宝，其中就有一幅高度仿真的名画《清明上河图》。在该展馆地室展厅中，这幅名画静静地在长玻璃柜中展开，像一位历经千年风雨沧桑的蹒跚老人，叙述着昨日的故事……

悉尼新州美术馆呈现了一次题为"天地人"的展览，这次展览是中

《清明上河图》局部

国台北故宫博物院近百件旷世珍宝有史以来首次到澳大利亚展出。这场饕餮珍宝盛宴蕴含着中华文化长久以来推崇的人类和自然在宇宙中和谐共存的"天人合一"的哲学理念。

有幸在海外一睹中华文化众多博大精深的文物瑰宝实属意外。登临历史艺术殿堂，面缘传世华夏珍宝，这一刻尤显珍贵。在静室一隅仔细端详起清代沈源高摹图《清明上河图》，在五米多长的画卷里，描绘了数量庞大栩栩如生的各色人物，牛、骡、驴等牲畜，车、轿、大小船只，房屋、桥梁、城楼等各有特色，体现了宋代建筑的特征。此画以水墨为主，是非常罕见的纸本敷色版本。这是几乎所有来馆观众首次见到的手绘《清明上河图》。在特定的场景屏息凝神观摩名画，惊叹不已！在没有照相技术的古代，此画的诞生堪称奇迹。据悉，中国北宋文艺复兴时期远远领先于世界，体现了中国古代绘画艺术的精湛与才智。为配合这幅长篇巨作，这次展览还特意为它量身定制了一个五米多长的展示柜，横穿整个展厅。

据悉《清明上河图》至少有三十多个版本，因为该画场景恢宏，淋漓尽致地将北宋年间的盛世美景展现出来，所以原创永远会被模仿，不管在过去或现代，模仿者永远存在。哪怕科学再发达，也不会超越原创。今次观展出的是沈源（清朝）的临摹高仿版，算是有缘了。

我多次观类似中国古代书画展积累了一个经验。你不要以为有众多观众簇拥在一幅声名显赫的古代名画前，黑压压的一片，使你失去了等待的耐心。其实不然，大部分观者是凑热闹的，一般都不会坚持多久，因为观看这些密密麻麻的工笔画很费神，没有一定的兴趣爱好难以理解与接受。

五米长的《清明上河图》画卷，我也随慢慢移动的人流匆匆而过。观卷末时，看到画家的落款"臣沈源恭绘"几个小字和一个小图章，算是全卷收尾告终。在此也告诉我们，中国古代不少著名书画均出自官宦之手，这与现代社会有着太大的区别。从另一处看，中国古代书画的发展，也得益于官宦阶层的巨大影响力与推动作用。

这又让我想起另两次与此名画相关的不同场景。

2010年5月适逢上海世博会，再次与《清明上河图》不期而遇。

新建的城市地铁直达世博园，熬过长龙般的入园队伍，吉祥大红的拱斗标志建筑就矗立在眼前。随着人流登上交叉高层自动梯型电梯，转入展厅即被一阵阵欢呼声惊到。在人头攒动中终于见到了数十米长的白墙上，一幅灵动飘逸的《清明上河图》在慢慢游走。

定睛观赏，在疏林薄雾的掩映下，线条勾勒的是几家茅舍、草桥、流水、老树、扁舟。两个脚夫赶着五匹驮炭的毛驴，向京都走来。画面超大，古意盎然，动感十足。一片柳林，枝头刚刚泛出嫩绿，使人感到虽是春寒料峭，却已大地回春。路上有一顶轿子，内坐一位妇人，轿夫有节奏地迈步，轿后跟随着骑马的、挑担的，从京郊踏青归来。

一幅中国传统的线描风俗画与现代科技相结合，光影中的人物、车船，还有微风吹拂的杨柳、水面、茶肆酒楼的旗幡等瞬间都缓缓灵动起来，似施了电动魔法，将千年古画赋予生命活力，配以古曲，美妙无比，霎时惊奇！看呆了现场众多中外观众。人们无不赞叹现今高科技与古代名画的巧妙结合，精彩绝伦的视觉冲击力赢得阵阵喝彩。据悉，该届世博会闭幕后统计，观赏这幅灵动的《清明上河图》观众参观人数为之最。

另一次是多年前受开封（古称汴京）好友邀约，去那里游玩，见到的不是一幅《清明上河图》画，而是再现《清明上河图》的实景，给人留下较深印象。

将一幅名画拷贝成实景，而建造了一座享誉中外的文化主题公园，我还是第一次体验。当坐落在开封风景秀丽的龙庭湖西岸的"清明上河园"展示在我面前时，那种新奇与震撼扑面而来。

坐落在开封风景秀丽的龙庭湖西岸的"清明上河园"是以《清明上河图》为原型，按比例建造而成的大型宋代历史文化主题公园。"清明上河园"气势磅礴，占地600余亩，向人们高度还原了中国宋代都城的建筑格局和市井风情，形成了中原地区规模最大的复原宋代的建筑群。这是《清明上河图》实景，完全区别于以上绘画，而且真实图景中房屋、河流、桥梁、车船、牲畜、茶肆酒楼等，以及各式年龄段的男女，与从业者都着北宋服饰出现在这世上唯一的北宋实景中，是一出活脱脱的《清明上河图》活报剧，踏进该园，就能让你时光倒流，穿越到千年前的北宋，令人叫绝！

早晨进园正逢一场目不暇接的精彩迎宾表演，有杂技顶缸、杂耍、徒手爬竹竿，有单双人武术、马术、流星锤、刀术棍棒等，而最吸睛的是踩着高跷还能腾空前后翻飞，站立如桩，赢得观众阵阵喝彩！这些身着古装的年轻演员技艺精湛，尽显古代中原武术文化之美。

游园惊梦，也颇多出彩之处。"杨志卖刀"便是园中一例。这是《水浒传》中几乎人人耳熟能详的故事。在这里你能见到黑脸大汉杨志，从背胯布袋抽出寒光四射的宝刀时，白光一闪，那削铁如泥的宝刀当场将筷粗的铁丝斩成多段，人人称奇。英雄落难实可叹，堪怜宝刀亦蒙尘。"青面兽"杨志秉先世忠义，怀报效之心，本欲重振杨家声威。奈何报国无门，终致落魄街头。悲怆之中，更显英雄本色。赢得围观者异口同声"中"！

登上虹桥举目两岸，杨柳依依，阳光明媚，梁园内北宋温润的春风吹拂。耳旁时而响起"大河向东流，天上的星星参北斗……"的歌声。

在游人如织的汴京街头漫步，还有许多口口相传的故事如实再现：如施了魔法的贩夫走卒横倒在小树林中，歪七竖八的小车与撒落一地的各式贡品，这是"智取生辰纲"的场景。还有河道上正上演着"劫官府粮船"等这些劫富济贫、替天行道的实景活报剧……

感叹由一幅名画还原出一段现实的北宋风情。千年前，张择端把它从现实搬到了画卷上；千年后，汴京后人又把它从画卷上搬到了现实，令人有"一朝步入画卷，一日梦回千年"的穿越之感。

三遇《清明上河图》，各有各的惊艳与精彩。

一幅鸿篇巨制名画，享誉世界千年，可以跃然于纸上，在后人独具匠心的传承与创新中得到了发展，尤在当今高科技的演绎与诠释下，太平盛世的壮丽图景得以在现实生活中绵延流长！这无一不是一个伟大的创举！

据悉《清明上河图》的原作现藏于北京故宫博物院，一幅历史名画在后世传承中如此受人追捧，是罕见的。正是出于世人对美好生活的向往与追求，也体现出这幅名画的现实意义。

看来还得与这幅真迹画作有一次相遇才算有圆满结局，期盼着北京故宫博物院再见。

2019 年 5 月于悉尼听雨楼

成都忆旧

和我在成都的街头走一走
直到所有的灯都熄灭了也不停留
你会挽着我的衣袖　我会把手揣进裤兜
走到玉林路的尽头　坐在小酒馆的门口
……

成都，四川省省会，简称蓉，自古享有"天府之国"的美誉，中国历史文化名城，古蜀文明发源地，是我国十大古都之一。

2006年间，我作为澳洲一家国际教育机构的代表去成都了解当地的出国留学情况，并有意向洽谈收购一家有留学资质的许可牌照。故有此

书法扇面

机会在成都断断续续逗留达三四个月，在这段日子里对成都从初识到逐渐了解、加深印象到最后难以忘怀。

离开上海浦东机场时，在机场附近大楼顶端有一排川航的广告大字："成都，一座你来了就不想离开的城市！"当时坐在出租车里仅是"呵呵"一笑了之，那广告词瞬间向后渐渐远去。

飞机往西南方向飞了三四个小时，才降落在成都双流机场。坐上出租车，跟司机说去"西藏饭店"，就一路兴致盎然地浏览起西南都市华灯初上的街景，第一印象的成都还是非常不错的。

西藏饭店地处成都火车西站附近，据当地人说西站附近治安状况不佳。当时选中西藏饭店落脚，一是它与交往的业务机构所在地较近，二是西藏饭店当时是准五星（后为五星），吃住不会太差。

来到气势恢宏的西藏饭店大堂，特有西藏异域风情，首先被浓郁的藏地特有的"焚香"味提神醒脑为之一爽。大堂装饰以藏地红蓝白为主色调，一边还有洁白的哈达迎接远道的来客，时而有穿着露一肩膀藏族服饰的青年男女饭店管理人员在大堂穿梭忙碌着。

我拿着房间门卡，拉着行李登楼而上，电梯门廊处，也有一大搁几上一长弧形的木盒中依然是缕缕香烟袅袅升腾，沁人心脾。过道中富有特色的藏式花纹地毯十分柔软厚实，豪华单人商务房布置得相当不错，干净利落。行装甫卸坐在单人沙发上，环顾四周，奢华中不失藏地风情的粗犷与精致，点缀的小摆设，会引你注目，匠心独具中勾画出一个静谧舒适的休闲空间。

一连几日，白天奔波于多个当地教育机构，晚上陪着或受邀出席的各式饭局，体味川菜的悠长美味，由此始从微辣吃到重辣与麻辣兼之而毫不畏惧，也对天府人的好客热情充满好感。

一家洽谈中的业务单位，知道我初来成都还特地派了一位当地职员陪我游玩了成都著名景点武侯祠与锦里。

闻名遐迩的武侯祠是民众对蜀汉丞相诸葛亮"鞠躬尽瘁，死而后已"精神的肯定和赞誉的载体，也是三国遗迹源头，由汉昭烈庙、武侯祠、惠陵、三义庙四部分组成，属于成都武侯祠博物馆的文化遗产保护区。武侯祠古朴典雅，令人流连忘返。了解了更多的是一代智者诸葛亮的过人才智。抚摸战事中诸葛亮创制的能在崎岖山路上驮着辎重与粮草前行的木牛流马，至今没人能解析出其奥秘。领略了他的"明修栈道，暗度陈仓"等战略思想，瞬间纷纭突起的三国之争的激烈场面犹在眼前；仿佛听到了周瑜的那声仰天长叹："既生亮，何生瑜"；看到了与诸葛亮智斗数十载的司马懿正策马徘徊在空城之外，一脸狐疑；又一幕刘备三顾茅庐矢志不渝，叩请孔明出山的情景……

　　本人曾游览过湖北襄阳的隆中，觉得武侯祠对孔明一生的记载更精彩全面。一部《三国演义》的核心点睛人物，没了诸葛亮，何谓成书？中国有句谚语："三个臭皮匠，胜过诸葛亮。"实则缪也，三百个、三万个臭皮匠恐怕也不及孔明一人，因为诸葛亮属于那种世界几百年才出一个的全能智者。诸葛亮一生转战大半个华夏，影响力遍布中外。蜀道之难，战事不易，最后逝于陕西定军山，竟毕生之力壮志未酬。怀着无比崇敬的心情围着武侯祠中偌大一个诸葛亮衣冠冢绕了一圈，寄托对智者的无限缅怀。

　　锦里是成都武侯祠隔邻一大古街景区，占地三万余平方米，街道全长550米，以明末清初川西民居做外衣，三国文化与成都民俗做内涵。传说中锦里曾是西蜀历史上最古老、最具有商业气息的街道之一，早在秦汉、三国时期便闻名全国。

　　在锦里附近有不少藏人开设的各式藏文化特色小店，吸引了不少游人。这些小店的藏族物品琳琅满目，大到大幅挂毯地毯、整张纯牛羊毛皮、整副牦牛头部骨架、牛角羊角等，小到藏人的小刀、锡壶银器与绘制精巧的唐卡、打造精致的五光十色的宝石饰品等，均被游人关注。逛这样的小店总能让人兴致盎然。这一带的藏文化小店也成了蓉城的一道风景线，外地游客来此不逛这些小店，算是一大遗憾。

　　由于洽谈工作顺利展开，得以完成预想目标。再次赴蓉为筹建留学分部开展工作。分部寻址在天府广场边的新建现代化的"城市之心"内，在20层玻璃幕墙的办公室里俯瞰天府广场盛开的鲜花组成的太极图案，别有一番情趣。

　　如果说杜牧是扬州的代言人，白居易和苏东坡是杭州的代言人，那么杜甫毫无疑问就是成都的代言人。在繁忙的工作周末去了"万里桥西宅，百花潭北庄"的杜甫草堂及三星堆遗址，还去了春熙路、宽窄巷、水井坊、青羊古玩市场等地，一睹它们的繁华与喧嚣，进一步了解了蜀地积淀的厚实历史文化。那时在天府广场附近有班车直发都江堰等地，票价十元，约一小时就能到达世界文化遗产、著名的李冰父子建造的都江堰。还去了驰名中外的道教圣地青城山与全球独一无二的熊猫繁殖基地，这些美丽的景点令多少中外游客叹为观止！

逢国定假日期间，还从成都坐飞机去了西南高原约3200米海拔的黄龙。在附近少数民族的古镇小街中体味远古时期的文化，想不到在这边陲之地，还能见到八十年前国民党胡宗南部队在此驻军作战的历史遗迹。

从黄龙坐大巴五六个小时去了九寨沟，住在沟外的酒店。秋色渐浓的九寨沟犹如人间仙境般展现在你眼前，使你瞠目结舌，五色海、万渊飞瀑流泉相映成趣，如梦如幻，至今见到的世上景点都无法与之媲美！

要说成都的美食佳肴，不胜枚举。曾亲临麻婆豆腐的百年老店尝味，那种咸辣味不如改良后的此菜美味，辣可以接受，但那种重度咸味难以入口。还有麻辣鲜香的兔头、灯影牛肉，满大街的各式蹄花，干烧豆瓣鱼、樟茶鸭、辣子鸡、沸腾鱼、麻辣虾与各式价廉味美辣翻天的麻辣火锅、抄手、三炮台、担担面等，说来就会头皮发麻，垂涎欲滴。据悉，全国食用兔的一大半在四川，兔肉、兔头成为成都最为出名的美食。

还有蓉城一大特色的"摆龙门阵"，也极尽享受。那天在水边凉亭摆龙门阵，一老者用自行车推来两大筐新鲜大核桃叫卖，买了一大捧，老者一一给敲开，第一次尝到新鲜湿糯的核桃肉。

物华天宝，人杰地灵。列数成都的种种生活方式随性洒脱，丰俭由人。在蓉城生活总能给你带来一些舒适感，这种如鱼得水的悠闲生活有时麻辣鲜香，有时甘甜如饴，细细品味都能嚼之入味！

分别总是在九月／回忆是思念的愁／深秋嫩绿的垂柳／亲吻着我额头在那座阴雨的小城里／我从未忘记你　成都／带不走的／只有你……

2017年9月于悉尼观云楼

一场擦肩而过的美国 NBA 在华告别赛

美国职业篮球联赛（National Basketball Association），简称美职篮（NBA），是由北美 30 支职业球队组成的职业篮球联盟，是美国四大职业体育联盟之一。

1946 年 6 月 6 日，波士顿花园的老板沃尔特·布朗（Walter Brown）召集美国 11 家冰球馆与体育馆的老板去纽约聚会。在聚会中，沃尔特·布朗提出了冰球馆的基础设施非常适合进行篮球运动，不希望在没有相关比赛的时候闲置自己的场馆。出于这个目的，美国篮球协会成立了，即 NBA 的前身 BAA（Basketball Association of America）。该协会于 1949 年兼并了美国国家篮球联盟，即 NBL（National Basketball League），改组成立美国国家篮球协会，即 NBA（National Basketball Association）。

现今已成为世界篮球的最高殿堂，美国职业篮球联赛。

2019 年 10 月上旬，受亲友邀约，随他们共赴深圳边陲惠东沿海游玩了三五天，住在南国风光秀丽的深圳湾海边五星级酒店，每天面朝大海，筵开两三桌，鱼蟹果腹，美酒聊天，不亦乐乎。共襄事业有成企业家促成这次大江南北呼朋唤友的难忘相聚。

从惠东返回深圳时，偶遇

2019 年 10 月 12 日傍晚，作者在深圳龙岗大运场馆外，身披美国 NBA 湖人队三次总冠军得主布朗·詹姆斯战袍等待大赛开演

美国 NBA 精彩赛事。

10月的南国都市深圳，气候宜人，百花争艳，尤其是路边花圃里那一簇簇亭亭玉立的白色马蹄莲，人见人爱。此时不见一丝秋季萧瑟之景，都市的繁华与喧嚣早已迈向了中国一线城市。时隔二十多年，再次来到这个曾经的小渔村，真是今非昔比！

10月12日下午在深圳龙岗区酒店附近溜达，刚转入一个路口，就见路边有人上来问询"有无当晚球票"。百多米长的街道有多人迎上搭讪问球票之事，我一无所知，但见这阵势估计有大赛开演。往前走转弯离体育场馆更近了，三五成群的小青年更多了，还有不少年轻女球迷。有人设地摊卖 NBA 明星球衣等物品，也有人手捧各式明星球衣沿路叫卖。渐渐地，人越聚越多，行路变得困难，一遇退票的，众人就围个水泄不通。眼前就是深圳大运体育馆，不仅有警察，还有全副武装的军人与铁甲防弹车助阵。

一打听才知道今夜将上演 NBA 中国赛深圳站的比赛。这时离大赛开场至少还有四五个小时，聚集的人已经不少了。

10月10日，湖人和篮网已在上海梅赛德斯-奔驰文化中心进行了在中国的首场比赛。

10月12日，两队移师深圳，在深圳龙岗大运中心易地再战。

今年的两场比赛将是 NBA 在中国举办的第 27 场和第 28 场 NBA 中国赛，自 2004 年举办首次 NBA 中国赛起，已有 17 支 NBA 球队在北京、上海、深圳、广州、澳门和中国台北进行了比赛。

湖人队由三次 NBA 总冠军得主勒布朗·詹姆斯领衔，还拥有六次入选 NBA 全明星的安东尼·戴维斯、四次入选 NBA 全明星的德马库斯·考辛斯，以及入选 2018NBA 新秀第一阵容的凯尔·库兹马。

篮网队则拥有 NBA 总冠军得主凯文·杜兰特和凯里·欧文、NBA 全明星德安德烈·乔丹、以及 2018 年 NBA 进步最快球员奖入围球员斯宾瑟·丁维迪。

回想自从二十多年前，美国 NBA 首次亮相中国，给人以全新的篮球体验方式，刷爆了中国从业与众多篮球观众的眼球，知道原来可以这样玩转篮球的！从此在中国人眼里篮球世界精彩纷呈，令人眼花缭乱！美国 NBA 篮球联赛才是当今世界篮球的天花板。

　　一个人的出现，能缩小世界两地之间的距离，这乍听起来似乎有些不可思议，但姚明的确做到了。NBA 季前赛在中国举行，一两年前还只停留在该国畅想派球迷的美梦里，但现在已经确确实实发生了。走在哪里，你都无法抗拒姚明的力量，巨大的宣传海报、各式各样的广告牌、他的火箭队球衣，都分分秒秒进入你的视线。

　　篮球，应该是三大球中中国球迷最热衷的球类，参与者与观众也颇多。几乎每个男孩都会在小学高年级开始接触篮球，随之与篮球会有五六年相伴。篮球给过每个参与者的体验还是十分美妙有趣的。在成长的过程中篮球比赛场馆总比足球场多不少，时而观看篮球比赛也较多，当然篮球普及程度也居三大球之首。

　　"球票有吗？"这样的索票声此起彼伏，越临近开演，没票者的渴求声越高涨，要知道连我这个花甲之人也位列其中，更显得一票难求了。黄牛手中的高价票开价成千上万，照样有人购买，囤票的黄牛赚得盆满钵满，得意忘形。人们体验过这样的情景：任何大型演出时，如没有黄牛到场抬高票价，那大型演出可能人气不足。这 NBA 在中国场场爆棚，再大的场馆照样座无虚席，风头无两，就这么牛！

　　一场偶遇 NBA 精彩联赛，最终擦肩而过。

　　几天后获悉：2019 年 10 月 12 日，NBA 中国赛迎来了第二站深圳的争夺，双方在深圳站上演巅峰对决！比赛依然跟上海站一样，十分精彩，詹姆斯和浓眉哥又是首发出场，篮网这场欧文受伤没有出场，只有小乔丹一个全明星球员有些星光暗淡，湖人队的两位老大哥在上半场只打了一节，篮网队如同一盘散沙，第二节崩盘。

　　最终中国赛两战篮网两次失利！下半场没有詹姆斯和浓眉哥两个大腕登场有些可惜，到场的观众只看到两位巨星打了一节比赛有些失望。从观众席来看，支持湖人的球迷还是占据大多数，深圳站的比赛倒像是湖人队的主场，现场很多人穿着詹姆斯的队服为湖人加油助威，欢呼声也是此起彼伏！

　　毫不夸张地说，NBA 中国赛创造了一个历史！当年，"乒乓外交"作为促进中美关系的纽带成为一段佳话；如今，NBA 中国赛则将这条纽带维系得更紧、更密。

　　通过 NBA 的引进，国人尤其是篮球爱好者认识了乔丹、科比等世界篮坛如雷贯耳的名字，他们都是世界篮坛的顶流神人！

　　乔丹，一个名字足以让世界上的每个篮球迷都心潮澎湃。他是篮球史上最伟大的球员之一，也是现代篮球的象征。乔丹以他的技术、领导能力和胜利欲望征服了全世界，他的名字成了现代篮球的代名词。

　　科比，作为乔丹的继承者，他让世界更加深入地理解了篮球的精髓。科比拥有出色的技术和天赋，他以自己的努力和毅力成了一位伟大的球员。科比在效力洛杉矶湖人队的职业生涯中，赢得了五个 NBA 总冠军，并两次获得总决赛最有价值球员（FMVP）奖。他的得分能力、投篮技巧和防守能力让人难以置信，他的职业生涯总得分数超过了三万分。

　　詹姆斯，虽然是一位杰出的球员，但与乔丹和科比相比，仍有一些差距。詹姆斯是一位全能球员，他在场上可以胜任多个位置，拥有出色的身体素质和篮球智慧。

　　乔丹、科比和詹姆斯的存在，不仅让篮球运动更加精彩，也激励着无数年轻球员追逐梦想。他们的故事和成就将永远被铭记，并成为篮球世界的经典传奇。无论是在球场上还是球场外，他们都是篮球界的巨星，为我们带来了无尽的篮球乐趣。

　　NBA 篮球一开场，就像开启了一台令人目不暇接的篮球游戏盛宴，场内兴奋欢快至极，不给人喘息的机会直至终场。

　　当然通过 NBA 引进与输出机制，也让世界认识了姚明、易建联等我国的篮坛名宿，中国篮坛从此在世界篮坛上也有了那束耀眼的光芒。

　　美国 NBA 中国赛的火爆进行，充分体现了改革开放四十年的成果，开放程度越高，眼界越开阔，独立思考能力越强，从此更进一步了解世界。

2020 年 5 月于澳洲悉尼

四、宁静致远

宁静致远

莫言故乡行

这季节该是"烟花三月下扬州"的，游瘦西湖，走五亭桥，观琼花，喝早茶吃银丝包，尝脍炙人口的淮扬菜。

但我却另有一个心愿，因为仰慕一位诺贝尔文学奖得主已久，而向往他的故乡。那猎猎朔风中几千亩无际的红高粱吸引着我，胶东大地爱恨情仇人间百态的故事感染着我，强烈地追星愿望驱使着我。坐飞机到了青岛，在风景旖旎的栈桥海滩看过翻飞的海鸟后，我就登上了去山东高密莫言家乡的高铁。

刚坐稳火车就奔驰起来。现下春寒料峭，眼望车窗外的胶东大地，严冬过后的春色萌动几乎不见踪影，偶尔有几只回归的大雁划过天际。而此时的江南已是莺飞草长，春风似家燕的剪刀般，仅轻轻掠过就剪裁出一幅绿意盎然的春色图景！

我从挎包里拿出一本莫言最负盛名的小说《红高粱》来读。在去高密的路途上再读点莫言的文字，增加些身临其境的即视感，也算是临场"抱佛脚"。其实在高铁上难得碰到两两对座的情景，读本小说还真有点别扭。众目睽睽之下，不理解的还真以为你附庸风雅，在这窗明几净的车厢内不读与之匹配的高铁提供的"时

作者 2017 年在莫言故居留影

尚魔头"新潮读物，而是读不合时宜的乡土气甚浓的《红高粱》，不是作秀摆谱吗？若你捧一本莫言的《丰乳肥臀》读，就凭封面上"丰乳肥臀"四个大字的书名，还真会引来异样的眼光，这种窘境还真难堪。

说起莫言恢宏壮阔的几十部小说，接触最早的要数他那部响彻大江南北的《红高粱》。电影是小说的延伸，它拥有的观众与小说读者相互融合。那种强烈的视觉效果，将小说文字升华为画面，更夺人眼球。至此这部改编自莫言同名小说的电影走向世界，捧得了1988年2月举办的第38届柏林国际电影节金熊奖，一炮走红世界，随后屡获国际国内电影节多项殊荣，作家莫言声名鹊起。由此我也开始关注莫言的作品。多年以后，在莫言洋洋洒洒的多项巨制中，《红高粱》始终给我印象最深，这也许是电影与小说艺术相互交融获得的那种动人心魄的感觉。以至于在大西北张贤亮的影视基地，我还寻觅过当年《红高粱》斜坡月芽门的拍摄场景。

如今文学大师故乡行，算是趟追星行动。不远千里来此一睹诺贝尔奖得主文学梦的萌发起因，是十分有意义的事。有人因为《老人与海》，曾两次跨国去了古巴，寻觅过海明威的踪迹，一次去海明威常去的栈桥上溜达了一圈儿，另一次还特意喝了一杯海明威常喝的朗姆酒配薄荷叶加冰块。这样的追星故事，颇具传奇。而今列车奔驰在胶东大地上，将去那片惹人爱的红高粱土地拜谒一位同时代、同民族的文学大师的旧居，心潮起伏！

随意翻阅几段莫言的文字，半个多小时，高铁就到高密站了。一个从青岛到济南途中的小站，随出站人流来到街上，经路人指点，知道去莫言旧居平安庄还有一段路，得到大路口上等待途经此处的长途车。

不多久上了长途车，又约一小时当道路两旁的电线杆上出现"莫言家乡美，传奇红高粱""莫言家乡喜事多，东北乡里风光好"的红色小幡旗，我知道莫言旧居到了，下车时经司机指点，仅几分钟就到了莫言旧居路口的牌楼。这简洁庄重的原木牌楼约两三层楼高，矗立在乡间道旁，颇显气派。牌楼横匾由著名军旅作家徐怀中小篆题字：莫言旧居。

高密东北乡是指现高密东北隅的河崖乡、原大栏乡这片辽阔的土地。高密东北乡沿用了明、清和民国时的叫法。这里地势低洼，地广人稀，是一马平川的平原。胶河从这里弯弯曲曲地流过，莫言旧居就在这胶河南岸一个叫平安庄的村子里。这里与平度、胶州接壤，南有顺溪河、墨水河。这里离山东省省会济南约三百公里，离著名的海滨城市青岛百余公里。

冷风飕飕，昨夜一场大雨，今日放晴。乡村公路被洗刷得干干净净，还未春耕的农田里几株熬过严冬的残枝败草挂着晶莹的水珠。润物细无声，在农村春雨贵如油，有春雨的滋润，预示来年风调雨顺的好兆头！

沿着牌楼走入乡间，那种宁静致远与大城市的繁杂拥挤截然不同，空气中春天的气息似乎比城市来得更早。道旁有些早起的小贩已设摊卖些乡间特产，而更多的是卖些莫言的小说，有些均是老版本，且不少还有莫言的签名。

前面就是莫言旧居了。低矮的院墙与门洞，保留着莫言居住时的模样。院门门联上书：忠厚传家久，诗书继世长，诠释了农家的传统家训。跨过院门是个宽敞的院落，左侧是一长条型数间房的住舍。院中的一块图示上用中、英、韩语写着："这里是莫言旧居，始建于公元1911年，原有东西厢房现已拆除，自莫言曾祖父始，管氏一门在此生活过五代人，20世纪90年代迁走。"

走入莫言旧居，似走入一个年代久远寻常的农民家庭，一种莫名的亲近感油然而生，仿佛还能嗅出刚熄火弥漫着几缕农家特有的烟火味。泥地、灶台、土坑、芦席和老玉米串等浓厚的农家气息扑面而来，孕育大地之子成长的摇篮直白、一贫如洗地立显在你眼前。无须赘言，真正的大作家不是河里的浮萍、天上的云朵，而是深深扎根于广袤土地的大地之子。

1955年，莫言出生在这里，原名管谟业，初入文坛不久，他就将不怎么顺口的名字，仅取中间一个"谟"字，拆开后左右对换，成了"莫言"两字。颇具讽刺的是"莫言"竟成了最会说话的人。他笔下生风，滔滔不绝，一泻千里，仅那部以他母亲为原型的著名小说《丰乳肥臀》，只用八十三天时间就完成了五十多万字，这在世界文坛上也属罕见。至今他鸿篇巨制洋洋洒洒已逾千万言，成为文坛翘楚，令众多作家难忘其项背。

莫言的父亲是个十分传统和严肃方正的人，对莫言读"闲书"是反对的。莫言经常把书藏到草垛里，冒着挨揍的风险钻进去读。有时替人拉磨换书来读，有时钻进草垛读书忘记了割草喂牛，身上被蚂蚁虫子咬得全是红点，回家还要挨骂。晚上，全家人点一盏灯，那盏煤油灯挂在堂屋的门框上，灯火如豆。莫言在此踩着门槛凑近灯光读书，日久天长，门槛都踩出了凹槽。这印证了那句格言：勤奋不一定成功，但成功一定是勤奋的。

土屋旧居由灶间、杂间、堂屋与卧室等组成，并不宽敞的居室曾居住两家（莫言和他的大伯家）共八九个人。堂屋与居室走道的墙上有几幅黑白照片颇多玩味，多少揭示了莫言人生中的几个拐点。堂屋墙上悬挂的印花大镜子旁一幅1973年莫言在河崖棉花加工厂当临时工18人的集体照，有图示：昌潍地区棉检学习班高密县全体同志合影，从中也能看出时年十八岁青涩的莫言初当社办厂工人的喜悦。还有一张三年后的1976年莫言入伍时一身戎装紧握钢枪的新兵照。走道的红漆小木柜上摆放了两张经厚纸装裱的大相片。一张是1987年电影《红高粱》在高密东北乡拍摄时莫言与巩俐、姜文、张艺谋的合影，其中三位男性均本色赤膊出镜。那种得意、自信、爽朗、阳刚的笑容，不带丝毫掩饰。照片中"我奶奶"的扮演者大方得体笑容莞尔的第一位"谋女郎"巩俐，初上银幕便被千万观众关注。20世纪80年代末，随着家喻户晓的电影《红高粱》的热映和在世界多个著名电影节屡获殊荣，莫言声名鹊起。另一张是2002年日本著名作家诺贝尔文学奖获得者大江健三郎先生来到莫言高密老家过年时与莫言的合影。十年后的2012年莫言不负众望，在十几亿人口的泱泱大国、以方块字作文领跑数百万作家，摘得诺贝尔文学奖桂冠。这几张照片在莫言的文学生涯中有着阶梯式的递进作用，在莫言心中难以忘却。

卧室的土坑席上小桌挨着一个木窗，似乎能联想到童年的莫言趴在小桌上借着木窗的光亮读书写字，可想而知，在那时这个地图上都难找到的穷乡僻壤要读书并非易事。童年的莫言偶尔会挨着土坑上的木窗窥探外面的世界。从这里他看到了流淌的胶河，看到了奔流不息的黄河长江，看到了泱泱华夏大地，看到了铁蹄下遭受蹂躏的大好河山与中华民族，更看到了寰宇世界。这间土屋是大作家文学梦萌芽时极为简陋的起点。正是在这间土屋里一位文学逐梦人振翅起飞,不积跬步无以至千里,创造了辉煌。

别过莫言旧居,屋后几十米开外就是莫言童年就读的"大栏小学"。

小学入口处有一售票处,除莫言旧居外,参观其他景点须购票入内。购得五十元一张联票,还可去附近的"红高粱影视城"参观。这些景点均由高密市红高粱文化投资开发有限公司商业化运作,这也无可厚非。

在这小学印象展馆中,我又详尽地了解了莫言贫苦的童年。

1958年,中国"大跃进"开始了,年仅三岁的莫言和村里其他孩子一样,被大人遗弃在家里,自己寻找食物。在贫苦的农村,小孩生下来、断奶、学会行走之后,整日处于放养状态。他们对于这个世界的认识,很多都是从直觉中、摸索中获得的。莫言曾对童年感言:这样的童年也许是我成为作家的一个原因吧。这样的童年必然建立了一种与故乡血肉相连的关系,故乡的山川河流、动物植物都被童年的感情浸淫过,都带上了浓厚的感情色彩……

由于生活所迫,莫言的求学经历比一般孩子要短,他仅在这个小学里待了五年,就不舍地辍学走向了社会。这也许正是成就大作家的成因,同时也例证,真正与时代同呼吸、共命运的作家不是在琅琅书声的教室里、循规蹈矩完成整个求学过程的好学生,而是从小历经风雨、摸爬滚打于万象社会的熔炉里,将人间五味杂陈的心灵感悟付诸笔端,才锻造成一位优秀的农民作家。

失学后的莫言有过悲凉的切肤之痛与自嘲的浪漫情怀而感言:

我小学未毕业即辍学,因为年幼体弱,干不了重活,只好到荒草滩上去放牧牛羊。当我牵着牛羊从学校门前路过,看到昔日的同学在校园里打打闹闹,我心中充满悲凉,深深地体会到一个人,哪怕是一个孩子,离开群体后的痛苦。到了荒滩上,我把牛羊放开,让它们自己吃草。蓝天如海,草地一望无际,周围看不到一个人影,没有人的声音,只有鸟儿在天上鸣叫。我感到很孤独,很寂寞,心里空空荡荡。有时候,我躺在草地上,望着天上懒洋洋地飘动着的白云,脑海里便浮现出许多莫名其妙的幻象。我们那地方流传着许多狐狸变成美女的故事,我幻想着能有一个狐狸变成美女与我来做伴放牛,但她始终没有出现。但有一次,一只火红色的狐狸从我面前的草丛中跳出来时,我被吓得一屁股蹲在地上。狐狸跑没了踪影,我还在那里颤抖。有时候我会蹲在牛的身旁,看着湛蓝的牛眼和牛眼中的我的倒影。有时候我会模仿着鸟儿的叫声试图与天上的鸟儿对话,有时候我会对一棵树诉说心声。但鸟儿不理我,树也不理我。许多年后,当我成为一个小说家,当年的许多幻想,都被我写进了小说。很多人夸我想象力丰富,有一些文学爱好者,希望我能告诉他们培养想象力的秘诀,对此,我只能报以苦笑。

莫言围绕农村社会的经历丰富多样,是他层出不穷的农村题材文学作品创作的源泉。1973年,莫言在胶莱河工地,寒风凛冽,冰冻三尺,晚上睡觉,脱掉鞋子,第二天早上,鞋就冻在地上,拔都拔不起来了。干活时间长,活又重。就在这样的环境里,莫言还尝试写小说,小说的名字是"胶莱河畔"。1973年8月20日,莫言去高密县第五棉油加工厂(位于河崖公社驻地)当临时工。一开始是在车间里扛大包,后来又学了分级检验、过磅,还参加大批判,出黑板报,深得领导赏识。《白棉花》以及另一篇小说《售棉大道》就是这段生活的写照。小说中的人物,也都有原型,有的还是莫言的好朋友。

1984年,集工农兵于一身、而立之年的莫言有幸考入解放军艺术学院文学系。毕业时领导舍不得他走,又要提拔莫言当宣传科科长,莫言说:"科长可以有好多个,但作家只会有一个。"

1984年冬天,莫言写出中篇小说《金色的红萝卜》,文学系徐怀中主任大为赞赏,并将其易名为《透明的红萝卜》,推荐到《中国作家》杂志社。《透明的红萝卜》发表后,引起了极大的反响,被评论家们誉为"建国以来农村题材小说中不可多得的精品"。徐怀中说,这篇作品在一定程度上写出了中国农民的命运。当时的普通农民的吃苦耐劳、苦中作乐、坚韧忍耐,都从人物的活动中表现了出来,思想深刻鲜明。那年莫言三十岁,三十成名,他所付出的是常人难以想象的努力。

在解放军艺术学院,莫言住的是集体宿舍,每人用蚊帐隔成一个小天地,躲进去趴在桌子上写作。半夜时,有人就敲脸盆:"收工了,收工了！"大家才熄灯休息。他就这样在军艺过了三年紧张又充实的生活。从解放军艺术学院毕业，莫言被分配回总参政治部文化部任创作员。

莫言 1976 年入伍。1981 年开始发表文学作品，先后在中国人民解放军艺术学院和鲁迅文学院研究生班毕业。从此莫言的文学创作一路高歌猛进，先后创作长篇小说 11 部，中篇小说 20 余部，短篇小说及话剧、散文等近百部，多部作品荣获国内外著名文学奖项，并被翻译成几十种语言，在世界文坛颇负盛名。

农村的孩子，想要走出山坳改变命运，高考是一条重要途径。老天爷没有眷顾莫言将他送入大学校园，而是特别呵护着他，送他去了军校，最终还双手将他捧上了世界瞩目的文学最高殿堂——瑞典诺贝尔文学奖的领奖台，他成为中国本土首位获此殊荣的华人作家。从设立诺贝尔文学奖的一个多世纪以来，泱泱华夏十几亿人口，百余年衍生出第一位诺贝尔文学奖得主，是否有些姗姗来迟？但反观我们的文学现象也有诸多不足与局限。

2012 年，瑞典文学院在颁奖当天的一份新闻公报中说："从历史和社会的视角，莫言用现实和梦幻的融合在作品中创造了一个令人联想的感观世界。"

诺贝尔文学奖评委之一、瑞典汉学家马悦然在接受新华社记者专访时说，莫言是一位很好的作家，他的作品十分有想象力和幽默感，他很善于讲故事。

而被归类"寻根文学"作家的莫言在颁奖典礼上也有精彩感人的演说（节选）：

通过电视或者网络，我想在座的各位对遥远的高密东北乡，已经有了或多或少的了解。你们也许看到了我的 90 岁的老父亲，看到了我的哥哥姐姐、我的妻子女儿，和我的一岁零四个月的外孙女。但是有一个此刻我最想念的人，我的母亲，你们永远无法看到了。我获奖后，很多人分享了我的光荣，但我的母亲却无法分享了。我母亲生于 1922 年，卒于 1994 年。她的骨灰，埋葬在村庄东边的桃园里。2011 年，一条铁路要从那儿穿过，我们不得不将她的坟墓迁移到距离村子更远的地方。掘开坟墓后，我们看到，棺木已经腐朽，母亲的骨骸，已经与泥土混为一体。我们只好象征性地挖起一些泥土，移到新的墓穴里。也就是从那一时刻开始，我感到，我的母亲是大地的一部分，我站在大地上的诉说，就是对母亲的诉说。

参观了旧居、小学与相关展馆后已近中午，在附近的乡绿色有机蔬菜实验基地餐厅吃了一大盆被称作莫言最喜欢的食物——饺子。早春第一茬的春韭拌着当地土猪的肉馅，蘸着香醋蒜蓉咬一口鲜美醇香，确实堪称美食。莫言已成为当地农村致富的最大亮点，当地特色经济开发与发展也以此为主题。餐厅的老伯也与我聊莫言的话题，还自告奋勇力荐带我去拜访住在附近的莫言老父亲。但被我婉言谢绝，我不想去打扰莫言的父亲，感受了解莫言曾成长的地方，已是一次最崇高的致敬。

下午还去了附近不远处新建的红高粱影视城，电影《红高粱》里的"晃轿""野合"等一幕幕场景又重现眼前。沃野千里，初春的胶东哪有沉甸甸的红高粱？绕影视城走了一大圈，有些地方还在布局施工，想必不少时日后定会成为颇具特色的影视城。登上高坡远眺东北乡农舍田野，深感如今莫言作品里的高密东北乡已不再只是一个地理名词，它已经成了一个文学背景的代名词，正如两位诺贝尔奖得主美国人威廉·福克纳的约克纳帕塔法县和哥伦比亚的马尔克斯的马贡多镇一样。他们一生大部分作品题材都取自故乡，怀有深厚的故乡情感。对故乡，莫言曾经这样写道："高密东北乡是地球上最美丽最丑陋、最超脱最世俗、最圣洁最龌龊、最英雄好汉最王八蛋、最能喝酒最能爱的地方。"他还写过："高密东北乡，生我养我的地方。尽管你让我饱受苦难，我还是为你泣血歌唱。"莫言是从高密东北乡的高粱地走向世界的，他的根在这里，他对故乡恨极了，也爱极了。

黄昏时，步出影视城踏上回高密市的归途。长途汽车在夕阳下穿梭在东北乡的公路上，时而跨过小桥，时而驶过田野、乡镇，恍惚间眼前出现了一大片令人神往、无边无际如红玛瑙般颗粒成熟饱满的红高粱，披着金光在晚风中摇曳，沙沙作响。这株株苗壮挺拔的红高粱象征着高密东北乡农民的淳朴与憨厚。又不知路边哪家商铺传来一阵熟悉的旋律与歌词：

妹妹你大胆地往前走呀，往前走，莫回呀头，通天的大路，九千九百九千九百九呀，妹妹你大胆地往前走啊，往前走，莫回呀头，从此后你搭起那红绣楼呀，抛洒着红绣球啊，正打中我的头呀，与你喝一壶呀，红红的高粱酒呀，红红的高粱酒呀……

　　这沙哑的歌声，不仅表达了爱的诚挚和欢快，也如那种原始豪放的纯真与朴实。这剽悍粗犷的歌声随着长途车荡漾在乡间田野，随风而去……

2017 年 5 月于沪上初稿

想起那年见珠峰

"穿越珠峰，就是穿越死亡。"

此话有点危言耸听，是与我同行穿越珠峰的驴友说的。虽然有点言过其实，但挑战人体极限是毋庸置疑的，这多少给我们这次"珠峰行"涂上了一层神秘的色彩与增加了心跳加速的恐惧感，似乎又像注入了一股强有力的助推剂，让人有跃跃欲试的冲动，突如其来倒徒添了不少英雄豪气……

多年来每每涉及西藏珠峰话题，总会撩拨我不灭的西藏情怀，瞬间浮现出八年前（2015年），深入藏区来到珠峰北坡第一阶梯海拔近6000米大本营的情景。眼前就是金光夕照的珠峰，那美不胜收的"金色穹顶"。这座自然界的丰碑，世界之巅，令无数英雄仰止膜拜，匍匐在它的面前。

珠穆朗玛峰

入夜印度洋上吹来的海风裹挟着沙砾呜呜呼啸，零下30摄氏度，滴水成冰，昏天黑地，风将厚厚的帐篷吹得翻飞狂舞、摇摇欲坠，顷刻将支离破碎。风又像冰刀划过脸颊，一阵刺痛感……翌日清晨离开大本营往下行，在世界海拔最高的寺庙绒布寺逗留，一阵豆大的冷雨打得我避无可避，屋檐下的小沙弥望着我咧嘴傻笑……

时值人类登顶珠峰70周年纪念，1953年新西兰人埃德蒙·希拉里与夏尔巴向导丹增·诺尔盖从珠峰南坡登顶载入史册，开创了世界上人类最早登顶珠穆朗玛峰的新篇章，以至于2023年被登山界誉为珠峰登顶的铂金禧年。至今全球登顶珠峰的约7000余人，而在这登顶征途中丧生的远不止此数。

值此庆贺致敬之际，挥不去的是我与驴友珠峰行的壮举，书写了一段老夫聊发少年狂高原撒野的经历。

珠峰行的驴友不简单，不是豪气冲天，至少是个初生牛犊，也有不少女汉子，个个志坚笃行，无所畏惧。我仅是个误打误撞的行者。那时有个大概率的说法：千人欲去西藏，最后成行仅百人，百人欲去珠峰大本营，最后成行仅不足十人。穿越珠峰到最后成了千人择几的挑战。

听闻远方有你，我跋涉千万里。积蓄已久对更高更远的向往难以阻挡。从南半球的澳大利亚到"世界屋脊"的珠峰大本营，纵横近三万里跨越地球大半圈，终于踏上了近六千米的高海拔。上海东方明珠电视塔总高度为468米，也就相当于十二三个电视塔叠加高度的总和，挑战人体极限，实现了有生以来对珠峰"可望不可即"的宏伟夙愿。当仰慕已久的珠峰出现在眼前时，强大的震撼无以复加，素不相识的驴友们紧紧拥抱，欢腾雀跃，终于见到了心中顶礼膜拜的神山。

天公作美，那天不仅看到了近在眼前的喜马拉雅山雄伟、壮观、白雪皑皑的身影，还拍摄到了难得一见的珠穆朗玛峰"夕照金顶"的神奇盛景！站在"世界屋脊"上伸手触摸蓝天，感受那份从未有过的心悸！人生旅途中出现一道如此绚烂的景色，是生命中的礼遇！感恩老天的眷顾！珠峰就在眼前，仿佛触手可及，但就这眼前十几公里，又仿佛比登天还难，多少英雄好汉为了登顶珠峰的夙愿而舍死忘生，这又是人类的伟大之处。

作者在珠峰前，身后即是成功或死亡之路

　　相约珠峰是梦寐以求的愿望。自古以来，"珠峰"这座世界第一高峰早已成为世人心目中一座神山，象征着超越时空的力量。当相约珠峰的愿望将要变为现实时，瞬间的慌乱与一丝小小的恐惧也随之而来。

　　我的西藏之行是这样开始的。2015年6月下旬自上海（318国道起点，而318国道的终点是西藏拉萨）出发，先飞往美丽的西部城市西宁，三天后告别了美丽的青海湖，登上了西宁开往拉萨的列车。当天深夜火车在格尔木加了个车头做牵引，在经过长达22个小时世界第一高原"青藏铁路"天路的跋涉，途经人迹罕至的可可西里无人区等，到达了举世瞩目的美丽高原城市——拉萨。

　　高原清澈的蓝天，万里无云，阳光特别灿烂。那种天高云淡的别样感受从未有过。阳光下的拉萨火车站干净漂亮，像一颗璀璨的珍珠镶嵌在这高原的群山环抱之中。方正朴实的建筑，用红黄蓝白等颜色来装饰，尽显藏地的朴华之美。一辆蓝白相间的出租车，一位皮肤黧黑的藏族小伙载着我向市区而去。路上我见到了远方的布达拉宫，出租车穿梭在陌生的拉萨街道。我像刚从都市象牙塔里走出来的现代怪人来到了这里，对这一切充满无比的好奇。约十来分钟来到了已预订的"平措国际青年旅舍"。虽然这里住宿条件一般，但这里全是来自各地的青年旅者，信息量大，选择面也广，组团也快，有正规的旅行社天天组团出游，几十条旅游线辐射西藏各地与周边地区。望着旅舍小院白墙上红色的南美自由战士切·格瓦拉青春朝气的头像，颇接地气。行装甫卸，即积极游走于当地各旅行社。当然初次踏上这高原之都，心里最想去的当然是喜马拉雅山。近年来，攀登珠峰也为部分时尚名流、土豪大腕体现自我强悍意志力的宣泄处与角逐地。

本来也无望这次能成行珠峰大本营，来到西藏已经很不错了。但心里想去珠峰大本营的愿望始终没有消停过。在拉萨的头两天我没有急于报名参加其他团，而是先预约隔天参观布达拉宫。6月27日下午，同住的鼓浪屿靓仔告诉我，他已报名去珠峰大本营了。我惊喜地问了他在哪里报名等详细情况。这使我去珠峰的愿望又重新燃起。翌日一早我也办妥了四天三晚去珠峰大本营探险团的手续。终于有幸成为当年自4.25中尼边境地震封山闭路开放后，第一批赴珠峰大本营探险游17位成员中的一位。

我清晰地记得珠峰大本营那一夜的情景。

夜，一低再低，月光抚摸着这高原上的峰峦与每一块石头。在这深夜里，印度洋晦涩的海风会将思念填满，只剩下今夜珠穆朗玛峰的月亮在独白。处在这夜色包围中的我更像一颗天地宇宙中微乎其微的沙粒。这颗小小的沙粒今晚也终于攀上了喜马拉雅山的胸膛，再有三分之一的高度就能到达世人瞩目的珠峰峰顶，而在这氧气极为稀薄的高度，有数以千百计不畏艰险的勇士永远葬身于这茫茫的峡谷之中。

睡前洛桑和另一位藏人来到我们的帐篷。我们聊起了登珠峰的话题。洛桑告诉我们，登珠峰不仅要有良好的身体与心理素质，还要具备一定的经济实力。目前登顶需每人三十万左右，不包括其他器材和特别人员的配备。要培训，要等待良好的天气状况，反正花费六七十万到一百万，也不一定能帮你登上珠峰。还要看各方面的情况综合在一起，才能完成这一壮举。登临珠峰的话题，最终在渐渐袭来的睡梦中迷离消散，暂且成为我们可望而不可即的愿景。

马年转山，羊年转湖，这是西藏当地的风俗。记得那年正属羊年，入乡随俗，我们就转起羊湖来。你不可想象在如此高海拔上有这么一个大湖。只一眼就看呆了，高原的湖泊静静地躺在眼前，缓缓绽放着生命深处最静谧的安详，蔚蓝的天空纯净得没有一朵云彩，湛蓝的湖水没有一丝涟漪，天际边点缀着几座巍峨的山峰，如幻如梦，像游走在梦境中。

在海拔5190米的纳木错湖畔的石碑上还见到了藏族情僧、诗人仓央嘉措的诗选：

> 那一年
> 磕长头匍匐在山路
> 不为觐见
> 只为贴着你的温暖
> 那一世
> 转山转水转佛塔
> 不为修来生
> 只为途中与你相见
> ……

一周多的西藏之行，几乎穿越了西藏多个景区，收获不小。西藏简直就是世外桃源，远离喧嚣，是一块空灵的蓝水晶。世界屋脊——珠穆朗玛峰高傲地把头颅挺起，世界都在她的脚下匍匐。与天对话，那空旷的洒脱，人的精神就会达到纯美的境地。"至人无己，神人无功，圣人无名"——庄子的《逍遥游》在这里得到升华！直到此时，你才能真正体会"如果你不能去天堂，请来西藏；如果你来到了西藏，就不用去天堂"这句话的现实含义。

从西藏返沪回澳后我精心整理书写了那段难忘的旅程，长篇《相约珠峰》发表于2017年上海市作家协会主办的华语文学网"上海纪实"上，连载四期刊出，阅读量颇大。

当然相约珠峰不是领略清奇俊秀桂林山水的舒坦惬意，也不是游走浓妆淡抹西湖的闲情逸致,更不是徘徊江南古镇的惆怅缠绵。在世界屋脊更多的是体验那种心悸、严寒与呼吸急促的挑战,感受行者无疆与山高人为峰的豪迈之志。

  昂首走了好久好远,在世界的尽头撒野。归来还是那个狂奔的、勇敢的、最初的少年。

2023 年 7 月于澳洲再稿

悉尼画家村

夏末初秋之际,受画家沈嘉蔚之邀,与朋友共赴悉尼南边紧邻国家森林公园、蜚声澳洲、有个温婉优雅名字的画家村 Bundeena(邦定纳)。

我们驱车沿南部国家公园一路驰骋,在海湾平坦处稍做休息,顺便观赏这野趣盎然的景色。这个国家公园是世界上最古老的国家公园之一,拥有无数雨林、小溪、野花、牧场、砂岩岬和沿海的美丽栈道。据说这里离邦定纳小镇约三公里处的沿海悬崖上有块形如方正的蛋糕石(老外也称之为奶酪石)甚是出名。

从悉尼开车到邦定纳,一般约一个小时,非常方便。一路见到成片成片的森林完好无损,没有被前些时候肆虐的山火烧炙的痕迹。

近年来几次来过这里,对这里也较熟悉。邦定纳是个三面环海的优

邦定纳小岛

美小岛，岛上因居住着几十名各国画家而声名远播。如中国北京"北漂"宋庄画家村，都是绘画艺术家集居之处。后者更像一支庞大的集团军，在特定时期的喧嚣中择地生存，几乎都被一种急迫感驱使着，努力寻求与开创一种改变生活之捷径。悉尼邦定纳画家村更似一支悠然的绘画艺术族群，处于海边温润的海风与宽松自由的创作环境，有些画家已在澳画坛崭露头角，几十年居于此，有专业也有业余画家，远离闹市之嘈杂，择水一方而居。相对来说生活的纷扰较少，潜心搞艺术状态较稳定，加之大家走动切磋便利，一般画家均有自己固定的适合自己画风的画廊与渠道代理画作。

去邦定纳画家村小岛除有条陆路外，还有一条水路。多年前，我初次来这画家村时，是乘城际火车转木船的。站在20世纪40年代的木制机驳船的甲板上，古朴纯真油然而生，坐着这样的驳船出海，像穿越百年去某个岛屿寻访探秘一段依稀往事。随着轰鸣的马达声，鼻息飘来一阵久违的柴油味。木船摇晃着，划开蓝绸般的海面，驶向大海深处的那个小岛——蜚声澳洲的悉尼画家村邦定纳（Bundeena）。

一路在隐隐作响的机动驳船的"突突"声伴随下，坐在甲板上观赏着海天一色的优美风景，约20分钟，机动驳船就缓缓靠上邦定纳码头。深蓝色的海水衬托着海边长长的白色栈桥，似美丽小岛伸出长长的手臂在欢迎远方的来客。阳光下的沙滩、海水、栈桥与机动帆船组成一道独特的景观。

登上美丽的小岛，首先映入眼帘的是，矗立小岛码头边类似丹麦哥本哈根"海的女儿"的雕塑。见到这气质高雅、娴静、颜值爆表的少女雕塑，不知怎么耳边倏地就响起了法兰西著名钢琴家理查德·克莱德曼的名曲《水边的阿狄丽娜》。在优美荡漾的旋律中，瞬间这充满艺术气息的画家村已映入眼帘，饶有兴致走入其中……

记得上次来这小岛，还去了西人画家约翰家参加他的生日派对。因他太太是中国人，在烧烤中有大量美味的烤羊肉串。他家后院隔一道栅栏那边即是绿树葱茏的国家公园，我们如同置身绿树掩映的国家公园内，袅袅炊烟升起，羊肉串香味四溢。画家的宠物是一对色彩斑斓的鹦鹉，不管主人走到哪里，它们始终如影随形飞来扑去，栖在主人的肩上头顶小憩喔语，给怡人的派对增添了不少欢笑。我们一边拿着诱人的烤串，喝着红酒，一边在他的画室里欣赏他艳丽精美的画作：有油画与水粉呈现的花卉金合欢、天堂鸟与色彩浓郁的海棠花等，动物的有鹦鹉、树熊考拉与扁嘴鸭等，小小的画室充满自然清新的艺术氛围，给人印象较深。还有三四十位中外人士的欢声迭起，入夜才渐渐散去。

华裔著名画家沈嘉蔚居于此处二十多年了，新居与画室至今还是首次拜访。走过一片草坪进入室内，先拐进画家的书房。征得主人应允，我们随意拿手机拍摄起来。书房迎面墙左侧上方是画家自画像，右侧上方三个隶篆大字"听雨斋"，横匾是黄苗子的手迹。窗下是一个大书桌，左侧是钢琴式弧形多层大藏书架，放着成排成排大小各一的书籍与画册。与书房隔邻的就是占据整栋别墅最大面积的奢华画室了。

著名画家的画室当然与众不同，相匹配的是层高七米面积近百平方米的巨大画室，有三个高挑天窗自然采光。像个切割后的小型篮球场，如有篮架球筐，你跑篮或站定外切三分球的空间也绰绰有余。这里能使用小型起重机吊装拼幅画板，使画家能一览大幅画的整体效果。画室四周都是大小不一的画，最大幅的是还在草图中的《巴别塔》，由数百余人物的肖像组成，单人沙发后的革命先驱陈独秀肖像，是据史料记载大革命时期被沪上巡捕房抓捕入狱时的情形，手捧 G9523 陈独秀的姓名牌，一脸无所畏惧的神情。

坐电梯来到三楼。三楼是宽敞亮堂的客厅与饭厅，北向面对万顷碧波大海，临窗的座椅上放了一架苏制的 40 倍的双筒望远镜。脚下是沿海由低向高郁郁葱葱的防护林，前方即一望无际的苍茫大海，一艘满载集装箱的万吨轮如小指一般大小正缓缓行驶。"俯首无齐鲁，东瞻海似杯。""海水无风时，波涛安悠悠。"这里是观海听涛的绝佳处。

那天我们还有幸现场观摩了画家写生人像的过程。

沈嘉蔚自幼酷爱绘画，主要凭借自学，后入中央美院深造。20 世纪 70 年代中期，他创作的油画《为我们伟大祖国站岗》，成为"文革"时代的艺术经典。近半个世纪前的这幅画也影响了作者的绘画生涯。此画曾两度在纽约展出，1998 年在古根海姆美术馆，2008 年在亚洲协会博物馆。2009 年，该画以约 100 万美元的高价由嘉德公司在北京拍出。目前藏于上海龙美术馆。

至今沈嘉蔚有六件作品分别收藏于堪培拉的国家肖像馆和联邦议会大厦。在北京的中国国家博物馆、中国美术馆和中国革命军事博物馆里，一共收藏有 18 件他的作品。

走访一位著名画家的新居与画室如同兴致盎然地观赏一个独特的小型个人画展，扑面而来的是散发着画家多角度写实风格的画作。这些画作都极具时代冲击力，也曾影响不少人。真如澳洲一位著名艺评家所说："他具有全面的技术能力，创作巨幅构图的雄心，以及一种自嘲的机敏。"

如果你对 Bundeena（邦定纳）画家村、对居于此处的画家画作有兴趣，不妨记住每个月的第一个星期日是此画家村的公众开放日，到时众多画家均会开放各自风格迥异的画室让你参观，各种画风展现在你面前，由你评头论足。如你感到有爱不释手的画作，可与画家提出收藏。总之，观景赏画均不失为一次完美的艺术之行！

2019 年 5 月于悉尼

美色倾城蓝花楹

2021年澳洲的春天注定是个非同寻常的季节，它没有因疫情的突发而姗姗来迟。经历长达百余天的封城，终于解开了封锁，春光乍泄，迎来了最是一年春好处。

刚逝去的那个万般无奈、砥砺前行的严冬后，人们终于绽放出笑靥，沐浴在久违的春光里，走上街头的咖啡馆、时尚商厦、海边公园，昔日那些安适如常或颇具情趣的生活场景（在规范有序的社交距离下），如云过天空，闪亮回归。

又一个春夏季悄然来临，几朵早开的蓝花楹似乎又在提醒你夏天的到来。那些还未绽放的小花蕾在绿叶的掩映下，远看还是一棵枝繁叶茂的绿树而已。"忽如一夜春风来，千树万树梨花开。"当它绽放之际，原

街头的蓝花楹

来繁茂的绿叶瞬间不见踪影，整棵葱茏的大树，除了枝干外全被涂抹成一大片蓝色，又像似蓝色缕缕的霓裳在天际边袅袅曼舞，与蓝天大海媲美。风雨吹过，蓝色的小花随风飘散，洋洋洒洒飘落在地上，顿时树下的大地被一层蓝色的星星点点覆盖，路过的行人会踮起脚尖留意着不要踩到美丽的花苞。

在这姹紫嫣红的春天里，一场如约而至的蓝花楹盛宴正扑面而来，她是澳洲春夏之交不容错过的最经典独特的一道风景线。

近年来，只要在澳洲均会赴这场蓝花楹之约，而悉尼大学已成打卡之地。倘徉于古堡哥特式最高学府建筑间，置身那片蓝紫色云彩的静谧之下，刚闻春风声，又见蓝花雨，那种心驰神往无以言说。朋友说："你已与两个150年相会。"我说："此话怎讲？"他说："首屈一指的悉大建筑已逾一个半世纪，这些蓝花楹树也有150年了，这不就是两个150年吗？"我恍然大悟，他能如此解读，不失为此次相约加码。高大茁壮的蓝花楹烘托这神圣古老殿堂级的建筑，浑然天成，世罕其匹。

蓝花楹（*Jacaranda mimosifolia*）是紫葳科蓝花楹属的高大乔木，取"楹"这个字，大抵是因为其树干粗壮直挺，有如家宅之柱。这里说的"紫葳"是凌霄花的别称。

蓝花楹的花，造型近似下垂的钟状，花冠薄纸质，带着好看的小波浪卷，柔弱得仿佛一触碰就会碎掉。小花的蓝紫色并非龙胆那般浓艳，而是淡淡的蓝紫色，像皱纸卷成小钟状，透着微光，给人一种恬淡随和之感。这些小花宛如鸟儿般聚着，在枝头簇生在一起，挤挤挨挨地，又像节日里装点在树上的小蓝灯，星星点点汇成了闪烁蓝色光辉的海洋。

那时我家北向阳台下有两棵树，以前我叫不出它们的名字，后来才知道。马路对面一棵大的是蓝花楹，路这边紧挨建筑的那棵也是蓝花楹。对面那棵生长在一幢白色别墅的院子里，可我总觉得像我家栽种的两棵树。因为每到蓝花楹的盛花期，两个大小伞状的树冠跨越了马路相拥交叉，有两三层楼高。在高于树冠的阳台上品茗读报，俯看脚下大片蓝色犹如置身于随风荡漾的海上。

虽然那仅仅是一小片海，但给人带来的感觉却无比宽广，似乎能延伸到远处的天际。一叶小舟就这样在海上随意漂荡，惬意悠然。有时狂风大作，花枝乱颤，颇似凡·高的名画《星空》中暗蓝旋涡奔腾张扬的个性色彩笔触，也忽有了那种浪涛拍岸的感觉。

那片海每到春夏如约而至，也着实让我好期盼。可是好景不长，前年始，那片海没有了，对面那棵茁壮的蓝花楹树在一个午后，突被一辆挖掘机的大力臂截断枝丫，挖出粗大的躯干与盘根错节的树根，不知要将它送去哪里。开发商平整土地，在此造楼了。余下建筑右侧那棵无依共欢的小蓝花楹，那片海也不见了，很长时间变为尘沙飞舞的黄土……

人说只要心情似花园，就会有春风。可我面对如此荒漠，再也无法想象从前的那片花海是啥样？

多年前一次去非洲埃及游，小住红海度假村酒店，度假村一边是蓝色的红海，一边是褐色的撒哈拉大沙漠，见证了"水与火"的并存。在度假村的花园里也见到了正当花季的几棵蓝花楹大树，一时倍感亲切，像"他乡遇故知"般仰望它的蓝色霓裳，并在树下合影。它那神奇的蓝紫色惊艳了来此度假的世界各地的游客。后来知道这树多见于南半球，北半球较少。

一次霜降后去了江南姑苏的天平山观秋景，层林尽染，枫叶、银杏、梧桐等一派镏金红色的秋妆，"满山尽带黄金甲"般簇拥着古代士大夫一代风骨范仲淹雕像，古刹寺庙、袅袅炊烟、参天大树，美轮美奂！一周后回澳，无意中正赶上澳洲的初夏，眼前蓝色天际披上一道鲜艳的蓝紫色，随风吹起的蓝色波浪又像初夏的海洋，两地季节反差，色彩鲜明对比冲撞，都是大自然赐予的惊艳色彩，而这蓝色似乎更出其不意，更为经典。

如今在蓝花楹盛花期时在树下路过，有时会捡拾吹落地上的花枝与小花苞，养在水瓶中近距离观赏。晴朗的日子会移至阳光下，看它透着淡淡阳光下不落纤尘之明澈的花瓣，随着微风轻轻摇曳。有时兴趣盎然会去朋友家的院子里采撷更多的花枝作水养，也是一道不出家门的美丽风景线。

而每当这神奇的蓝色小花渐渐谢幕、退隐于天际零落成泥之时，澳大利亚每年夏季狂欢的高潮——圣诞佳节就要来到了！

2021年11月再稿

菊韵开封　大美古都

在悉尼西南边王兄的庭院小坐，毕现一种故土风情，中国式橡木飞檐翘角凉亭，颇有中国范儿，甚是亮眼，取名"采薇亭"，古朴典雅。我们几位偶聚于此，胡吹乱侃，像极了一群田蛙喧嚣聒噪，不断惊飞栖息在亭上的小鸟。院落周围植了几株梅兰竹菊，此景能瞬间将你拉回到久远的时光里。纵然是天涯海角，唯雅趣情怀不灭。今年澳洲的春夏之交，阴冷多雨似北国的深秋，一幕"采菊东篱下"恍如眼前，遂勾起以往多次观菊场景，记忆最深处是那次古都开封声势浩荡的菊展……

"洛阳牡丹开封菊。"华夏文化摇篮黄河之滨的开封，不仅是八朝古都，也是闻名遐迩的菊城。开封的市花就是灿如金黄的菊花。

巧的是开封老友，一位憨厚朴实的中原男子，改革开放后自建工厂注册商标也正是一朵绽放的菊花。他凭自己的努力实干，把企业办得风生水起，"菊花牌"产品远销大江南北。几年前老板功成身退，工厂交

由儿子全盘打理，换得一身悠闲。肩背"无敌狮"（佳能5D4相机），走南闯北，会当绝顶，霞浦滩涂，晨钟暮鼓，青山踏遍，拍摄了不少佳作。时逢古都菊展来临，他诚邀我们几位赴汴赏菊。难却盛情，为赴这场借菊叙旧际会，我风尘仆仆地从澳洲到汴。逗留古都数日离去，仍意犹未尽。不仅重温手足情谊，更邂逅了一场世上最亮眼的菊花饕餮盛宴。

开封，简称"汴"，古称汴州、汴梁、汴京，地处中国华中地区、中原腹地、黄河之滨，是首批国家历史文化名城，迄今已有4100余年的建城史和建都史，素有八朝古都之称，孕育了上承汉唐、下启明清、影响深远的"宋文化"。开封是世界上唯一一座城市中轴线从未变动的都城。"黄河泛滥两千载，淹没开封几座城。"开封也是一座地下叠压着六座古代城池，"城摞城"遗址在世界考古史和都城史上都少有。

古都开封，对我来说并不陌生，至少有七八次曾奔赴在申汴铁路线上。还有过一两次坐小车，全神贯注跨过了戒备森严的高高的黄河大桥。每次在古都，如用心细品岁月长河在它身上流淌过的痕迹，就会有新的收获。

开封民风淳朴，土特产也品种丰富，油坊街的小磨麻油、新郑的大红枣、黄河鲤鱼等都是记忆中的美味，如今堪称稀有之物。印象中开封名胜俯拾即是：清明上河园、开封府、大相国寺、中国翰园、禹王台等，如数家珍，呼之欲出。但我更喜欢去开封城外，虽不是景点，坐在荒芜的满是乱石的黄河边的高坡上，旷远的夕阳下，看波光粼粼中帆影在眼前划过。也见过一列小火车周而复始日复一日地，将满载几车皮的大小石块倾倒在河畔，一时狐疑。朋友解答说是永不停息地在筑坝，看来驾驭咆哮的黄河从古到今从没止歇过。

春有牡丹秋有菊，古都王气黯然收。开封养菊远在唐代就初具规模，至北宋，汴京菊花更是闻名遐迩，明清时代开封养菊、赏菊之风依然盛行，及至新中国成立后，菊花已深深植入古都市民的生活中，开封市民酷爱菊花的传统风俗犹浓。

每年如约而至的开封菊展，是开封一年中最经典的高光妆容，也是一年中古都最亮丽的一道风景线。大街小巷各式绚烂的菊花盛开，家家户户、古城墙上、龙亭湖上、鼓楼与千年铁塔上等，形成一道由下而上立体式的菊花盛景。整座古都散发着"满城尽带黄金甲"般流光溢彩的意韵，令人流连忘返，痴迷于"最是橙黄橘绿时。"

2016年立冬前我们几位乘坐申城朝发高铁，约四个多小时到达了开封。朋友接车后，直奔"化三驴肉"（当地颇具名气的驴肉风味餐馆）。吃过午餐后一行人在近鼓楼酒店稍事休息。下午两点多倾巢出动，赴开封第34届菊花主会场——龙亭公园。

开封的龙亭公园集皇家园林、历史文物和秀美风光于一体，历史上曾是唐代宣武军节度使的衙署，也是北宋和金六个朝代的皇宫所在地，距今已有1200多年的历史。如今景区内有气势恢宏的皇宫建筑群、碧波荡漾的潘杨二湖、栩栩如生的宋代蜡像馆等。悠久的历史、灿烂的文化使龙亭成了古都的象征，在如此古朴厚重的历史文化熏陶下的皇家园林中赏菊观景，正是古都开封独有的魅力与风采。

秋日午后在朋友的陪伴下，漫步欣赏龙亭公园的菊展长廊、湖上石桥、茶道菊香、天女散花等景观。有着皇家园林及古建筑的陪衬，这些恣意绽放的菊花，光彩夺目，十分迷人。大都市的菊展也领略过多次，空旷的大草坪上花团锦簇，游人如织，用菊花搭置的景观，独具匠心，构思巧妙。花也不错，人气也有，但总觉得缺少点意韵，这意韵可能就是皇家园林的氛围和历史的沉淀吧。

谈笑风生间我们拾级而上龙亭大殿，这里才是整个龙亭公园的制高点，从地面到大殿有36丈高，据说代表36天罡；72级台阶，则代表72地煞。龙亭大殿是国内罕见的高台式建筑，长长的台基把宫殿高高托起，犹如天上宫阙，巍峨壮观。各色雏菊由下而上摆放在石阶边，还簇拥着大殿，古意浓浓。殿前是贯通上下的用大块青石雕刻的蟠龙盘绕的御道，朋友带我们观赏的一处云龙石雕上，至今还留有赵匡胤当年的马蹄印。"菊花残，满地伤，你的笑容已泛黄……"虽说观菊，这些传奇故事也一并收入囊中。

站在龙亭大殿上俯瞰花海相映生辉。以"宋韵满园菊茶怡情"为主题设计，彰显开封菊都大而全的特色，营造出色彩缤纷的视觉盛宴，令人沉醉。黄昏暮色中的龙亭湖上几叶小舟缀满各式菊花，帆影点点，灯火相亲，悠悠荡荡，若隐若现，像极了繁星散落在湖面上。

步出龙亭已是华灯初上，秋风中的古都另有一番情趣。有小贩正向我们兜售小幅画轴印刷品《清明上河图》，虽说是印刷品，但还是被张择端的艺术魅力所吸引。瞬间小贩手上的五六卷画轴全被我们购入。夜色中赴朋友特设在"铂尔曼"五星酒店的典雅小宴。小宴的包房不乏盆栽名菊陪衬，连碗盏盆碟漆筷上均有《清明上河图》或菊花图景点缀。一壶古都独特的"菊花黄"名茶，淡雅清新。宋朝服饰花信之年女子端菜上桌，江南名菜龙井虾仁，在这里变身"雏菊虾仁"，粉色虾仁间点缀着细嫩俏丽杏黄的菊花瓣，清香扑鼻。鱼肚汤羹上也撒上缕缕多色菊花瓣，像一条条穿梭的五彩小鱼正在追逐嬉戏。领略了当花瓣离开了花朵，暗香却依然如此幽迷。菊花入茶入菜在开封早有历史记载。

夜宿鼓楼酒店，辗转反侧，忽见一幅幅蒙太奇菊花"紫龙卧雪、朱砂红霜、玉翎管、瑶台玉凤、雪海……"——略过，大呼过瘾！白日的龙亭赏菊，晚上又上演了一出"庄周梦蝶"，意犹未尽。梦醒，何不赶早去千年鼓楼逛一逛？

翌日清晨只身轻轻离开酒店，踏入这晨曦微露的古都街道，百米远就见鼓楼庞大的身影在前方的交叉路口。冷冽萧瑟的寒风吹来，令人精神一振。人行道边间隔数米有三五盆一组盛开的菊花，黑黢黢的鼓楼如一幅剪影，古朴宁静凸显在微紫色的天穹前。我站在几盆名贵的彩菊面前，赞叹不愧是菊城古都，如此奢侈名贵的彩菊路边随处可见，真是"旧时王谢堂前燕，飞入寻常百姓家"。

一阵唏嘘不已后，将路旁几盆多彩菊移至马路边，使之能与鼓楼同框。几位匆匆赶早的路人与环卫工人也被摄入镜头，颇具生活气息。拍摄完毕再将盆菊放回原处。我走入路中央的鼓楼城门拱形通道中慢慢溜达，像似在穿越悠悠漫长的时光隧道。冷不防身后早班公交车的两束灯光将长长的通道照个雪亮。而我意境中厚厚的青砖墙将通道包裹得严严实实，身后摇曳着昏黄的马车灯光，将我的身影慢慢拉长，随之是清脆的马蹄声响由远及近，划破晨曦的宁静……

返回酒店时天已大亮，与同伴吃过早餐后又马不停蹄去了古都东北角的另一菊展分场铁塔公园。置身于色彩斑斓的菊花世界，花香鸟语。翘首而望被菊花层层装点始建于北宋皇祐元年（1049年）的铁塔，是园内重要的文物，也是主要景点，享有"天下第一塔"之称。铁塔高50余米，八角13层。因此地原为开宝寺，故又称"开宝寺塔"。又因遍体通砌褐色琉璃砖，混似铁柱，从元代起民间称其为"铁塔"。其设计精巧，完全采用了中国传统的木式结构形式，塔砖饰以飞天麒麟、伎乐等数十种图案，砖与砖之间如同斧凿，有榫有槽，垒砌严丝合缝，建成900多年来，历经战火、水患、地震等灾害，依然屹立。我们登塔观景，湖面倒映着菊丛簇拥的铁塔，蓝天秋阳下，时而湖光潋滟，时而平静如镜。

在古都我们还登临了古城墙，眺望古都风光。在古都老友的指点下感受"白日依山尽，黄河入海流"，眺望横亘远方的黄河。

观菊归途遐思油然而生，那年正巧由欧洲布拉格回来，连续多日脑海中翻涌着布拉格各处的美景，尤以18世纪伏尔塔瓦河上的查理大桥为最。令人称奇的布拉格是全球首个整座城市被指定为世界文化遗产的城市，确实实至名归。由此不禁联想到以五千年文化著称的泱泱华夏，动辄就称六朝八朝古都的不绝于耳，而真正能以整座城市荣膺世界文化遗产的却凤毛麟角。布拉格与开封同是逾千年的古都，两城区面积相仿，人口悬殊，风格迥异，各代表了东西方历史文化的瑰宝，文化璀璨的宋朝都城东京城（开封）是当时世界第一大城市，是《清明上河图》的实景地，却无缘整座城市成为世界文化遗产，扼腕自问，令人汗颜，实为憾事！究其原因，有历代战乱与自然的毁坏。但人为的毁坏也不能低估，在历史文化面前我们不仅需要敬畏的传承者，更需要保护者。我国近代建筑之父梁思成为历史文化建筑奔走呼吁为己任的故事犹在耳边，原生态的青山绿水远胜金山银山。保护历史文化遗产需要几代人的坚守，亡羊补牢均为后话，而历史教训如芒刺背。

梅、兰、竹、菊，花中四君子，历来是中国古代文人墨客追求的人生观。以花比人，以人况花，以其高洁清雅的品质荡涤世事的尘埃与浮华，人淡如菊，才是旨趣所归。

侨居海外数十载，曾东渡扶桑翘首遮天蔽日的霓裳云霞般的樱花，飞越欧洲在风车之国观含苞待放的郁金香，说真的这些均不如千姿百态的花中之王菊花。高堂大殿，寻常巷陌，均不乏此花，单株有数百朵的大丽菊，也有独株一蕊亭亭玉立的"单身皇后"，盆栽水养总相宜。数千年养花人执着于一花培育出成百上千个品种，为一花举办年复一年、声势浩大、全城共欢的热烈场面（今年已是第 39 届开封菊展），令人感叹。此时古都给予我们的不仅是浓浓的菊韵，更是绵远厚重的文化底蕴，传承的是爱菊人矢志不渝的文化情怀。

俗话说"黄山归来不看岳"，是以黄山"五绝"奇景和博大的徽文化蜚声海内外，在此借题延伸为"开封归来不看菊"，是以开封多姿多彩的菊文化的悠久与创新享誉古今。千年古都历经沧桑风雨，母亲河滋润的开封依然古意盎然，美不胜收，开不败的菊花灿如金黄！

2016 年 12 月于悉尼听雨楼

在金字塔的国度里穿行
——埃及记游

那些年错过的大雨，那些年错过的爱情……

还好没有错过那些令人着迷的电影。这其中就包括20世纪80年代初的《尼罗河上的惨案》。这部经典推理电影，像旋风一样风靡大江南北，将天之涯、海之角美丽的尼罗河，旷世奇观的卡纳克神庙展现在你面前。

世界如此精彩，让你沉醉其中。那时一部电影对一个文青小白的影响是巨大的，以至于观影后仍回味无穷，人物、情节、场景与对白的唯美精湛，引人入胜，无不令人赞叹！尤其是悬疑大师阿加莎·克里斯蒂，小胡须比利时大侦探波洛，深烙脑中，挥之不去。作为一部悬疑侦探电影，却处处闪耀着现代时尚与先锋浪漫之光芒。印象深刻的片段，是角色耐人寻味的幽默对白与无懈可击的完美演技。当然实景拍摄埃及尼罗河风光，以及卡纳克神庙的壮观雄伟，均起到了画龙点睛的作用，堪称商业大片超高颜值的典范。

从此萌发了去埃及、去尼罗河、去卡纳克神庙的向往。这愿望在当时看来确实

金字塔上的游人

有点好高骛远。

另外一点,也是促成这次远赴非洲的因由。北纬30度,是人类自然景观最为神奇壮观的地方,有世界上最恐怖的魔鬼区域和死亡之地,也有地球上最惊人的巧合和无法解释的宇宙魔力。有人说它犹如一条死亡飘带缠绕着地球,这也并非危言耸听。但这条神奇且充满无限魅力的自然景观线,千万年来横亘在地球北纬30度左右。这里有埃及金字塔、百慕大三角、雅鲁藏布大峡谷、喜马拉雅山等让数以万计的专家学者都百思不得其解的秘密,也使无计其数的探秘者热血沸腾,趋之若鹜想一睹其魅影风采的热线。这绝不是一条简单的人为划分的地球纬线。

北纬30度,对我来说已不陌生。它贯穿了四大文明古国,是一片惊叹所有人的地界。

观影后的三十多年后,终于迎来了这一迟到的旅程。当遐想的非洲魅惑变为现实而再次拨动心弦……稀世珍宝,寥若晨星的金字塔,在埃及竟达96座。期待在这盛产金字塔的国度里穿行,去领略撒哈拉粗粝的暖风,遥想坐在骆驼上眺望金字塔塔尖上的斜阳……

5月下旬,我从南纬30度的澳洲悉尼飞越赤道,来到北纬30度的上海后一路向西。行装甫卸,6月初的一个午夜时分登上从浦东飞往埃及的飞机。航班是中东阿提哈德航空(Etihad Airways)先抵达阿布扎比酋长国,再转机飞埃及的。在人群川流不息的阿布扎比国际机场的候机大厅,目睹阿拉伯人白袍、白头巾的标志性服饰,衬着阿拉伯穹顶建筑之下的这道白色流动风景线,颇为醒目。

第一次踏上非洲广袤无垠大陆时的心情是不一样的。

上午(经过十几个小时转机往西飞行)我们到了埃及。走出开罗

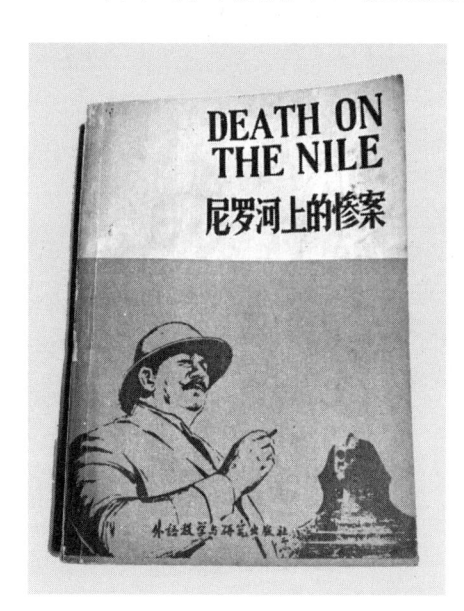

怀揣着悬疑大师阿加莎·克里斯蒂的小说《尼罗河上的惨案》上了飞机

（Cairo）国际机场，旅游大巴载着我们直奔埃及国家博物馆。

埃及国家博物馆是当今世界上最负盛名的大型博物馆之一，收藏着埃及考古发现最精华的文物，也是世界上最著名、规模最大的珍藏古埃及文物的博物馆。

想不到刚到埃及就迎来了如此一顿始料未及的历史文化饕餮大餐！怀着无比好奇的心情，走进了这世界文明起源之一的古埃及文明殿堂，品尝起这历经千年历史风雨洗礼的传世杰作。

埃及国家博物馆位于吉萨金字塔（埃及最著名的金字塔）西北3公里处，坐落于开罗解放广场，是世界上最著名的博物馆之一。

埃及博物馆始建于1881年，由法国建筑设计师马赛尔·杜尔农设计，红色外墙，拱形大门，两旁壁龛中的法老浮雕，一法老持纸莎草，一法老拈埃及国花莲花，分别代表古时的上下埃及。这一特色建筑本身就是一件文物。

埃及国家博物馆内收藏着世界上数量最多的古埃及艺术品，总数达30万件之多，可以媲美世界上任何一座国家级博物馆，记录了古埃及、幼发拉底河流域人类文明起源的历史，每一件藏品都闪耀着人类文明历史的璀璨光芒。

走出埃及国家博物馆，饥肠辘辘。大巴穿梭在开罗的大街上，可用颓败来形容街道两旁的景色，脏乱差遍布眼帘，时而还迷漫着难闻的气味。也见几座楼房，但也是破烂不堪的烂尾楼，都没安上窗户，外墙都未竣工。据说，开罗有太多这样的建筑，若竣工就得向政府付税，所以这些建筑几年或几十年不完工，但可以住人，因此开发商也无须向政府付税。

午饭后在大巴上有机会与当地导游穆色达法（中文意为：好人）热络起来。在异国他乡由当地人做地陪导游，能更好地了解当地的风土人情。他中等身材，长得很结实，还戴副黑色边框眼镜，在非洲与埃及戴眼镜的很少。他还有个中文名叫孟飞，他26岁。他对自己学习中文当上万人瞩目的中文导游颇觉自豪。他告诉我们，他已进入埃及三大高收入群体（军人、警察与中文导游），每月有两三万埃镑（约七到九千人民币）的高收入。他从埃及大学旅游学院毕业，一度曾犹豫是否进入导游这一行业，但随着中埃关系的发展，埃及的旅游资源也受到中国民众的关注。而且中国与埃及有着良好的合作关系，在埃及有较好的社会影响力，中国游客在埃及也大受欢迎。在这样的背景下，在埃及当一名中文导游是相当不错的职业。据他介绍，目前在埃及青年中约40%的人在学习中文。中文已是他们掌握一门外语技能开拓自身发展的重要途径。孟飞告诉我们，他此生最大的愿望是娶个中国女孩做老婆，由于缘分未到，此希望已经落空。本月20号他要与埃及未婚妻举行订婚仪式。驴友告诉他："你知道中国也有个叫孟飞（非）的，与你中文同名。他是中国当今最红的相亲类节目主持人。或许他还能圆你这个梦！"他说："如果还有机会我一定会争取。"大巴上响起一阵欢笑。

开罗意为鲜花盛开的地方，是埃及首都兼最大的城市，也是非洲（及阿拉伯世界）最大城市，位于埃及的东北部。

开罗横跨尼罗河，是整个中东地区的政治、经济、文化和商业中心。

斜阳从远处投来残照，炊烟缭绕下的开罗，本该华灯初上、万家灯火之际，而映入眼帘的却是：半壕污水一城残绿，烟雨暗千家。身着旧袍或蒙面的男女，在飞扬的尘埃中掠过。就如记忆中的童年生涯，仿佛又回到了那个曾经睽违的艰难岁月。

两天来旅游大巴载着我们多次穿越开罗这个大都市，跨过尼罗河上的大桥，领略了城市风光。令人深感惊讶的是这个人口900万、面积达1200平方公里的非洲最大的城市、道路纵横交错交通繁忙的城区，居然只有三条交叉道路有红绿灯。换句话说，开罗全市仅有三处红绿灯，真令人匪夷所思！繁忙的路口仅靠交警现场指挥交通，竟也有条不紊！庙堂的京城如此景象，旷野的江湖更不值一提。

两天来在这个非洲城市不仅品尝了大陆"王府饭店"的特色团菜，还有幸光临台湾的"圆山饭店"。两天的开罗游，团菜吃遍海峡两岸名菜，恍若置身于亚洲！

埃及的历史与风情需要细细品味，埃及充满神秘色彩，需要仔细探究，它散发出的魅力需要亲身感受才会有至深的感悟。

我们入住开罗城里离金字塔最近的五星级 Meridien Hotel（艾美酒店）。该酒店的广告语这样说：酒店享有庄重的吉萨金字塔（Giza

Pyramids）无与伦比的景致，距离该金字塔仅有 1 公里。酒店距离开罗市中心的塔里尔广场（Tahrir Square）13 公里。

说是五星级酒店，但与国内五星级酒店相比还是差了些。在酒店大堂等候入住的时候，见到很多阿拉伯家庭来此入住，也有不少西方人士来此。酒店很大，楼不高，但占地面积很大，有近 700 间客房。我们在找寻房间时差点迷失了方向。有幸我们居住的房间阳台与金字塔近在咫尺，一览无余，可平视晨暮之时光影中的金字塔。

酒店的安保措施很严格，任何进入酒店的车辆都要停靠在大门前的位置，须经门口两条训练有素的警犬围着车身仔细嗅过，没问题后设在酒店入口路中央的几根巨大的金属防撞桩才会缓缓下降让车辆进入。客人和所有行李在进入酒店时均要进行人、物分离安检。在这种局势动荡的国家，安全最重要，至于其他的都在其次。

五星级酒店的早餐是一道永不落幕又赏心悦目的美食风景线，不管在欧洲、美洲，抑或是如今置身于遥远寂寥看似贫瘠的非洲，那五彩缤纷的早餐，依然能唤起你新的一天欲罢不能的食欲。

丰盛的早餐后，团员们鱼贯上了旅游大巴。实际上距金字塔仅 700 米的路途，刚上车就下车，排队跟着人流通过严格的安检后进入金字塔景区。

埃及金字塔始建于 3900 年前，花 80 埃镑（约人民币 25 元）就能一睹世界八大奇迹之一、埃及胡夫金字塔的尊容，是桩何等令人愉悦的事！那种无与伦比的视觉冲击力，绝不亚于你当年首次与另一世界八大奇迹——秦始皇陵兵马俑邂逅的情形。（世界八大奇迹指的是古巴比伦的巴比伦空中花园、亚历山大港灯塔、罗德岛太阳神巨像、奥林匹亚宙斯神像、阿尔忒弥斯神庙、摩索拉斯陵墓、埃及的金字塔与中国的秦始皇陵兵马俑）。

如今秦始皇陵兵马俑在地下坑道中，已传略显风化遭损之虞。而几乎同属四千年前的埃及金字塔，就在这广袤无垠的荒漠上突兀而立，历经千百年风雨沧桑，时代更替，岿然不动！目前这八大奇迹仅存埃及金字塔和秦始皇陵兵马俑。秦皇陵兵马俑的保存与维护仍是一道无法破解的科学难题，而埃及金字塔却独善其身，迎风抗雨，岿然屹立。

埃及金字塔中，以吉萨的三大金字塔最为闻名于世，包括胡夫王（Khufu）、卡夫拉王（Khafre）及孟卡拉王（Menkaure）这祖孙三代的三座最为宏伟和完整。其中又以胡夫金字塔为最，它相当于一座40多层的摩天大厦。据说，有十万人在烈日暴晒和监工的皮鞭下辛劳，用了十年的时间修筑石道和地下墓穴，又用260万石块和20年时间才砌成塔身，整个工程历时三十多年。金字塔是古埃及法老（国王）的陵墓。

埃及金字塔带给我们的不仅是视觉感官上的冲击力，它是古埃及人民智慧与力量的象征，同时揭示了古埃及统治者的荒淫与残暴。

在金字塔景区游览时，不绝于耳的是当地小贩与助游者用中文不厌其烦地向你吆喝："人民币！清凉油！"他们的纠缠时而会打扰你观景的兴致。

随团的美女模特青春靓丽很给力，配合默契，不仅为这无垠沉寂的旷野徒添了几缕现代人绚烂色彩，更是注入了如虹般美丽璀璨的青春气息。一幅幅现代倩影、背景衬托着古埃及苍凉皇陵的图景在视觉上颇佳。我还走下观景处的高坡，相机位几乎贴在了荒漠上，等待着由远而至奔驰而来的马车与汽车，将一幅幅旷野里现代阿拉伯人驱车的生活情景拍下。

古埃及法老雷吉德夫根据他父亲胡夫的肖像建造了狮身人面像这座纪念碑，把其父看作太阳神拉。这也属于雷吉德夫的宣传手段之一，为了恢复人们对这个王朝的敬畏。此像高20米，长57米，面部长约五米，头戴"奈姆斯"皇冠，额上刻着"库伯拉"（cobra，眼镜蛇）圣蛇浮雕，下颌有帝王的标志——下垂的长须，一只耳朵垂下就有2米多长。

我们离开了金字塔，暂别开罗，纵深去到埃及的红海省，一个著名的度假胜地——红海。从开罗到红海

啊！金字塔！

度假村车程约六小时，一路上饱览非洲东北部风光。大巴蜿蜒飞驰在一边是碧波万顷的红海、一边是世界最大的撒哈拉沙漠的路上。海水若冰，沙漠似焰，这冰与焰的组合在道路两边陪伴我们多时。每过一个城镇，就暂别冰与焰，又突感一种城市的热闹与温馨，那里有非洲参天的棕榈树，有精致的别墅群。当大巴停靠休息区时，见到通往厕所的走廊里都设有祷告间，在此也目睹了信奉伊斯兰教的阿拉伯人，在短暂停留之际，也脱鞋入内跪拜虔诚祷告，与主分享旅途的欢愉感受。

傍晚时分我们入住红海五星度假村。每人手腕戴上一个手环，凭此手环两天内可在度假村宽敞豪华的餐厅享用三顿颇为丰盛的自助美食。

度假村房间十分宽敞，而且还能观赏近在眼前的海景。红海的一大片海滩与度假村相连。我独自躺在荡漾在红海的小船上，倾听海水的轻絮，眺望远处撒哈拉沙漠升腾起的一股股热浪，恍若置身海市蜃楼瞬息变幻的图景中，甚感现实中的非洲比想象中的要丰满许多……

翌日，我们从红海出发，驱车四五个小时去了著名的卡纳克神庙。

途中我们见到公路上较多的检查哨所及荷枪实弹的军人，在几处哨所还见到了架起的机枪与停在哨所边涂着草绿迷彩的装甲车。近日，还时而风闻埃及几处城市遭遇炸弹袭击、死伤多人的新闻。这多少给是次埃及之行徒添了不安情绪，还好埃及东北部还算安全。

途中在埃及著名古城卢克索乘坐马车游览。悠悠荡荡的马车载着我们穿梭在古城街道上，两旁时有古神庙遗址略过，而更多的是清真寺教堂与穿长袍的市民，除了马车还见到现代化的交通工具——汽车与摩托。这些现代化元素与几千年的神庙遗址反差极大，它们却在同一个画面中，这是难以想象的，也反衬出时代终究是要革故鼎新的！

卡纳克神庙始建于3900多年前，位于埃及城市卢克索北部，是古埃及王国遗留的一座壮观的神庙。

极其著名的卡纳克神庙，门前就是一条在电影中见过无数回的羊头狮身像大道。这是世界上唯一一条羊头狮身像大道，连接着跨越数千年的两大神庙。从石柱顶残留的象形文字可以想象出卡纳克神庙4000年前的风采。

在这里，脑海里浮现出阿加莎·克里斯蒂著名的《尼罗河上的惨案》中，奥特勃恩太太一到，就摸着羊头说是男性生殖器的象征。"哦，公羊！淫荡、好色，男性生殖器象征的公羊……多么雄伟啊！健壮的肢体、掀起的鼻孔、弯曲自如的犄角。"哈！然后邪魅一笑……

有幸来到电影《尼罗河上的惨案》的拍摄现场：片中琳内特和多伊尔在卡纳克神庙遭受到巨石的袭击，在呼啸的风声中，巨石从天而降，突然砸向巨大石柱的脚下。导游带着我们来到这根巨大的石柱下，谈论着电影中的情景，心旌荡漾，目眩神迷，约几百吨重的石块，风哪有如此威力！？可见阿加莎出神入化的想象力，给凶杀案蒙上了一层又一层诡异的色彩。神庙内有大小二十余座神殿、134根巨型石柱、狮身公羊石像等古迹，气势宏伟，令人震撼。卡纳克神庙是埃及中王国时期及新王国时期首都底比斯的一部分，太阳神阿蒙的崇拜中心，古埃及最大的神庙所在地。

离开了卡纳克神庙与古城底比斯，我们还去了就近的尼罗河，乘坐小型机动游轮，还登上了尼罗河上的一个小岛，观赏了热带雨林气候中的众多植物，也近距离目睹了在巨大铁笼里人工养殖的非洲鳄鱼。在岛上我们小憩在凉棚下，品尝了当地人刚采摘下来的香蕉。午后在隆隆作响的机帆船上观赏著名的尼罗河两岸景色，脑海里总浮现出阿加莎·克里斯蒂电影《尼罗河的惨案》片段。由此也得出结论，文学艺术总比存在的现实要风光百倍。春末夏初灿烂阳光下静静的尼罗河，没有艺术家的渲染，它只默默地流淌，一点也不出彩，平凡得宛如一条无名的宽阔河流，永远不会引起世人的瞩目。

并不是所有的绿水青山都受人青睐，荒漠遭人嫌弃。世间的自然生态均有它的美感，旷野的荒漠有种雄壮苍凉之美。黄昏前我们九人乘坐两辆八驱动的"沙漠之狐"越野车，有两位经验丰富的阿拉伯司机带着我们一路狂奔，开始了世界上最大沙漠撒哈拉之旅。一路惊险不断，跃上沙丘，腾空失重又落下，尖叫声划过荒漠。在荒漠中你看似无路又有路，只有经验丰富的老司机才能辨明。两车相互追逐，滚滚沙尘在热浪升腾的荒漠里迷漫。

我们又徒步翻越四五十米高的沙丘，而汽车绕过沙丘在背面等我们。望漠兴叹，力不从心。只见埃及导游驾轻就熟，一跃而上，不费吹灰之力就登顶了。当我们千辛万苦登顶后，他又毫无惧色地面对高危陡坡顺势大步而下。十余分钟他就轻而易举地完成了上下沙丘的整个过程，让驴友们个个惊叹不已！在一群女驴友的鬼哭狼嚎中，我们终于结束了登临沙丘这一有惊无险的"壮举"。

我们在撒哈拉沙漠尽情地享受这寂寥荒漠带来的乐趣，这有别于青山绿水、江南古镇的优雅婉约，更有别于国际大都市的奢华与尊贵。这是另一番辽远空旷的感受。

在迷漫的尘漠中，突然想起了作家三毛曾离群索居在此逗留过多年。1973 年，她禁不住撒哈拉沙漠的诱惑，与深爱着她的西班牙青年荷西来到这片世界上最大的沙漠结婚，白手成家。在沙漠生活多年，激发了她潜藏的写作才华，她以当地的生活为背景，写出了很多情感真挚的作品，她的文学创作生涯从此开启。在荒漠中三毛才思泉涌，这里是她文学上的绿洲和幸运地！

黄昏时分的撒哈拉沙漠最美，晚霞给大漠涂上一层金色。阿拉伯人驱赶着骆驼踏上归途，这沙漠之舟在光影里移动。大漠落日浑然一体，远处有人燃起篝火。此时真有"大漠孤烟直，长河落日圆"之意境。须臾间，金色的晚霞褪去，夜幕降临，沙丘漠洞里映出了亮光，与星星共同点缀着夜色中大漠，驴友们从大漠各处涌向欢庆的中心舞台，大漠中的歌舞狂欢进入一天的高潮……

我们从红海回开罗的路上还在塞得港做了短暂停留，在一海湾处观赏世界最著名最繁忙的航道苏伊士运河。运河 1869 年修筑通航，是一条海平面的水道，在埃及贯通苏伊士地峡，沟通地中海与红海，提供从欧洲至印度洋和西太平洋附近土地的最近航线。它是世界上使用最频繁的航线之一，也是亚洲与非洲的交界线，是亚洲与非洲、欧洲来往的主要通道。

那天正好不巧，该运河正有任务暂不对外开放，我们只能隔着铁丝围栏远眺。

在开罗我们又参观了几座教堂。

在穿越约大半个埃及后，我们又回到了开罗，穿梭在城市的大街小巷中，捕捉那些非洲异域情景。

最后一天的埃及之旅，驱车前往开罗老城，参观悬空教堂。悬空教堂始建于公元 3 世纪，是埃及最古老的教堂之一，在湛蓝天空的映衬下，雪白色的塔楼和美丽的十字架散发着基督教堂独有的圣洁和光辉。午餐后前往汗哈利利集市，它是开罗最大的集贸市场。据导游说其中95%的商品来自中国义乌，驴友们还是饶有兴趣地漫步在这千里之外的异域市场，见识了威名赫赫的义乌小商品。

为确保我们这次埃及之行安全离境，这天从上午出发就有一辆警车尾随着我们乘坐的大巴，直到下午在大巴驶离市区，去往开罗机场的快速路时，警车才与我们道别。这时陪伴我们一周的导游穆色达法在大巴上几乎哽咽着与我们道别！对他来说，这样迎来送往的场景周而复始，千篇一律。他说，能表达他此时心情的是一首中文歌——中国歌手田震的《干杯！朋友》在车上的扩音器里响起：

干杯啊朋友／朋友你今天就要远走／干了这杯酒／绿绿的原野没有尽头／像儿时的眼眸／想着你还要四处去漂流／只为能被自己左右／忽然间再也止不住泪流／干杯啊朋友……

田震铿锵的独唱最后成了全车驴友的合唱。接着孟飞又动情地说："来埃及说不一定有一两次就足够了，而去中国没有四五十次是远远不够的！我期待着下一次的中国之行，在此也欢迎各位再来埃及！"说完他拱手向大家道别，下了大巴，汇入人头涌动的开罗街道……

傍晚时分在埃及开罗机场，经过严格的安检登上了阿拉伯航空飞中东阿布扎比酋长国的A380宽体客机。这是迄今为止世界上最大的客机，我们见过双层列车、双层巴士，今天见到了有双层客舱的飞机。宽敞的大飞机有五百多个座位，让人有意外的舒适感，临窗的座位不是紧挨着窗壁，还留有适当的空间，不至于感到逼仄。白色大鸟一阵轰鸣，全身颤抖着狂奔速跑，划出了一道漂亮的红色弧线，巨大的钢铁身躯昂首冲上了非洲的夜空。起飞后就提供Wi-Fi网络，还可以使用手机。这是中东航空公司率先开放的空中网络航班。

穿行于夜色苍穹中，翻看埃及之旅的点滴回放图片，陷入遐思之中。

3900年前用260万块几吨重的巨石叠垒建造了金字塔，已经令人匪夷所思。当时地球的经纬度标注还远未发明，在公元344年后人类绘制的经纬度才逐渐被应用，难以想象。北纬 30 度，一条有趣的纬度。中国第一大河长江的入海口——上海，也正是北纬 30 度。中国的 318 国道正是沿着北纬 30 度蜿蜒，从起点上海到终点西藏拉萨。北纬 30 度上，现代时尚的国际大都市上海还连着青藏高原的喜马拉雅山，颇为令人惊讶与惊奇。北纬 30 度还有太多让人着迷或无法解释的东西。相信自然界永远有未被人类挑落的神秘面纱，这就是宇宙的奥秘……

古往今来，历史更替，多少王侯将相早已化为尘土，却如出一辙地热衷于奴役百姓建造无比壮观的陵墓。埃及有金字塔，中国有秦始皇陵，印度有泰姬陵，等等。

这些风格迥异、恢宏壮观的皇陵，均在炫耀古代统治者曾经风光的存在。反观现代的我们，能留下什么有价值的东西让千年后的人类膜拜呢？是摩天大楼倒塌后的废墟，战争纪念馆里原子弹、核动力航母的一堆废铜烂铁残骸，抑或人类探索太空已锈迹斑驳的发射架，还是万宝全书的电脑、世上在位最长的君主英女皇的尊容，席琳·迪翁的天籁之音，还是憨态可掬的大熊猫"欢欢"的标本？也许这些既合适又不合适，世上没有什么能永垂不朽。那只能是现代文化科技的思想意识，这总有点虚无缥缈。一时茫然而终究寻而无果。

MP3 里那首马克西姆恢宏叙事的《出埃及记》钢琴曲骤起，气势磅礴，充满激情的演绎，诠释了那段悲壮的历史，与眼前耳熟能详的埃及画面交相辉映。北纬 30 度上的四大文明古国是世界文明的起源，是人类文明一道亮丽的曙光。在漫长的历史进程中，文明古国在相当长的历史阶段中缓慢前行，以至于发展艰难滞后。而现代文明在交融碰撞、开拓创新中突飞猛进，在此基础上加速了改变世界的面貌。可以想象漫长的几千年封建文化经济科技发展，在数百年间发生巨变。当然目前的埃及还是个贫穷的国家，首都开罗似乎还很萧瑟疮痍，用脏乱差来形容也不过分。但它的梦幻与现实颇引人侧目。沙漠海洋，宗教信仰，历史辉煌，宏伟神秘，每一样都独具魅力，让人如入探秘之境，尤其是古埃及人的伟大智慧、法老文明的历史厚重感，这一切都给人巨大的震撼。

耳机里忽地传来歌手赵雷的歌曲《成都》，瞬间心血来潮填词改成了《埃及》。当飞机降落在阿布扎比国际机场时，埃及已在脑海里珍藏，每一段旅途总有她的独特之处！

埃　及

　　让我掉下眼泪的，不止埃及的酒。让我依依不舍的，是红海的温柔。长路还要走多久，你攥着我的手。

　　让我感到为难的，是动荡的哀愁。分别总是在六月，回忆是思念的愁。

　　海水和火焰，吹打着我额头。在卢克索城，我从未忘记你。埃及，带不走的，只有你，和我在埃及的街头走一走。哦……直到所有的青春都在这也不停留。

　　你会挽着我的衣袖，我会把手揣进裤兜。走到金字塔的尽头，坐在骆驼上眺望塔尖的斜阳。

　　分别总是在六月，回忆是思念的愁。马赛马拉的秃鹫，撒哈拉的暖风。在那片无际的大漠里，我从未忘记你。埃及，带不走的，只有你。

　　和我在埃及的街头走一走，哦……

　　直到所有的街灯都熄灭了，在这也不停留。你会挽着我的衣袖，我会把手揣进裤兜。

　　走到胜利广场那头，坐在小酒馆的门口。

　　和我在埃及的街头走一走，哦……直到所有的青春都在这也不停留。你会挽着我的衣袖，我会把手揣进裤兜。走到尼罗河的尽头，坐在面包树的枝头和我在的埃及街头走一走。哦……

　　为它所有的青春都走了，也不停留。

　　每次远行似乎都有一眼瞬间的奇妙感受，人生旅途就是在这样看不尽的繁华与沧桑中，在遗憾错过与有幸相遇中前行，直至落花成泥的诗与远方。

2018 年 6 月初稿
2021 年 10 月改稿

晨曦中的上海城隍庙

当长夜褪去,晨雾初开的上海城隍庙展露新姿……

春末夏初的一天清晨,心血来潮,何不去看看久违的上海城隍庙,拍摄晨曦光影中的城隍庙。

心动就行动,出门时天还不见光亮。登上了头班始发公交车,车上仅有两位乘客。巴士在清晨的马路上飞速穿行,到站后转骑网络时代的共享单车,这是最便捷的交通工具,以车代步既节省时间,又可以轻松直达城隍庙中心区域。

在五点半过后,校场路的门卫通融地打开门让我这位不速之客入内,我大步流星向城隍庙九曲桥方向走去。

当九曲桥上、绿波廊广场空无一人时,那种场景几乎难得一见,那种感觉真的好特别。像刚刚经魔术大师的魔棒一挥,瞬间隐匿了汹涌的人群,令你呆若木鸡般伫立在此,颇为奢侈地环顾这晨光薄雾中的楼台亭阁,而惊叹不已!又是哪位艺术家的杰作,将明清建筑的飞檐翘角的剪影镶嵌在微亮的天穹中,抬头远望还能与浦江对岸的现代化摩天大楼相映成趣,瞬间组合出同一画框中的"传统与现

九曲桥边的绿波廊

四、宁静致远

代""古典与摩登"的意境。

　　湖畔石台阶上的两只大白鹅振翅引吭高歌，扑洒着身上的水花，悠扬的欢叫声划破了这晨曦的宁静。一湖碧水倒映着亭台楼阁，还有汉白玉雕塑亭亭玉立，荷花仙子含笑迎客的倩影，时而微风吹皱了一池湖水，荡起阵阵涟漪，更显中国风园林小桥流水特有的雅趣。

　　上海城隍庙坐落于浦江西岸，十六铺码头南侧与南市老城厢为伴，是上海地区重要的道教宫观，祭祀金山神汉大将军博陆侯霍光神主，始建于明代永乐年间（1403—1424），距今已有六百年的历史。风雨沧桑，朝代更迭，上海城隍庙也历经兴衰。

　　数百年来，在上海城隍庙周边相继建成了江南特色的湖心亭、九曲桥与海上名园——豫园等景点。这些景点沿袭了上海建埠传承至今的地域历史文化特色，是了解上海历史发展最具代表性的一张名片。多少年来，上海人对它了然于胸、推崇备至。外乡人来沪地一游，上海人会隆重推荐此处。那是上海最本土化、最具传统风俗之地。时至今日老上海人在谈起上海城隍庙时，那种眉飞色舞、如数家珍般的叙说，依然会令人感同身受。那些历史文化图景：豫园、九曲桥、湖心亭、藏宝楼、银楼与药局、西洋镜、踩高跷、大头娃娃、捏泥人、糖画、剪纸，还有十八般武艺的展示；饮食文化图景：绿波廊的玫瑰汤圆，上海老饭店的油爆虾、扣三丝、虾子大乌参，天晓得梨膏糖商店的各色梨膏糖、五香豆、南翔小笼馒头等，还有每年堪称传统经典的元宵灯会，在那里享受一场古意盎然的传统灯会，是新年最期待的乐趣。当看到霓虹闪烁梦幻中摩肩接踵明清装束的匆匆过客，抑或灯火阑珊处的人与景时，你会感觉穿越至从前。那一夜"东风夜放花千树，更吹落，星如雨。宝马雕车香满路。凤箫声动，玉壶光转，一夜鱼龙舞"，瞬间乍现的绝佳景致令你流连忘返。这些曾经都是老上海们耳熟能详而又挥之不去的记忆……

　　眼前这座湖心亭改为茶楼有一百多年历史了，游人常来此呷茶听评弹。推开精致的木窗，可以俯瞰整个九曲桥的美景。品茗议事，城隍庙湖心亭茶楼也是绝佳去处。这个百年茶楼还接待过英国伊丽莎白女王。

　　绿波廊位于豫园商城九曲桥旁，是沪上著名的百年老店，曾接待过不少外国领导人。绿波廊系三层仿明清建筑，青瓦朱栏、古色古香，与湖心亭相映生辉，宾客倚窗就座，推杯换盏之际，碧波绿水尽收眼底，令人心旷神怡，平添了不少饮食情趣。这里的点心堪称一绝，本帮菜做得挺地道。

赫赫有名的上海老饭店，原名"荣顺馆"，由上海川沙人张焕英创建于清光绪元年（1875年），以经营上海本地风味菜为特色。有"品味源头上海菜，驻足百年老饭店"之美誉。

由绿波廊经九曲桥走到那头就是另一个著名景点"海上名园——豫园"，始建于明代嘉靖、万历年间，占地三十余亩。豫园小巧玲珑，包罗江南特色建筑与名贵花卉树木，是江南古典名园。园内有江南三大名石之称的玉玲珑，有1853年小刀会起义的指挥所"点春堂"。

现今的上海人也许早已忘记城隍庙供奉的是何方神圣，少有人去城隍庙烧香拜佛，来城隍庙只是观赏这一区域的风光，体验人文环境、饮食文化所带来的那种感受。记得年前，从异域来此重拾当年游玩的愉悦，顿觉有些许失落。虽然景物大致依旧，景区面积早已扩大了数倍，经典景点被颇大的商圈包围，一些曾经口口相传的老字号也难觅踪迹，原本富有特色的美食文化，已渐行渐远……

此时朝霞吐露，初升的太阳驱散薄雾。商家的旗幡在晨风中飘扬，天已大亮，游人与上班族增多，车水马龙、周而复始的上海城隍庙的新一天又开始了。宛如张择端名画《清明上河图》般的"城隍庙人文图"顿时灵动起来，生机盎然！

在新时代发展中的国际大都市，新上海的名片一次次被刷新，但老上海颇具历史风貌的城隍庙，在沪人心中仍是独树一帜、不可替代的上海具有传统文化特色的景点。但愿她在未来的发展进程中，不仅能融入现代气息，更将充分发挥地域历史文化的优势，吸引更多中外游客了解上海，提升上海这个国际大都市的文化内涵。这该是她的主旋律。

2018年6月于澳洲悉尼听雨楼

姑苏小宴

刚过立冬，秋凉如水。

养生上说的贴"秋膘"已过，时令步入初冬。实际上贴秋膘与美食也有区别，前者的重点在"贴膘"，后者主要诠释美味。总之，这正是吃货大快朵颐的季节，是老饕们品味尝鲜的好时光。

偌大一个国际大都市，业界说约有十万家大小餐馆集聚于此，几乎网罗了全世界所有地方美食。

如今是网络时代，那些足不出户，每天求助"饿了么"送来的只是果腹之物，离理论上的美食差之千万里。挑剔的食客对美味颇有讲究，永远不满足追求佳肴的欲望。犹如都市里的玩家看腻了庭园自栽的奇花异草与几尾嫣红姹紫的锦鲤，孤赏之余依然会在当下去苏州园林瞧那一池颓唐的败荷残柳，看那夕阳余晖斑驳光影中凉亭石桥苍凉垂暮的风韵。这是经典，无法比拟。对美食如出一辙，老饕们十分念旧。对繁华都市缤纷的创新美食与呼之即来的快餐之现状，他们全然不屑一顾，执着地隔三岔五、如数家珍般地寻觅舌尖上的传统美味。

我这位土澳回乡探亲者，也随着他们上了绿皮

新聚丰菜馆

火车 K516，哐当一声，驶离上海站，老饕们的胃激素也开始加快分泌。这不是高富美在奢华的软椅靠背高铁上，眼望窗外分外妖娆的大好河山谈论"澳龙"的多种烹制方法，也不是在五星级酒店正襟危坐细嚼慢咽那些摆盘精美的食物。这些高端场景均与"人间烟火""大众食材"相去甚远，与传统美食大相径庭。而在这行将退役的绿皮火车车厢里促膝谈论近在眼前的地方美食则更接地气，更能使老饕们对美味佳肴充满无限遐想。哲学家叔本华谈"欲望"时，说有一种欲望既自然又必需，这就是"饮食"。

约一小时，火车缓缓驶进了苏州站。

苏州在儿时的记忆中，总与一盒蜜汁豆腐干分不开。多少回在此嘈杂喧嚣的站台上，为买几盒虎丘牌蜜汁豆腐干挤推人群，全然不顾列车员催促上车的哨声。那时拥有一盒香甜美味的蜜汁豆腐干是一种极致的美味享受！也可说蜜汁豆腐干是本人对苏州美食的启蒙伊始。

后来知道，苏州美食不仅有蜜汁豆腐干令人难以忘怀，还知道苏州是华夏东部饮食文化中心，是取八大菜系中淮扬（苏）与本邦的结合体，是苏式饮食文化的发祥地。

随人流在站台下层转坐苏州地铁，几分钟后走出地面就是享誉苏州的文化美食商业的观前街。

初冬时分沉浸于江南古都那股清新淡雅的氛围中。没多久拐进太监弄就见到了百年老店"新聚丰菜馆"醒目的店招。说是太监弄，其实早已是条大路了，想必此处定是因为旧时太监集聚采办宫廷之物而得名。如今已成诸多盛名天下的美食文化传承之商圈。

推门拾级而上，"新聚丰菜馆"五个曹全碑镏金隶书招牌横于门上，是由苏州书法家，中医世家钟天独先生所书。门楹联是"桌满春醪春满桌，天盈瑞雪瑞迎天"对仗工整，每句顺逆读都成优美词句，颇见楹联书写者之文学功力。左边墙上悬挂着"中华老字号""首届同里红""十大餐饮名菜之一""苏州市非物质文化遗产传承人"等几块掷地有声的金字招牌，令人顿生敬意。

进门的迎面屏风是一幅红梅绽放正艳的中国画《霁春图》，镶嵌在精致的玻璃框内，让人不由得想起苏州邓尉探梅香雪海的壮观景象。绕过屏风是贵店大堂，有多个大小圆台方桌，临街靠窗还有几个半开启的包间。初冬晌午，和煦的暖阳一泻而下，传统的中式镂花圆台座椅、墙上楹联以其清隽书风："三吴俊味久驰誉，一品名楼新聚丰。"环顾四周，文辞古雅，画态萧闲，意趣天成。传统文化相得益彰，赏心悦目。

我们捷足先登择近窗半开启包间而坐，泡一壶苏州碧螺春，边品茗聊天边点菜。老饕们各抒己见，食欲高涨。须臾间完成点菜任务，还点了当地高端黄酒"沙洲优黄"。老饕们熟知品味佳肴时不喝白酒之原则，高度白酒会使舌尖麻木，对美味降低灵敏度。而黄酒则既温和又不失尝鲜的辨识度。

不多时第一道油爆虾上台，只只饱满圆润，夹一只红润浅酱色河虾入口，外脆里嫩，甜美中带咸鲜，虾肉鲜嫩可口，果然是岁月已久的绵浓。如此大个的河虾，菜市场里不多见。一道油爆虾看似简单，而制作过程却大有讲究。在过油、甜度与酱色调料三大要素中，争分夺秒，做到精准实属不易。

又来一道江南名菜响油鳝糊。女服务员右手还提了一小壶烫油浇淋在盆中的鳝糊上，嗞嗞声爆起，真正做到了名副其实的响油鳝糊。很多店家都不曾有这一过程了，这里还保存了制作这一名菜的最后一个程序，使之完美呈现在食客眼前，一缕热烟欢快腾起，惊艳四座。

蟹粉蹄筋驾到，黄润柔软的蹄筋点缀着当地时令大闸蟹大小不一、令人垂涎欲滴的蟹肉与蟹黄，看了就满心欢喜。入口更是甜柔刚好，薄欠勾得适度，既刚好包裹着蹄筋，挂糊着丝丝缕缕蟹肉，又不感到太湿塌而使蟹肉流失，内里寡淡。每道工序都达精湛，这就是厨师的功力。

樱桃汁肉上台，令人唏嘘不已。只见一块近手掌大小、小指高度油光锃亮皮朝上、满身樱桃色的猪肉在盆中摇晃着到来。樱桃红色十分抢眼，加之绿色毛菜围边更添魅力。服务员用小刀将如此透亮宛如大块红玛瑙的肉切四刀，成一"井"字，有九小块。夹一块热香扑鼻肥瘦夹花肉，入口即化，美不赘言。肥肉柔软，瘦肉不柴。

酒过三巡，环顾桌上，几乎盆盆见底，一扫而光。

一道时令当地特色蔬菜冬笋荠菜，清口脆爽，小块冬笋配以细碎翠绿清香的荠菜，味美可口！

　　压轴的是大菜松鼠鳜鱼，瞬间将小宴推向欢乐的高潮。一只活泼动感十足的松鼠做昂首状，满身鱼肉似菊花绽放，尾巴翘起又似扇状。配以红色番茄酱调白醋、白糖汁佐以松仁浇淋鱼身。松脆嫩肉，甜酸生津！奏响了这次小宴以"年年有鱼（余）、红红火火"收尾的欢乐颂！

　　枣泥拉糕是道甜点，也是该店点击率超高的点心。呈深琥珀色切成菱形状的拉糕甜糯弹牙，十分美味，是品尝美味佳肴后必配的甜点。

　　小宴结束，又一阵喝茶聊天，老饕们异口同声，直呼过瘾到位，回味无穷！能将一道菜烹制好不算稀奇，要让道道菜都精益求精，达到最佳水准，这才难能可贵！新聚丰果然名不虚传！向经典致敬！

　　在人生岁月长河的流淌中，让你铭肌载切的不是钟鼎，不是世间的几个大人物，而是一缕秋风，一次偶遇，一朵不知名的雏菊，一本书，一首歌……也许是某家简朴餐馆里散落盆中的几只汁浓味正的油爆虾、几尾浓油赤酱的红烧划水，几块不经意却又酒香扑鼻的醉鸡，那些淹没在人间小巷中的感觉真的好，这才是俗世里的清欢。

　　唯有美食带给人生的乐趣是最频繁、最直接、最快速的。

　　这时正巧店主陆女士过来闲聊几句，老饕们点赞有加。陆老板欢迎各位下次再来，还有经典佳肴：滑溜河虾仁、母油船鸭、糟溜塘鱼片、虾子茭白等和桂花鸡头米甜羹等待各位尝鲜。陆老板一口吴侬软语还说道："多年来，恭逢社会各界的有世界建筑大师贝聿铭、著名词作家乔羽等人士光临，深感荣幸！"

　　步出店家，蓝天依旧，风轻云淡。门口观前街因是苏州玄妙观前的一条街而得名。走到观前街东首，站在高处回望整条街道，人头攒动，络绎不绝。这是苏州城里最热闹之处，一条长不足两公里、宽不过四五十米的步行街，几乎集聚了全苏州所有百年老字号与知名店家，穷尽天下所有珍奇异宝、人间美味、绫罗绸缎、茶香酒醇，构成一幅世代不落的姑苏繁华图。这幅近现代知名商圈风俗图可与明代张择端的《清明上河图》媲美。街道两旁的赫赫名店如雷贯耳：稻香村、新聚丰、朱鸿兴、松鹤楼、五芳斋、叶受和、绿扬馄饨、得月楼、采芝斋、黄天源、陆稿荐、王星记、三万昌、乾泰祥等都是声名远播的百年老店。寰宇天下，如此景象，堪称奇观！想想苏州民众真有口福，那么多风格迥异的美食名店，近在咫尺，扎堆簇拥在家门口，天天与名店为邻，与美食做伴，幸哉！

2017 年 12 月于澳洲听雨楼

吃月饼　聊糟香

疫情下的澳洲迎来了第二个中国传统佳节——中秋节。今年的疫情比去年更猖獗，一波三折，被每日确诊病例数扰得就像坐过山车般，心悬半空一愣一愣的。曾经的抗疫优等生，瞬间坠落，面对这波断崖式疫情乱了阵脚，毁了武功，漫长百余日的封城加宵禁，病患总数已愈四万，医院告急，现况堪忧，不容乐观。抗疫之战，锱铢必较，稍有不慎，大意失荆（新）州。在疫苗的助力下，不绝于耳的是弃"封城清零"，择"共存开放"之豪言。期盼好运相随！

"稻花香里说丰年，听取蛙声一片"，农耕时代颇接地气的诗句让人沉浸在以往岁月静好的中秋之际。而如今悲喜交织于疫情，不免更添了几许"倍思亲"！

日前一则时令应景的糟香月饼视频跳入眼帘，鲜肉上再放一片糟肉，使现烤鲜肉月饼提升了一个味觉层次。远在天边的美味仿佛能穿越时空，传递感官享受，不禁勾起了相遇糟香的点滴。

排排坐，吃月饼。杀入今年申城月饼市场最大的黑马是这款"精神饼"，由上海市精神卫生中心出品。中秋月饼的迷惑之旅，再次让人大跌眼镜。

念想中的糟味，是始于小时候居家附近闹市有家掷地有声的糟货大王"状元楼"。每逢夏夜降临，华灯初上，"糟货大王"楼里人声鼎沸，众多食客摇着蒲扇，口啖糟货，冰啤一杯，凉意美味齿颊留香，真乃一幅"人间有味是清欢"图。

此后对糟味来者不拒，人曰：食色，性也。它是酸甜苦辣咸等滋味之外另一种独特的味道，如一位身怀绝技的侠客，独步于美食的江湖，不失古老与现代时尚牵手，如今在月饼文化中注入了新内涵，颠覆了太多人的想象。

逛南京路，在"朵云轩"隔邻的山西路口熟识了百年老店"邵万生"，算是与糟货美味有过紧一阵慢一阵的相交时光。

后在澳的日子里，想起糟货总会迫不及待，火急火燎赶去"小上海"的艾士菲，在一华人小超市里觅"一只鼎"品牌的黄泥螺。一次，在该店手提两瓶黄泥螺正要结账，碰到一东北哥们，他一脸不解地问："你怎爱此物？"我说好味。他不屑一顾决绝地说："又腥又甜又咸还有点糟，享受不！"我却呵呵大笑，笑他不识人间美味，比胡萝卜粗的东北红肠他买了四大包。美味如青菜萝卜各有所爱，百味养百人。

回家配一杯精酿花雕开吃泥螺，泥螺有时也称醉螺。一阵糟香扑鼻，直蹿脑门，生津润喉。一碟粒粒大过花生米的泥螺，呈灰黑色，裹挟着浓郁的糟浆玉液，晶莹剔透的软壳里静卧着一小块软糯乌溜溜、黑乎乎浓似墨团的肉体，比筷头略大，夹一个放进嘴里，用舌尖抿一下剔去外壳，咀嚼那片玲珑初始的泥螺胚胎，瞬间美味乍现。

日前再去该地觅糟味时，昔日顾客盈门有太多故土食品的小超市已闭门歇业。瞬间断了糟味念想，没法只能自己动手买糟卤做些猪肚之类的糟货解馋。

每次回中国，总会加倍弥补在澳吃不到正宗糟味之缺憾。以前总觉得糟味以冷菜为主，糟带鱼、糟猪爪牛舌等，其实不然，它的热菜风味也很独特，十分诱人。那天在申城梅陇镇广场地下层的"大食代"里，兜兜转转，目睹了中国画大写意式炫技的铁板烧，更像毕加索光影交错画技的展示，形式大过内容，令人眼花缭乱。还有各式火锅、各地风味小吃，最后鼻息还是被一阵醒脑的糟香勾引，寻味而去，找到了食肆炉头上微煮的糟田螺。立马要了一小砂锅圆胖可爱的糟田螺，两三人佐着小酒开吃，用竹签剔除指甲盖大小的螺盖，挑出青头白身的螺肉，糟香满颊，螺肉劲道美味，时而会有一包白色软体小粒螺籽，几个破了壳的田螺，似乎更美味。情到浓时酒微醺，已两三小锅糟田螺入肚了，还不过瘾。唏嘘！虽吃相欠佳，可这糟田螺真是美味。最后食肆老板两手一摊，今日售罄，明日请早。看着满餐台圆滚滚、胖乎乎晃动着的螺壳，宛如一台面无锡惠山泥人大阿福，咧着嘴朝我们呵呵傻笑！意犹未尽，但也只能无奈地打道回府。

多年在澳寻寻觅觅总没见有糟田螺的身影，似乎这里的田埂农舍、河泊阡陌无螺蛳这类小水生物，尽是生猛大尺码的海鲜，要吃田螺、泥螺这样的念想只能隐忍。

在沪的日子里一次被同窗王兄邀约，参加上海博物馆陈馆长主持的"新科学年会"。聆听了与会者堪称学术成果的精彩发言，颇受裨益。中午用餐是在上博内大门一侧，巨幅落地玻璃窗外大型古风石雕环伺、雅趣盎然的餐厅。那道清蒸糟香五花肉糟香满堂，沁人心脾，美味绝伦，又一次尝到了热菜糟味的点睛之作。

曾受聘于澳洲一国际教育机构开拓中国留学市场，驻守天府之国，俨然成为一枚兜售外国教育资源的文化商贩 CEO。每次来蓉城都住五星西藏饭店，一住就是几周，持续年余。偶在周末闲云野鹤般不仅领略了蜀地九寨沟等世罕其匹的风光，也深深感受到"吃在成都"的无穷魅力。在该酒店品尝到了出奇怪招的江南料理糟兔肉。细皮白嫩的兔肉整齐码放在一深色陶盆中，一撮芫荽叶点缀其上，淡棕色糟卤似灵魂水般没过兔肉，使每块兔肉沉浸于糟卤之中。看似不起眼，却似仙风道骨般的白衣隐士飘然而至，深藏不露。夹上一块咀嚼，糟浆浓烈，回味悠长，有幸在糟味食域中又领教了一道新品。天府之国历来有除火锅外第二吃的兔肉。满大街的咸辣鲜香各式兔肉，唯独难觅小众的糟兔肉。也曾与天府饕友在玉林路尽头的小酒馆里，浅尝辄止他们心中最爱的椒麻兔头。入乡随俗，麻辣已不惧，倒是吃兔头有点吓势势，难以下箸。但不管是糟兔肉还是椒麻兔头，都各有特色，都把兔肉做到了极致。可谓"何须浅碧深红色，自是花中第一流"。

人生最大的乐趣莫过于"吃喝玩乐"，看似有点俗，有点玩世不恭、离经叛道，难登拥有丰盈鸡汤励志者的大雅之堂。其实不然，贯穿人生旅程的这四个字，大有讲究。

有人将吃喝玩乐当门学问，穷尽一生沉浸其中，风花雪月，转辗世界，美食穿肠，将那些舌尖上的美味引申为自己的学问，著书立说传授于人，让食客按图索骥，受益匪浅。这方面的代表人物非蔡澜莫属。

一味糟香，不浓不淡，平常无奇，有时是一小碟有色卤水，有时却是一幅图景，有时又是一种对遥远的惦念，但更多时是一缕妥帖如意最抚凡人心的春风。

诞生近170年的邵万生，一向循规蹈矩，做几样食客耳熟能详的糟味，不惊不艳，而今不甘寂寞，策马扬鞭高调出镜，用百年老卤创时代新品。完美演绎"糟味月饼"后，又刷爆食客眼球，出怪招放卫星，破天荒推出"糟卤咖啡"，不仅是古今结合，还是中西合璧。用塑料杯吸管喝咖啡真是看不懂了，糟卤与咖啡混搭，有点穿长衫、下面露出了一双尖头皮鞋的感觉，突兀强烈，不敢苟同，有待尝试。

昨夜小楼又东风，千滋百味泛心头。大千世界芸芸众生，不仅山珍海味是珍馐，人间烟火里的美味更是信手拈来，取之不尽、用之不竭，永无止境。每一味不经意的食材，经加工后或能搅动你久违的味蕾，唤起你无尽的遐想，更能让你领悟生命中呼之即来的葱绿与甜蜜。有悠久历史文化传承的糟味，不愧是华夏博大精深美食园林中一朵开不败的奇葩，历久弥新！

2022 年 10 月于悉尼

走过江苏路、愚园路……

  沪上家门口有三条马路,呈"工"字形。长宁路与愚园路是平行的,长宁路呈个大弧形,竖的那条路就是江苏路。
  对从小出生在长宁路、江苏路的我来说,江苏路、愚园路印象是深刻的。那时的江苏路十分幽静。它北起长宁路,南至华山路,全长约1.5公里。从北到南知名的住宅、学校也有不少,如中一邨、宏业花园江苏路弄口、市三女中、江五小学、安定坊、忆定坊、月邨等。国画大家唐云旧居是中一邨,两层楼三层阁成排连体别墅。我小时候曾与画院花匠去过唐云家,印象较深的是他家南向阳台上七八只叠在一起像宝塔般的蟋蟀盆,这样参差不一的宝塔有十多座。唐云老师用杭州话说:"人无癖不可。"这全是唐云老师的至爱,至于蟋蟀他养得怎么样我不知道,但他喜欢收藏蟋蟀盆是登门访客皆知的一大癖好。现在想来那些蟋蟀盆工艺

1960年拍摄的少年宫主楼

四、宁静致远

精湛，价值不菲。在作画间隙，把玩这些心爱的蟋蟀盆渐成画家的一大乐趣。

中一邨的斜对面就是武定西路，那时附近有家铁丝厂，总把盘成环形或直条的铁丝置于路边，让之自行风化。此路口的花园洋房里是上海电影乐团，中学时代去省吾中学上学，这里是必经之路，有时还会听到传来的交响乐演奏乐曲。多年前经过这里门口还挂着"上海爱乐乐团"的招牌。想起我澳洲的朋友王兄曾任过该团团长之职。

武定西路上还有一个市三女中的边门。改革开放初期很多国外影片进入中国，那时每天热映七八场的有《桥》《追捕》等电影，我均是在市三女中那美轮美奂的西式大礼堂里观看的。市三女中正门在江苏路，记得它的校门特别优雅，是那种复古教堂式门框，大门居中，左右各有小门陪衬。该校最初叫上海中西女中。中西女中是市三女中的前身，是一所蜚声海外的百年名校，宋氏三姐妹曾在此就读。中西女中是著名的教会学校。从这所学校走出了许多上海名媛，她们有知识，有教养，有抱负；高雅，精致，美丽。

紧邻市三女中的是江苏路第五小学，是一所历史名校，由美国教会创建于1922年，至今已有百年历史，前身是中西女中附属小学，以"小中西"闻名遐迩。从这里走出的名人不胜枚举。

江五小学对面曾经建造了一个"海员新村"，顾名思义就是海运局职工住房，那时涉外远洋的海员，是首批富起来的一波人，他们不仅高薪，还享有外汇收入，购买各类家用电器等物品还能免税。

民国后期享誉海上的女作家张爱玲的胞弟曾住在江苏路285弄里，张子静住一楼，偏西一小间。张子静就是他姐姐笔下的脓包弟弟，一个红鼻头瘦老头。张爱玲把弟弟描述成一个窝囊废，也许加重了他的废物倾向。张子静一直在郊区的中学教英文，退休后没有方向，一直也没有女人。后来有心人协助，张爱玲后妈身后的这间10平方米多一点点的房子留给他栖身。本来的玻璃窗都用报纸糊了起来，一只古董级的黑白电视机，闪发闪发，时常会飘雪花。张子静穿一件灰中式棉袄，抄着一只空瓶，到弄堂口小店换一瓶低价的葡萄酒。那时候，已经有张迷来瞻仰此弄内28号，有些还是远道而来的台湾张迷。据悉，张子静孤苦伶仃，生活拮据，胞姐远在美国鞭长莫及。我们中学期间，曾有不少同学住在这里及附近，也经常来此逗留。此弄还通镇宁路与江苏路。

如果你现在到江苏路靠近愚园路去找285弄，先看到的是两栋高层"畅园"，2号线地铁站出口就在畅园脚下，绕开畅园，才能找到弄堂入口。20世纪30年代留下的五六组连体别墅和多栋独立大洋房现在已难觅踪迹。

江苏路285弄对面是江苏路284弄安定坊，弄内5号一幢三层楼花园洋房曾是著名翻译家傅雷的旧居。傅雷住一楼，连着南向大花园。我曾与发小去过此楼与花园，触景生情。傅雷与他妻子朱梅馥在"文革"初期就在此双双自缢，诀别世界。傅雷译作是中国文化的一大里程碑，曾影响过成千上万个读者，《傅雷家书》成畅销书，大江南北几乎无人不知。傅雷长子傅聪是世界著名钢琴家，次子傅敏是人民教师，傅家声望卓著。

再往南江苏路利西路里，有几幢曾经是匈牙利建筑师邬达克设计建造的欧式别墅，曾是他的旧居，据悉他早期来沪闯荡时曾住在这里。江苏路延安西路达华宾馆的设计建造均出自他手。这些建筑奠定了江苏路上的历史风貌，一条路充满了故事，让人常常忆起这些名人逸事。

后来江苏路打通了北面，连接了苏州河北岸的曹杨路，有了江苏路桥后，江苏路开始热闹起来，往昔的宁静再难重现。

愚园路历经百年沧桑，仍恬静温婉而不失昔日风情。曾经的西洋绅士、文人墨客会聚于此，数十种不同风格的建筑，仿佛在书写上海的半部历史，一个转身的邂逅，便是一段弄堂传奇。要说愚园路上的人文故事更多，不胜枚举。那时从中山公园坐20路电车，买四分钱的车票到静安寺，就等于走了愚园路的全程，从中山公园到愚园路、江苏路此段是最熟悉的，从长宁电影院、西园公寓（九层头）、亨昌里、区政府、安西路、区工人俱乐部、峨眉月路、区少年宫、宏业花园、岐山邨等，如阿宝背书，几乎不会遗漏。

西园公寓九层头那时是上海西区的最高建筑了，白色宽体的建筑，朝南有大草坪依托，还有宽大的门廊。西园公寓我们俗称"九层头"。"九层头"里故事多。有部电影叫《上海王》，整个情节基本以当年淞沪护军使卢永祥之子卢小嘉（一说与孙科、段宏业、张学良并称"民国四公子"）与流氓头子黄金荣为争坤伶露兰春（后为黄妻）大动干戈的社会新闻为主。样板戏《智取威虎山》里杨子荣的扮演者童祥苓曾住在"九层头"顶楼。这位曾经受到毛泽东、周恩来接见，名震一时的京剧艺术家，为了生活，先是承包京剧院，后又在58岁时提前退休，与失业的儿子一家老小"下海"开面馆。

隔壁弄堂的亨昌里，是愚园路与长宁路相通的弄堂。这条弄堂突然有名是在改革开放后，因为弄末靠近长宁路门的第一栋房子修缮后，挂牌成了"《布尔什维克》纪念馆"（其实刊物名应是《布尔塞维克》）。《布尔塞维克》是继《向导》之后较早的中共中央宣传部的机关刊物，1927年创刊。

我认为愚园路这一小段路上给我印象最深的是长宁区少年宫。它当年是愚园路上最耀眼的明珠，如今依然是一座瑰丽的童话城堡。这幢欧洲哥特式风格的三层大别墅可是当年民国交通部部长王伯群为了迎娶他的新婚妻子而特意建造的，日寇当年占领上海时该楼曾作为汉奸汪精卫的公馆。新中国成立后，王公馆曾进驻过部队和政府机构。1960年元旦，长宁区少年宫在此成立，从此这里成了孩子们的乐园。它美轮美奂，矜持豪华的气度，见证了上海滩百年的历史更迭。记得读小学时来过几次，最难忘的是该少年宫里游乐、科技、益智设施齐全，走一条"勇敢者的道路"须汇集智慧、胆略与勇气。这里是童年时最吸引人的地方。

还记得该弄末的区工商联驻地食府曾对外开放，虽不张扬奢华，却是吃客争宠之地，菜肴美味，曾经一道淮扬特色菜"松子鱼米"，令人回味无穷。

愚园路再往东是宏业花园。孩提时代，也可从长宁路上的窄弄进去，然后感觉穿越大墙后面，越走越宽，别有洞天，在花园别墅和联列式住宅间的宽阔弄道里七弯八拐。宏业花园始建于1900年前后，中西混杂，住宅为段祺瑞之子段宏业20世纪20年代所建，故名。

隔邻是岐山村，名人不少，"两弹一星"元勋钱学森、学者施蛰存、钢琴家李名强等都曾居于此处。

岐山村对面是长宁游泳池，游泳池隔邻曾是江苏街道办事处。对面是愚园路邮局，东面还曾经开过一家"愚园西菜社"，门面墙上镶嵌着九寸电视机屏幕玻璃，既做采光，又做装饰用的玻璃幕墙，有独到之处。

要说那时的长宁路与以上两条马路相比，似乎街景人文历史等都差了许多，但长宁路也颇有自己的特色与魅力，体现在它独特的社会各阶层人士集居的特点上。虽然居住于此的工薪阶层占大多数，但也不乏一些高档新式里弄与别墅群，还有一些著名工厂与商店也分布在道路两侧，弄堂里还有不少别具一格、大小不一的烟纸店，为长宁路的历史文化徒添了几许不一样的景致。

要说长宁路上几家工厂，要数这三家比较有特色。一家是"安乐厂"，是大型的棉纺企业，有一定的历史。著名小说《上海的早晨》与"东风化雨"里边就描写过安乐厂的较多情节，尤其是资方邓仲和与劳工双方的斗争。我家弄堂里不少同学的家长曾在该厂工作。还有一家蛮有名的是"猪毛厂"，实际是叫"猪鬃厂"，约定俗成就叫作猪毛厂了。顾名思义就是处理猪鬃毛的工厂，时时散发出一股股令人作呕的腐臭味。还有一家就是"大中华橡胶二厂"，生产成型的大小汽车轮胎，还有胶鞋。这三家厂均在我家附近，一到上下班时间，弄堂里就会有三五成群的女工叽叽喳喳的谈笑声，瞬间安静的弄堂像打翻的鸟巢，不多时才恢复平静。多年后，这些十分接地气的工厂消失殆尽，而我们曾依赖的生活用品却依旧十分充沛。

长宁路上还有较出名的兆丰别墅，曾经有一位引人注目的街道同事"外国人"住在这里。他人高马大，母亲是法国人，父亲是中国人，他的外貌继承了他父母的优点，高鼻梁，深凹的眼睛，幽蓝的眼珠，佐罗式的英俊，走在路上回头率超高。

历经沧桑风雨百年，江苏路、愚园路依旧在人们的视线里风光无限。江苏路多年前被拓宽，延伸至苏州河桥与曹杨路互通，往日梧桐遮蔽的幽静已不复存在，路上整日穿梭着卡车等，异常繁忙；而愚园路依旧如此让人沉醉，已成为魔都永不拓宽改建的马路。再走江苏路、愚园路，寻觅旧时梦。

2024 年 8 月于悉尼

留在吴越大地的情愫

2023年是母亲诞辰百年纪念,也是母亲离开我们的四分之一世纪。等待已久的我与内子,怀着与日俱增的思乡之情,踏上了千里迢迢的归国之路。此时我们最大的愿望,就是去母亲的故乡浙江绍兴走走,感受母亲曾经生活过的那片吴越山水,以志纪念。

年幼时随母亲回乡的记忆,早已支离破碎。仅记得在祠堂里,我不敢正视墙上不苟言笑的穿戴古怪的祖先遗像。那时上虞百官家中祠堂前有一汪大水潭,正值仲夏时一群裸露屁股的小孩,与多只引吭高歌的大白鹅在水中嬉戏打闹,那水花飞溅的欢快场景一直印在我脑海。每当想起母亲的故乡,那情景就突如其来,抢占了先机。

小学期间,城里的男孩没有不喜欢农村的,有个曾亲临乡下撒野的故事,似乎就成了同学间炫耀的资本。我的那些乡下故事,虽有些老旧,添油加醋,也能自圆其说,引得满堂欢笑。故乡除了美丽的山水,另一个让我引以为傲的就是与名人为邻了。大文豪鲁迅是我的同乡,写出"挥挥衣袖,不带走一片云彩"的著名诗人徐志摩,还有"飞雪连天射白鹿,笑书神侠倚碧鸳"的武侠鼻祖金庸,都是我的近邻远乡。如果你也曾怀有这样的文学梦并且仰慕他们,那随我一起坐上绿皮火车不消一两个小时就能圆梦于沪杭线上的硖石、海宁与绍兴。

秋风十月送爽,踏上既陌生而又熟悉的故乡路途,去圆那个怀旧的故乡梦。高铁风驰电掣般在沪杭线上飞跑,过了杭州没几分钟就是绍兴郊外的高铁站了,随人流出站坐出租车一个多小时到市区(约上海至绍兴的高铁用时),入住离鲁迅纪念馆仅200米的全季商务酒店,简单吃过午餐后就直奔鲁迅纪念馆。

虽说是秋天,可这吴越之地还是阳光灼人,暑气蒸腾。纪念馆广场上游人如织,蛇形的队伍绕了几圈,鲁迅纪念馆的人气与这天气一样超热。我们随着人流一间挨着一间看了展馆及陈列物件,了解了那个年代上层阶级生活的品质，虽未有惊人之处，却诞生了一位伟大的人物，是一个传奇。

在纪念馆内小院一角，我发现一棵树下的标牌上写着"枣树"，颇为好奇。正因为鲁迅先生的那句文学经典："我家后园有两棵树，一棵是枣树，另一棵也是枣树。"我又找起另一棵枣树，仅几米长与宽的小院，实在不用找，根本没有另外一棵树。带着这个疑惑我请教了在此工作的一位女讲解员。她颇老练地告诉我，除了这里有棵枣树，在附近的鲁迅故居院落里也有一棵枣树，两棵枣树现在都还生长着。鲁迅先生这个文学上的出处，就这样被讲解员迎刃而解了。我有所领悟，并熟记于心。

在展馆购物区，出于仰慕之情，我买了一本民国排字印本鲁迅的《故乡》，记得小学时这篇文章出现在五年级的语文课本中，那时我背得滚瓜烂熟，好像还是没有深刻领会戴银项圈插猹的"闰土"的人物特质。

年少时我们都是闰土，现时我成了一位中外合璧的闰土，感叹岁月沧桑的同时，甚感闰土何处不在！就在这次赴吴越前两周，获知比我年长四五岁的乡邻（另一个闰土）于八月间刚离世，土生土长的尧根操劳一生终于走到了生命尽头。这位闰土的姐弟俩均靠手艺谋生，姐为裁缝，弟为木匠，都是民间很接地气的手艺辛苦活，俗语"勤劳致富"在他们身上并未结出幸福的硕果。前者曾当我婶婶。随着尧根的离世，牵扯着故乡最后一根藤上的瓜也没了，唏嘘！偌大的山水明月故乡已没有一位熟识的乡邻了……

走出鲁迅纪念馆，天色已近黄昏，我在纪念馆外书有"民族脊梁"的大字照壁前留了影。纪念馆的那条街在夕阳的余晖中渐行渐远，鲁迅先生横眉挑战旧世界的不屈精神，值得称赞。鲁迅先生没有成为出色的医生，后来成了出色的小说家，真乃国之大幸。最终他不再是一个小说家，而成了杂文家，一种匕首标枪的文体被他弄成了万千气象，更是时代之大幸。鲁迅先生短暂的一生足够精彩。

华灯初上，沿街深入就到了闻名吴越之地的咸亨酒店。心中早有安排，到母亲故乡的第一顿晚餐一定是在这里吃。在绍兴咸亨酒店家喻户晓，你若没来咸亨，等于没来过绍兴。咸亨酒店承载着太多家乡故事，连这店里飘出的味道均有茴香豆与孔乙己夹杂的酸腐味，它是绍兴的名片,就像孔乙己那样人所皆知。

咸亨酒店光滑厚实的丈八大柜台还在,侧面竖写的八个大字"咸亨酒店,太白遗风"金字店招,遒劲潇洒,威风无比。只是没了那个留长指甲穿破衫倚在柜台边赊账吃酒的孔乙己了。华丽的店堂大厅灯火辉煌,食客也不少,入座后我点了三四个菜,有醉鸡等,都是一小碟的,只是有意点了一个"霉菜梗",算是回乡入俗的一个纪念版菜式。本以为这酸腐味会遭内子嫌弃,但是看她吃得够认真,手指粗的苋菜梗,一口咬下去,真有爆浆的感觉。谈感受时她认为:菜梗外皮有点硬,菜太咸。我说江浙宁波绍兴一带的菜均以咸出名,咸是一大特色。当年鲁迅在皇城北大学府任教时,午餐盒里还经常有这道家乡菜。还有闻名遐迩的"梅干菜"也出于此处,也以霉咸重味势不可挡,开创了吴越饮食文化一道质朴而又经典的亮色。

翌日清晨我独自外出,告知妻两三小时返。出酒店叫了辆出租车直奔郊外上虞。从绍兴市区到上虞仅三十余公里,上虞现已属绍兴市的一个区。

没多久,上虞就到了,司机问我去哪里,我说随便转转吧。留在幼年印象中的乡村上虞与现代城市化的上虞千差万别,几乎没有一点可与印象中的合拍。田埂农舍、小溪山丘,这一切均已不复存在。路过一处高大上的现代化体育场馆,电子广告牌上还有近日"杭运会"分场的比赛信息,想不到故乡今日还有能容纳成千上万人的体育场馆,真是巨变。只是那位"闰土"不在了,来家乡成了无根的浮萍,任我在秋风中凌乱,盲目游走。眼前家乡的吴越山水已变成一幢幢钢筋水泥高低错落的楼宇,该去哪里呢?

路过一条街,"春晖中学"大字突然映入眼帘,急呼师傅停车。走出小车,在春晖中学门前徘徊,享誉江浙乃至全国的名校在此,令我肃然起敬。这算是故乡教育上的一大"硬物"。

这就是名流云集的春晖中学,位于白马湖畔,记得朱自清的散文《白马湖》写的就是这里。春晖中学创办于1908年,绍兴上虞县富商陈春澜出资25万银圆,由近代教育家经亨颐创办。当时就这么一个偏僻、不知名的小学堂却吸引了众多民国学界名流来此任教,如丰子恺、夏丏尊、朱自清等等。其中李叔同多次来到这里讲演，还把自己三位学生介绍到这里任教，其中就有丰子恺。上虞成了丰子恺的福地，他的漫画就是从这里走出去而成名的。春晖中学旧址是全国重点文物保护单位，位于浙江省绍兴市上虞区春晖大道88号。

  我还知道另一位乡邻著名电影导演谢晋（行笔间，获知2023年也是谢晋的百年诞辰），在2008年10月某日抵达上虞参加其母校上虞春晖中学建校百年庆典。次日早上在下榻的酒店被发现离世。据说，谢导庆典当晚因兴奋喝了不少家乡美酒，春晖百年有此新闻，声名再次远播。

  偶遇故乡的春晖中学，我为之一震。我一直相信我大舅爷青少年时一定就读过该校，从他离乡搏杀十里洋场的商战中可以看出，他足智多谋，屡战屡胜，十数年间，从一位初出茅庐乡间的青年才俊，一跃成为魔都腰缠万贯的商界翘楚，这肯定得益于名校的栽培。

  下午我们去了绍兴东湖公园，虽然公园不大，但它山水之间的景色十分秀美，既有高高的巨石山崖，又有清澈如镜的湖水，险峻陡壁间突兀生出几株树权，那种雄奇壮观的景象堪称一绝。我们环湖溜达一圈，从山崖下细细长长的石板桥上折返。那一条条有序的乌篷小船在石板桥下穿过，咿呀声中我们见到用脚划船的艄公，他们在船尾半仰躺着，随着膝盖有节奏的伸缩弯曲，小船缓缓前行。我们在崖石一角的湖边亭阁落座，品茗赏戏，惠风和畅，惬意有加。夕照崖壁、群船泊岸时，我们才离去。

  隔天早上我们饶有兴致地去了绍兴市郊的兰亭公园。郁郁葱葱的兰亭公园既有旷野草坪，又有河流亭阁，好美啊！

  兰亭，地处绍兴城西南25里的兰渚山下，与禹陵、东湖并立为绍兴市郊三大著名风景点，一直因书法名作《兰亭集序》而名闻海内外。近十几年中，因"兰亭书法节"的持续举办而声名更盛。兰亭是东晋著名书法家、书圣王羲之的园林住所，是一座晋代园林。相传春秋时期越王勾践曾在此植兰，汉时设驿亭，故名兰亭。现址为明嘉靖二十七年（1548年）时任郡守沈启重建，而后几经改建，于1980年修复成明清园林的风格。

  兰亭公园有鹅池、兰亭、流觞亭、御碑亭、右军祠、兰亭江、书法博物馆等景点，还复刻了五百年前那次世人传诵至今的名人雅士、群贤毕至饮酒赋诗的盛会场景，后由书圣王羲之所作《兰亭集序》而闻名于世。书法名作《兰亭集序》，"永和九年，岁在癸丑，暮春之初，会于会稽……"共324字，字字珠玑，被书法大家褚遂良评为"天下第一行书"。但是这幅稀世珍宝《兰亭集序》王羲之真迹至今下落不明，去向成谜。

兰亭公园对习书者来说，更具魅力，对游玩明清园林古迹者也是极佳之所。若要游遍兰亭公园，需一整天时间，静下心来好好品赏各处景致，有体力还能翻山越岭去到明朝著名哲学家、思想家王阳明的墓地，见证他对中国历史发展做出的伟大贡献。

中午时分我们大致游完公园，离园时带上几幅刊印的《兰亭集序》，再带上几束植栽于此的兰花，算是采撷兰亭的精华满载而归。

再日，我们又去了绍兴另一名胜——柯岩自然风景区。在鲁迅重墨描写过的鲁镇，我们游走于黄昏秋风中矗立的汉白玉雕刻的牌坊、斑驳的老街、各式古意盎然的店铺石桥。在偌大的广场上的社戏台前，仿佛看了一出出年代久远的社戏，那些熟悉的戏中人物一个个跃然眼前：闰土、阿Q、孔乙己、祥林嫂、阿毛等，这些鲜活的人物深刻地揭示了封建社会的面貌，在当今依然有它的现实意义。

在吴越之地尽情穿越还发现一个家乡特色，就是所到之处都有大小不一的各色黄酒博物馆、研究机构。家乡的黄酒主要有四大类：元红、加饭、善酿、香雪。这些让人浅斟慢酌或开怀畅饮的黄酒，是取自绍兴母亲河鉴湖水酿造而得，这又是故乡的一大贡献，在华夏酒文化中有着光辉灿烂的华丽篇章，永垂青史。在故乡逗留的短暂日子里，每晚品着家乡的美酒，佐着家乡小菜，畅游家乡旧景，那份安逸与舒适，倍感时光倒流之神奇。

离开母亲的故乡时，去杭城的绿皮火车驶上大桥，凭窗俯瞰桥下是一片清澈广阔的湖泊，我想这就是鉴湖吧。碧波荡漾的湖水若隐若现母亲和蔼可亲的面容，家乡的湖水是有灵性的。世纪初遵母遗愿将她的骨灰撒入江海，一定会流淌到家乡的母亲河里，魂回故里，九九归一。一阵伤感袭来，不能自已，抚今追昔，母亲操劳一生，乐于施人。顿时母亲与我生命中的几个难忘瞬间涌现："文革"中后期我中学毕业，面临上山下乡狂潮，一向听从国家号召的母亲，在此事上断然护子留沪，此时太多知青下乡问题不绝于耳，母亲的担忧正基于此。随后在我就业及工作上母亲都给予了极大的关爱与帮助。反之在我20世纪80年代末随波出国留学时，母亲却大力支持。父母在不远游，而我却一别亲人七八年。"浊酒一杯家万里，燕然未勒归无计"，埋怨身不由己独在异乡的疏离困境。还好在母亲有生之年，有幸邀她来这天涯海角的南半球，度过了一段在异域的晚年生活，算是她生命中一次新奇的体验……

朦胧间一首歌轻轻飘入耳中：

重返了故乡，梨花又开放，找到了我的梦，我一腔衷肠，小村一切都依然，树下空荡荡，开满梨花的树下。纺车不再响，摇摇洁白的树枝，花也漫天飞扬，两行滚滚泪水，流在树下，给我血肉的故乡，永生难忘，永生永世我不能忘……

在异域南国红叶飘落之际，清明将临。在遥远的天边，愿一切诚念在此终当相遇。

2024年3月末于澳洲悉尼听雨楼

寻迹苏东坡　赤壁抒情怀

每个文学爱好者的心中不是驻着莎士比亚、维克多·雨果，就是驻着李杜白（李白、杜甫、白居易）、鲁迅或巴金，但相信更多人也与我一样，心中驻着洒脱孤傲的苏东坡。在我心中也不乏其他文化名人，集古今中外，有些犹如昨夜星辰，早已黯然失色。唯独苏东坡这颗闪亮之星，却能在我人生之旅中保持着那抹亮色。

苏轼身处士人的盛世，北宋文运昌隆，名儒辈出士人们入仕为官，身居庙堂，作为社会中坚，士大夫阶层在政坛、文坛与艺坛都有着极强的话语权。他们心怀社稷民生，有兼济天下的情怀，同时注重自身修养，追求内在超越与精神自由，也有着明确的要求。极尽文雅的书画恰能调和此二者，成为士人们在苦读求仕、王室鞅掌与烦扰俗务之余暂时抽身、寻得闲情乐趣最为有效的"良方"。

知悉湖北有文武赤壁之分颇有些时日了。武赤壁就是名垂史上的三国"赤壁之战"之赤壁，今在湖北赤壁。而文赤壁在武赤壁七百年后，距武赤壁约二百公里外，因北宋苏东坡被贬在此作"一词二赋"豪情万丈的美文而名垂天下。文

作者在苏东坡雕像前

赤壁，也称东坡赤壁。

苏东坡的一词二赋道出了他的人生三重境界，一词是《念奴娇·赤壁怀古》，二赋是《前赤壁赋》和《后赤壁赋》，三个作品写在同一年，1082年。《念奴娇·赤壁怀古》写在7月初，《前赤壁赋》写在7月中旬，《后赤壁赋》写在10月中旬。他被贬黄州已经三年了，乌台诗案的阴霾渐渐散去，但这时他的心情还是落寞的。

黄州，今为湖北黄冈。文武赤壁现已为鄂北大地上的两处著名历史古迹，有"既生瑜又（何）生亮"之玩味，它们之间却少了那种嫉妒，有一文一武壁连双珠之美誉，均为中外文人旅者趋之胜地。文赤壁，称之为"东坡之赤壁"，区别于千军万马大鏖战的武赤壁。一个人的名胜古迹千年遗存，没有前世的轰轰烈烈，依旧能令人记取而大放异彩，"东坡赤壁"正是如此。

黄冈自古文昌教盛，人才辈出，遍及政治、经济、军事、科技、文化、宗教各个领域，其涉及领域之广、层次之高、贡献之巨、影响之大，在全国都极其罕见，故有"惟楚有才，鄂东为最"之说。中华世纪坛收录文化名人40位，黄冈独占三位：毕昇、李时珍、李四光。还有现代政治军事著名人物董必武、包惠僧、林彪等。黄冈现已发展为六百万人口，是全国独一无二拥有三座高铁站的中等城市，高速公路四通八达，长江口岸百舸争流，市内高楼林立，车水马龙，昔日萧瑟景象荡然无存。

我归纳了两条寻迹苏东坡的线，一条是被贬流放地，横溢着苏东坡燃烧不尽的文学才华。苏东坡在官宦之途中曾遭多次被贬，他不是在被贬之地躬耕劳作，就是在被贬路上苦苦前行，被贬之路可谓是贯穿其一生。按顺序应该是"黄州惠州儋州"，而我依序竟然倒着来，儋州（海南）惠州，两处均如蜻蜓点水般粗粗掠过，此行才是黄州。另一条线是苏东坡在职任官之地，汝州（今许昌）、密州（今诸城）、颖州、扬州、湖州与杭州等地，留下了苏东坡造福一方治理工程的伟大政绩。"天下西湖何其多"，经苏东坡改造治理的西湖就有多个，这足以说明苏东坡在治水方面具有独特的才干。这些地方我也曾都去过，而最富诗情画意的要数杭州了，到过次数也最多，那十里风光望不尽的苏堤与西湖同框，堪称人间天堂。而今游访苏东坡被贬的黄州，是苏东坡壮年人生旅途中最重要、文化艺术成就最出彩之地。

　　2024年初夏有机会回国，早就盘算着要完成这次黄州之旅，为寻迹苏东坡画上一个粗线条的句号。从澳洲跨越千山万水来到湖北黄冈，千年之前这里还是长江边一片荒芜的滩涂，少有人迹，孤鸿落雁，江水拍岸。当年的苏东坡从大宋盛世、万邦来朝的汴京（开封）遭"乌台诗案"陷害来此，心灰意冷，怅然若失……

　　从申城到黄冈的高速仅需三四个小时，夜宿黄冈市区酒店，居高临下，眺远处江天一色，涛声风声入耳。

　　翌日清晨在酒店吃过早餐后，出门打的直驱东坡公园。

　　不到半个时辰，小车已停在东坡公园外的牌楼前。下车后沿路往前走去，右边的高坡车道正沐浴在初升的霞辉中，偶见晨练的人们在这光影中舞动，像极了一帧帧动漫式的卡通片。

　　约行百米就到了一个空旷的广场，一幢上书"东坡赤壁"字样的古建筑园门紧闭，三两个男士在门前站立闲聊，待我走近时才知道还未到开门时间。其中一位是园内工作人员，见我不像本地游客，告知我还有十几分钟就开门了。他见我不忍离去，须臾又特意开了半边门，说能让

东坡公园内景

我先进去，出来时再补票。这正合我意，道谢后，偌大的一个公园，竟我一人先入园游荡起来，真是幸哉！

我在入园导图前认真阅读这段文字：

东坡赤壁景区位于湖北黄州的西北部，是全国重点文物保护单位。东坡赤壁原名赤鼻、赤壁、黄州赤壁，因其山色赭赤、陡峭如壁状若悬鼻而得名。两千年前，东汉人桑钦在其《水经》中载："江水左迳赤鼻山南。"北宋元丰三年至元丰七年（1080—1084），苏轼寓居黄州创作了诗词文赋700余篇，多次游览赤壁，写下描述赤壁的文学作品十余篇，其《赤壁赋》《后赤壁赋》《念奴娇·赤壁怀古》使东坡赤壁享誉古今，成为游览胜地。

入园走过花木扶疏的绿荫廊，就能见到白色大理石的苏东坡气宇轩昂的全身雕塑伫立在小广场上，东坡向右前方微仰着头远望，背景是千仞赤壁。我驻足于塑像前肃立，致敬这位中国文化史上的杰出人物。

随后沿着雕像身后的赤壁矶石阶向上而去，经过名贤胜迹圆洞门，见墙上石碑还有苏东坡的介绍：

苏轼（1037—1101），字子瞻，四川眉山人，北宋杰出文学家，与父苏洵、弟苏辙并称"三苏"，21岁中进士。神宗时，曾在凤翔、杭州、密州、徐州、湖州等地任职。元丰三年（1080年），因"乌台诗案"被贬为黄州团练副使。在黄州四年多，曾于城之东坡开荒种田，自号"东坡居士"。哲宗即位后，曾任翰林学士、侍读学士、礼部尚书等职，并出知杭州、颍州、扬州、定州等地，晚年被贬惠州、儋州。徽宗即位大赦，苏轼于北还途中病故常州，葬于河南郏县，追谥文忠公。在地方任职期间，苏轼关心民众疾苦，做了许多利民好事，深受民众拥戴。苏轼的文学作品，标志着北宋文学创作的最高成就。他博学多才，是著名的散文学家，为唐宋八大家之一；是著名的诗人，与黄庭坚并称"苏黄"；是杰出的词人，开创了豪放的词风，与辛弃疾并称"苏辛"；是著名的书法家，与黄庭坚、米芾、蔡襄并称"宋四家"；是著名的画家，工枯木竹石，对后世产生了很大影响；他还在农田、水利、教育、音乐、医药、金石、烹饪等方面都有重要成就。

一个了不起的人物！天文地理、礼乐书画等无有不精，且体恤民情，为民造福。

赤壁不算大，但亭台楼阁，曲径通幽，草木花卉，景致错落有致，移步换景，目不暇接。

东坡赤壁的建筑物始建于东晋，历经四次战火焚毁，屋毁屋建，现存的古建筑大多系清同治七年（1868）重修，随地势高低布局，平面呈不规则四边形，东高西低。在赤壁上我依次观赏了栖霞楼、问鹤亭、涵晖楼、挹爽楼（含碑阁）、留仙阁、二赋堂、红砂石塔、酹江亭、坡仙亭、睡仙亭、放龟亭。

在崖石边沿小小的放龟亭里我静静地坐在石凳上，触摸厚敦的小石台。由于近千年的长江改道，如今的放龟亭已离江边近两公里远，但依然能感受到东坡先生曾在此放龟的情景：当龟被放生流向长江的刹那间，东坡面露微笑，仰天长叹……

赤壁这些古建筑以院落、景门相连，巧妙地镶嵌在红色的峭壁石矶之上，建筑纤巧空

放龟亭牌匾

栖霞楼

灵，转折变化于咫尺之间，与地形浑然一体，一步一景，引人入胜，气韵生动。

早在晋代至北宋初，这里就建起了横江馆、涵晕楼、栖霞楼、月波楼和竹楼等著名建筑。

在千仞赤壁的最高处栖霞楼前，我眺望远处江水一色的长江，仿佛此时脚下江水翻滚，大浪涛天，尝试着能否睹此景有东坡的才情喷涌而出？一时语塞断片儿。相信或许已有百人千人也曾站这里，仅有啧啧赞叹东坡的才情幽思，与天才无可比拟。入楼进门就能见到大幅伟人墨迹，苏东坡的《念奴娇·赤壁怀古》：大江东去，浪淘尽，千古风流人物……传诵千年。

栖霞楼始建于北宋，是北宋黄州四大名楼之一。现在这座楼，是1982年重建的，由现代著名文学家茅盾题写"栖霞楼"匾额。这座楼是仿宋代建筑样式，用现代建筑材料建造的三层楼阁。是当今赤壁地势最高的建筑，登三楼四顾，黄州城景一览无余。栖霞楼内，分别展示着"东坡墨迹"，在展柜中，布置了一组东坡墨迹摹本。有一夜帖（又名《致季

二赋堂

常尺牍》）摹本题王晋卿诗后摹本等。

二赋堂始建于清初，同治七年（1868年）重建，因纪念苏轼赤壁二赋而得名。

在该园每一处景点均可静心观赏，认真品读苏东坡与先贤们的文化内涵。这些历史建筑与所承载的文化表现形式无不让人叹为观止，是了解苏东坡的最佳之地。

从赤壁最高处的栖霞楼沿后山拾级而下，出院内门可沿河边漫步绕到对岸的石壁长廊。这里展示着百来幅石壁碑刻与壁书。

东坡赤壁现有明、清、近现代书画石刻300余块，其中苏轼书画石刻120余块，清代杨守敬选刻的《景苏园帖》，汇集苏书精品，被世人尊奉为"集苏书之大观"。

几乎整整一个上午都在园内溜达，初夏时节，蓝天白云，时而拾级登高远望，时而立足碑帖前观赏，每到一处都沉浸于浓浓的苏东坡文化气息之中，感叹这位工匠、文化艺术之集大成者的人格魅力。

走下赤壁，仿若走下了苏轼的文化神坛，但那挥不去的崇敬之情似乎变得越发浓郁。落座园内文创小店前的咖啡吧小憩，购一本精制苏轼尺牍拜读，手捧一杯袅袅飘香的拿铁，左顾晴空万里下的赤壁，古朴而又神奇，怀古幽思，"当年苏东坡来此应是后人的荣幸"，让我们得以见到《赤壁怀古》之名篇传诵千年至今。官场的纷争夺利，党同伐异的喧嚣一时，与名篇的历史与文化价值相去甚远。

苏东坡在黄州期间所作的一词二赋，是其文学创作的高峰。

也就是这次败走官场被贬到黄州，苏东坡心中原有的佛性得到充实，从原有的儒家走向佛家。苏东坡研读佛教经典，深悟佛学要意，躬耕黄州东坡，自号东坡居士，自称"洗心归佛祖"。他曾经常到佛寺焚香打坐，体味物我两忘、身心皆空的境界。实际上苏东坡也以佛性来缓解自己官场的失意。苏东坡的佛系故事也顺手拈来：流传甚广的还有牵扯到苏小妹的那桩。东坡将佛印比喻成"牛粪"，而佛印却说东坡是"佛"的故事，也让东坡很没面子。还有金山寺的故事，这些佛系故事在印证苏东坡的率真朴实的同时，也展示了苏东坡的一丝孤傲与轻狂，但更多的是体现了他乐观豁达的人生观。

呷一口香浓的咖啡，在天地间的赤壁，回顾苏东坡大半生处在党争中，满腹的不合时宜，屡受打击，无法施展自己的理想抱负，仕途上郁闷不得志。因此，在东坡浪迹江湖的羁旅中，谈禅说偈无疑是他自我解脱的一剂良方。他与和尚来往频繁，与和尚吟诗交流，谈论佛道，在佛家的精神家园里寻找一种解脱，用"万物皆幻"的思想麻醉自己借此消愁。但他仅以佛家的处世态度和处世哲学，作为解脱自己烦恼的工具。虽然在他的人生轨迹

2019年作者在广东惠州西湖留影

中表露出佛家影响，但他内心深处遵从的仍然是正统的儒家思想。

苏东坡不相信佛家所说的那些虚无幻想，只从内心感激佛家对他的帮助。"东坡向佛，心中无佛"这就是东坡居士对佛家真实矛盾的态度。在落魄被贬之地，他时时冀盼朝廷的召唤，名正朝廷，施展报国之才华。

宋代是我国古代文化的一个巅峰时代，苏东坡是这个时代的佼佼者，不仅在文学上，而且在绘画、书法和宗教哲学上都有极高的建树。苏东坡一生的文学创作大致以密州时期（1075）为分水岭，这也是他的新起点，此后他的诗与词及散文更加成熟，特别是词，不但在意境上更趋优美，而且题材也更加广阔，形成了独有的艺术风格。

试析苏东坡被贬成因，缘于他当时的政治态度和对社会时局的认识有失偏颇。可见苏东坡是一个政治保守主义者，他没有勇气走出儒家"天不变，道亦不变"的思想藩篱，片面认识王安石变法，对变法缺乏整体与宏观上的观照，只看到由于变法不彻底而带来的部分失误和困扰。没有研析变法深远的社会原因，就没法与变革者合为一体，而遭朝廷之排

挤，这是必然结果。

苏轼的这些贬谪经历对他的仕途和心态产生了深刻的影响，但也成就了他在文学和艺术上的辉煌。对于苏东坡来说，政治上的建树才是其人生最大的追求。

如果再从深层次分析，在现实世界，苏东坡无法施展才华，屡受排挤，一生大半的时间都被流放在外，正如他离世前两个月写的带有自嘲色彩的《自题金山画像》："心似已灰之木，身如不系之舟。问汝平生功业，黄州惠州儋州。"由此可见，苏东坡剖析了自己一生的遗憾。由此对比我们自己的人生，你再成功再伟大，谁又不是"黄州惠州儋州"呢？

怀着崇敬之情的东坡赤壁一游结束。在出口处，主动补了张半价门票，还是早上遇见的那位园内职工。我们聊了几句，他答我所问："现今赤壁已离长江岸边近2公里距离，相关部门正有规划拓宽公园规模，赤壁园区有望在多年后直抵长江边，还复千年前的景观。"这是一个大胆的尝试，是继明清后的一次更大规模的拓展复建工程。到时如有幸一定再次前来游览观赏。

"古代圣贤皆寂寞，唯有饮者留其名。"走出园门已时近中午，头顶炎炎夏日，正饥肠辘辘，忽又想起苏东坡创制的名闻遐迩的"东坡肉"。打的问司机："黄冈东坡肉哪家有名？"司机遥指"大东方"。安坐大东方品尝起非遗传承"东坡肉"，意犹未尽。遂想，读东坡诗词、游东坡之地、品尝东坡创意之美食，学做一日快意豁达之"苏东坡"，美哉！

"修身、齐家、治国、平天下。""会挽雕弓如满月，西北望，射天狼。"是东坡先生人生奋斗的终极目标。"莫听穿林打叶声，何妨吟啸且徐行。竹杖芒鞋轻胜马，谁怕？一蓑烟雨任平生"照亮自己的人生之路。苏东坡曾给过我们那些率真通达的人生观，相信终生受用不落伍。

2024年5月于湖北黄冈全季酒店初稿
8月于澳洲悉尼听雨楼再稿

回国拾趣

2023年5月间，当世卫组织宣布新冠病毒属一种流行传染病时，我感到回国之路不远了。虽然此后的两个多月间去中国还须提供核酸检测报告，但我相信迟早会取消入境中国的核酸检测报告。至少旅途中那些规定事项可以随着各国开放边境而递减，会省却许多烦琐的手续。

2023年9月，我们终于可以在手持机票、护照的常态下回国了。四五年因新冠受阻，盼来的回国之行变得难能可贵。但在入境中国时还是人头攒动拥堵在几台大屏幕的机器前，一个挨着一个填写各自的信息，以取得健康码后才能获准入境。

1. 行李箱损坏

在浦东机场取行李时感觉原来繁忙热闹的机场显得格外冷清，商店几乎都关闭了，原来游客盈门的免税店也不见营业。我在行李转盘上取到自己的行李时，发觉一个行李箱的轮子已快掉下来了，几乎与箱体脱节，箱壁也露出一个狭长的小缝，箱子正常拖拉行走已不可能了。

我看着这歪斜站不住的行李箱，想这个问题应该跟相关航空公司理论一番。

在大厅后方一角的某航司办公室，我与办事人员叙述并让其查看损坏的行李箱情况，办事员诚恳地说："我们这里没有可以替换的行李箱了。"言下之意就是让我自己克服一下。我感到损坏的行李箱不应是我的责任，而且目睹损坏的行李箱拖拉均成问题，作为承运方的航空公司理应承担责任。最后办事员要我填写相关损坏情况，并叫来了他们的领班，进行了适当的赔偿而了事。

2. 出租车与网约车

记得多年前出机场，等出租车的蛇形队伍可是见尾不见首啊！这次出机场倒好，等候出租车的护栏里不见乘客，仅我们和排在前面正准备乘车离开的一对夫妇。我感觉有点奇怪。要说找网约车吧，我们刚入境，什么相关的网均未连接,感到还是坐出租比较方便。但见如今等候出租车门可罗雀的场景还是始料不及。见到停靠此处的出租车仅有两三辆,与以前机场地下车库不断驰来的各式出租车的情景有天壤之别,时过境迁,入乡随俗吧。维护此处秩序的机场工作人员,正力劝一位出租车司机载我们离开。看这位老司机,好像嫌我们行李太多,在一旁抽着烟,撒手不搭理我们。我还在问询工作人员是否有"途安"(是大众汽车的一种似小面包车的车型,此车能装多件行李),一位女工作人员回答我说:"还等啥'途安'了,不知什么时候能来?现在有车不错啦!"说完这位女士不亦乐乎地抬着我们大小七八件行李全部妥妥地装进车内,我与内子都纳闷:为啥出租车司机却袖手旁观?最终抽完烟的老司机才勉强发动汽车悻悻地向市区方向驰去。

在接下去的两天内,我办妥手机上网,连接了网约车与网上付款方式。有了这些网上功能确实为国内生活带来了不少便利。一次去浦东机场叫了网约车,因是下午,网上信息显示是优惠时段,并将此行程价格与所需时间、车型颜色、几分钟到达,一一清楚告知。网约车要比出租车价格上有吸引力,这对消费者来说何乐不为呢?约十分钟网约车就到了小区楼下,一位年轻女士热情地与我们打招呼,主动将我们行李安放在车尾,一路谈笑风生聊起了日常。青年女子是江西人,短发身材颀长,快人快语,在沪打拼已有三四年,曾开过餐饮店,前年做起了网约车,感觉这职业松散、紧张取决于自己,又没有老板,想做时开启平台连接抢单,每天有干不完的活,不想做时关闭平台即可。她说每天坚持工作十小时左右,每天的营业额在人民币八九百元,每单平台仅提取几块钱,除此之外平台什么都不管。网约车司机的服务评价取决于客户。这样的网约车平台创建与管理模式确实要优于出租车公司。看似平台每单仅抽取几块钱,十单、千单,偌大一个中国每天用车几百万吧!算算那该有多大的利润啊!

在随后在国内的日子里,不管在本市或外地,我出行基本选择地铁与网约车。还坐过多种车型的网约车,有一种叫"曹操出行"的网约车,意为民间俗语"说曹操,曹操到"的快捷吧!大致上这些网约车以电动车为多,耗电比耗油便宜吧,还有购电动车便宜,上牌也容易。

如今叫不叫网约车，已经体现在会不会使用上网叫车软件的问题，这一差距真的与现实生活密切相关。据悉目前网约车的生意状况，呈现车多客户少的局面，开网约车的司机队伍在扩大，而客户源因市场变化正在逐渐下降。

多年前听阿里巴巴的马云演讲，说是要让银行睡不着觉！感觉有些离谱。而今网络大时代铺天盖地呼啸而来了，不仅让银行睡不着觉了，其他各行各业都睡不着觉了，一个新时代已悄无声息地影响着我们每个人日常生活的方方面面了。

3. 一块惊艳四座的东坡肉

社区食堂是在新冠三年后陆续建立起来的。如今上海已有不少街道创建了公共食堂。这些为民服务的公共食堂如雨后春笋般散落在申城各处，每到早中晚饭点即成一道亮丽的风景线。我也耳闻多次，想图个新鲜光顾一下这样的食堂。

那天晚饭前我正从外地返沪，行装甫卸，忽想到家附近有家食堂，就赶去附近的一个网红街道公共食堂，感觉非常不错，不仅价廉物美，且环境卫生管理工作俱佳。

这是一家有着七八十个座位的宽敞食堂，店堂可媲美装修不错的饭店酒楼，简约风格，又不失时尚奢华。有长桌与小方台，沿马路落地大玻璃窗处还设有桌椅，可观室外流动的景色。依次排队取菜的有八九人，我取了食物托盘，观餐台玻璃柜按序买了14元一块的东坡肉、一个8元的香干芹菜与5元一碟的蛤蜊蒸蛋和一碗米饭，这不到30元人民币的晚餐确实物有所值，有种莫名的期待与欢欣。

那天食客不少，小餐台已没有座位，我来到长桌找了一个空位，刚坐下，放下托盘，那块东坡肉惊艳到了几位邻座的食客。

先是对面一位沪上阿姨瞥了一眼我那块东坡肉露出惊讶的眼神，说："你能吃下这块肉？"这块东坡肉卖相确实不错，浓油赤酱，肉皮朝上，肥瘦层层间隔，像块方正的多层的拿破仑蛋糕。我还没有答话，间隔一个座位的一位五十上下的男士开口了："好肉！这食堂就数这肉成网红了！"我投眼看他的餐盘，那与我同款的肉碗里还留有一点点红色酱汁，他油光的嘴唇似乎已告诉你对这块肉所做的诠释。当阿姨还在怀疑我能否吃下这块肉时，我刺溜咬下大肉一角，阿姨直呼："厉害！"阿姨同她先生说："我年轻时此大肉三四块不在话下，现在望大肉只能兴叹喽！不行了。"我看着这位花甲爷叔，他悠闲地喝着矿泉水。边上那位直夸这店红烧肉价廉物美，值得品尝。接着素不相识的我们就这样聊开了。这是在任何一家酒楼饭店不可能畅聊的话题，大家一致认为食堂亲民，这桩民以食为天的好事应该发扬光大。如果是本街道老年居民凭卡还能优惠。那位一口接一口地喝矿泉水的爷叔也向我坦承，他喝的是灌在矿泉水瓶中的老酒。因食堂规定不能在此饮酒，有些食客就无视食堂规章，将伪装后的酒带入。大家一致认为食堂优越性太多，为解决老年人一日三餐确实提供了方便。因一次即兴的街道食堂晚餐，与那些素不相识的路人或街坊热络起来，也只有在如此亲民的食堂氛围中能得以实现。

因街道食堂的诞生，附近的小餐馆也少了，社会为街道食堂提供了更大的发展空间。

后来我又去过街道食堂用餐，早中晚都有，感觉午餐时食客最多，食堂附近的居民、学校师生、上班族、过路客等，每次饭点食堂均能提供 30 道左右饭菜品种，色香味俱佳且价格便宜是它最大的亮点，但愿受大众喜爱的食堂能一如既往坚持为民特色。

4."咖啡热"胜过"喝茶"

近年来，中国正慢慢从以喝茶为主的大国向喝咖啡大国转变，尤其是在上海这样的国际大都市里，咖啡客逐年递增。一个时代正悄然离去，原来几千年以茶文化代代传承的中老年人也正在慢慢喜欢上喝咖啡，或者二者兼顾，并不像过去那样坚持只喝茶了。由于生活方式的改变，咖啡正在走入每家每户，逐渐得到大众喜爱。

不敢说是全球最大的咖啡店，但至少是中国最大的星巴克店就开在上海南京路上，独幢圆顶大楼，属太古城高档区域，气度不凡，每天食客盈门，从咖啡豆罐装进粗大管道直到挤出滴滴香浓咖啡的全程，让你一目了然，快速实地咖啡科普。这是申城制作咖啡一道独一无二的亮色，也是星巴克咖啡公司无可替代的最卖座的现实版广告。

2023 年 5 月，以"活力上海梦想齐啡"为主题的第三届上海咖啡文化周开幕。活动现场发布的《2023 中国城市咖啡发展报告》显示，上海已拥有 8530 家咖啡馆，位列全球第一，远超纽约、伦敦、东京等城市。

在中国咖啡已显示出强大的吸引力，赢得众多食客的青睐，大都市的茶馆本来就不多，现今更少得可怜，仅在都市边缘的古镇老街或茶城能见到。而都市里街头巷尾的咖啡店随处可见，喝咖啡正以一种新的时尚方式逐渐替代固有的喝茶旧传统。

在沪期间本人也入乡随俗，隔三岔五跟朋友喝着不同地点不同品牌的咖啡。我深感其中的美味与乐趣。多年前，星巴克神速入户故宫的壮举，已预示着国人的咖啡情怀势不可挡。

在澳洲大部分咖啡店一早就开门营业，设在街头巷尾并不起眼，早上吃个早点来杯咖啡是上班族的常态，你洗个车稍坐片刻也能获得一杯免费咖啡，路上碰到多日不见的朋友择街角的咖啡店小坐，走累了在路边咖啡店后院的鸟语花香中歇歇脚，穿着T恤短裤趿着人字拖喝杯咖啡的也不在少数。喝咖啡已成为不少澳洲人司空见惯的生活常态。

而在中国喝咖啡是有点仪式感的，一般朋友间先互相邀约而为之。一般都在高档商务中心、名牌百货咖啡店一聚。沪人喜在午后2点后这段慵懒的时光喝咖啡，此时正值澳洲大部分咖啡店收摊打烊。刚与沪上朋友一起喝咖啡还真有点不习惯，因此时喝咖啡影响晚上睡眠，经过一回生二回熟，也慢慢适应了。

在申城国际商务中心大厦里，人来人往，奢华的名品店里可谓门可罗雀，而几家咖啡店却人声鼎沸，生意

武康庭

兴隆，有时还得等位。扫视店堂，各式咖啡客均有，西装革履打开电脑正工作的、三五知己畅聊欢笑的、低头玩手机、看书看报的等等。而我们则叫上几杯咖啡畅聊日常。这里咖啡加上小点心价格远高于澳洲，已与一顿普通餐费相近，但这里是国际商厦，时尚优雅，前卫且高颜值，与澳洲自然小镇风光大相径庭不过高端也好，郊野也罢，各有其趣，而咖啡的个中滋味会品出人生的多种际遇。咖啡比茶更能上瘾，咖啡的小资时尚更适合当今社会。

休闲茶客

还有一次在一家酒楼包房朋友欢聚。一个热衷的咖啡客兴致盎然地背着双肩包，带着一台小型咖啡机与会，这让我吃惊不小。如今都市酒楼包房内均有小型热水器现场提供开水，有了开水制作咖啡就十分便利了。只见他插上咖啡机电源，取出咖啡豆、盒装鲜牛奶、方糖，一切按部就班，从磨削咖啡豆开始，熟练地将一杯杯滴滴香浓的咖啡递给了各位。近距离感受制作咖啡到喝咖啡的过程，感觉真是不一样，尤其是那美味，悠悠留长。饭前饭后的那一小杯咖啡给人甘香如饴的美好享受。

5. 老年人装牙正在风行

与新知旧友欢聚间，听他们聊得较多的是事关每个人的牙齿健康问题。因为大家正处在六七十岁或以上年龄段，正面临频繁显现的牙齿问题。

牙齿问题关乎每个老年人，多年前装一颗种植牙动辄需几千上万元。科技医疗也瞄准了老年社会的这一现象，不断在齿科医学的材质等方面寻求突破，牙不行，生活质量会明显下降。

目前，不少沪上齿科医疗诊所患者盈门，看牙补牙装牙忙得不亦乐乎。以前最贵的一颗种植牙，需几千上万元，现仅两千元左右，如须种植多颗牙，价格还能优惠。以前那些脱卸式的假牙，现在更为便宜，沪上退休人士装牙的不在少数。这些实在的医疗措施解决了不少老年人的困扰，确实很不错。关键是价格使老年人觉得可以接受。这样的换牙价格也吸引了不少回国人士，毕竟目前国内换牙与国外比，价格上有不少优势。

6. 控烟几乎形同虚设

多年前回国，控烟的力度虽小，但还是能跟上国际控烟的步伐。最近回国看到的控烟现象，感觉非但没有大踏步前进，反而变得有点松懈与放任自流。一般的小饭店、咖吧、菜场超市等，抽烟者大行其道，旁若无人。那些贴在墙上的禁烟标识，熟视无睹，基本形同虚设。综观吸烟的不在少数，许多年轻女性也在吞烟吐雾，这些有悖禁烟的场景，从未见到有禁烟执法的专业监督人员出现。商店里的各类香烟，琳琅满目。一个大都市的控烟工作进展都如此缓慢，可想而知小城市、城乡的控烟更是难以拓展。

回国的新鲜事远不止这些，还有城市地铁的便捷、商厦实体店的冷清、公园民间歌手的狂欢、外卖小哥街头巷尾穿梭、网红景点的人头攒动与午餐时各个饭店中老年人的喧嚣等等，都成为现代大都市一道道新的风景线。

2024 年元月于悉尼

后记

每次出书都是一次劳神费心的事，看似仅约20余万字的篇幅，选辑整理修改的文字却远远是它的数倍之多。虽然潜心沉浸于以往情境的文字中，身心疲惫，但更多的是兴奋与希冀，像盼着一个新生儿的降临，更像一次独奏后谢幕的瞬间，瞟着眼看是否还有留住的读者给予的稀疏掌声。为此我深感没白费努力，感谢你我间有一丝文字上的慰藉与经历同频，这种回馈对我来说是莫大的荣幸！

十分感谢这次能有机会与文汇出版社的资深编辑鱼丽老师再次合作，七八年前的那次叙写相约珠峰的合作恍如眼前，惊叹岁月飞逝。感谢鱼丽老师的鼓励语"好书多磨"，让我能奋起迈着大步朝着这个目标追赶。

想不到在网络越发强大、纸质书籍离我们渐行渐远之际，想要出版书籍的文化人依旧趋之若鹜，须等待数月或半年之久，每年城市书展，书如山、人如海、勤为径、苦作舟的山海交融，盛况空前。这又充分体现了当代文化人对书籍的热爱与崇敬。

驰骋笔墨自快哉，身隐世间伏草莱。退休后的生活悠然自在，书写人生行走远方虽没以前那么多种束缚，但变得适己求知而行。初春、薄念、柳暴芽、风却懂。深秋、菊黄、霜满地、人知晓……为力求叙述准确，我没有只坐在书斋里，听南半球的疾雨敲窗、风过大地，轻佻地在网上搜索各种唾手可得的资料，而是尽可能将笔下写到的地方都走了一遍。这样的行走踏勘，不但让我获得了特殊的切近感，还有了触类旁通的意外发现，让我感受到沧桑的岁月不会随着时间的流逝而全然湮没，总有一抹痕迹能重新激活记忆，激活历史，在岁月的长河里泛着光亮。

本书选辑了本人多年前的一些旧文稿与近几年的文章，时间跨度较大。有些文章在"澳洲新艺术"公众号平台刊发过，还有如《澳洲狂欢的跑马场与漂泊的我》等几篇文章，曾入选该平台近年来在澳声名远播的《大地留印》中英双语专辑图书。承蒙"澳洲新艺术"联合会鼓励，在此向该会会长顾铮女士及秘书长唐培良先生两位老师深表感谢！在此还要感谢画家沈嘉蔚老师在本书相关文章中提供的帮助！

感谢画家范东旺老师的支持！共勉。

张　帆

2024 年 11 月于悉尼